El mal de Montano

蒙塔诺
的
文学病

[西班牙] 恩里克·比拉–马塔斯 著

Enrique Vila-Matas

黄晓韵 译

上海译文出版社

目　　录

致保拉·德帕尔马

我们怎样才能消失？

——莫里斯·布朗肖①

第一章　蒙塔诺的文学病

二十世纪末，年轻的蒙塔诺刚发表了一部危险的小说，讲述的是一些作家放弃写作的离奇事件。随后他便困在自己编织的罗网之中，无论怎样强迫自己，他还是彻底地陷入了堵塞、停滞和可悲的无法写作的状态。

二十世纪末——确切地说是今天，2000 年 11 月 15 日——我到南特①探望他。正如我所料，他悲伤而枯竭；用普希金的这几句诗来描述他再贴切不过："他活着并犯错/在森林的昏暗中/用危险的小说。"

这件事也有积极的一面，我的儿子——因为蒙塔诺是我的儿子——由于"在森林的昏暗中犯错"而恢复了对阅读的某种热情，我也因而有所受益。在他的推介下，我不久前读了胡里奥·艾华德②最新发表的小说《自我边界的散文》。我一直以来对这位作家并无太多好感，在我眼里他不过是小说家胡斯托·纳瓦罗③的分身。

今天，我向儿子道谢——当然不仅因为这一件事——感谢他向我推介了胡斯托·纳瓦罗的分身写的那本书。自从他写了那部小说后,他变得不那么像分身了。那是一本好书,我边读边屡屡想起某天在电台节目上听到的胡里奥·艾华德说的话:"一位女性朋友曾经跟我说,我们每人都有一个分身,他们在世界的另一个角落,长着跟我们一样的脸,过着他们的生活。"我还记起胡斯托·纳瓦罗某天说的话——有时我还会以为是自己说的:"有些巧合和偶然让你笑死,有些巧合和偶然让你死去。"

《自我边界的散文》的叙事者是生活的异乡人,同时又像来自荒诞故事的一位英雄。他有一个隐秘的孪生兄弟,确切来说那是他的表兄,长得跟他一模一样,甚至跟他叫一样的名字,二人都叫科斯梅·巴迪亚。

分身的主题——以及分身之分身、通过镜子折射出无穷的主题——是胡里奥·艾华德的小说迷宫的中心。这部小说——我已经以文学批评家的身份在评论了——是一部虚构的自传,作家借科斯梅·巴迪亚之口,讲述那不属于他的记忆,编造了那两个表兄弟的世界,他仿佛在回忆那个世界发生的事,并且时刻体现着福克纳所说的:"小说是作家的隐秘生活,是隐秘的孪生兄弟。"

---

① 法国西部港口城市。
② 胡里奥·艾华德(Julio Arward),作者虚构的一个作家。
③ 胡斯托·纳瓦罗(Justo Navarro, 1953—　),西班牙小说家、诗人,著有小说《分身的分身》(*El Doble del Doble*, 1988)。

也许文学是这样的：虚构另一种本来可能属于我们的生活，创造一个分身。里卡多·皮格利亚①说，讲述一种不属于自己的记忆，是分身手法的一种变体，但同时也是对文学体验的一个完美比喻。我刚才引用了皮格利亚的话，并且我确定，在我身边充满着关于书本和作家的引文。我是文学病患者。长此以往，文学可能最终将我吞没，就像漩涡吞噬一个玩偶，直至让我迷失在它那无边的领地里。我在文学的世界里越来越感到窒息，五十多岁的我，每每想到自己的命运可能是变成一部行走的引文词典，便焦虑万分。

《自我边界的散文》中的叙事者仿佛出自爱德华·霍普的一幅画。这不奇怪，艾华德自1982年买了我的第一本书起——我发表的五本文学评论中的第一本——便对这位北美画家产生了强烈兴趣。他买我的书不为别的，只因为书的封面印有爱德华·霍普的《夜游人》，上面画着一些夜里的醉酒人。在那之前，艾华德没有见过霍普的任何画，买书是因为它的封面——那时他甚至还不认识我——他用厨房的剪刀把画裁了下来，挂在家中的墙上。这是几年前他在我们初次见面的时候说的。我没有感到被冒犯，毕竟我记得有一次我从报纸上剪下了他的文章《生活的异乡人》，并把它钉在书房的墙上，用来提醒自己打电话给

① 里卡多·皮格利亚(Ricardo Piglia，1941—2017)，阿根廷作家。

胡斯托·纳瓦罗,告诉他有个叫艾华德的家伙抄袭他,而抄袭的一个典型例子,来自那个家伙所说的:"《夜游人》中的那个孤独的醉酒人仿佛正在回想一次漫无方向的中国之旅。他的脖子、后背和肩膀承受着来自回忆和岁月的沉重冷光。"

《自我边界的散文》这部回忆科斯梅·巴迪亚那漫无方向的中国之旅的小说,让我想起了我署名发表的一篇对胡斯托·纳瓦罗的访谈,实际上那是他对自己的采访;同样,出现在下一页的是我对自己的采访,而署名作者为胡斯托·纳瓦罗。两篇访谈以同一个问题开始,这是我们事先约定的:"您愿意和我交换身份吗?""现在就可以。"我回答。"现在不行,"胡斯托·纳瓦罗说,"在其他时候我很乐意,但现在不行。现在您在提问,我在回答;如果现在我换成了您,我就要提问题了。"

胡斯托·纳瓦罗和我总是对巧合的东西、一样的东西和分身的话题深感兴趣。在很长的一段时间里,胡斯托·纳瓦罗在机场总是被警察要求出示一系列文件并搜查行李。有次他心血来潮,便问一位宪兵为什么总是只拦下他,宪兵跟他说,因为他的外形跟某个通缉犯的描述相符。

在1974年,我居住在巴黎期间发生了类似的事情。我在圣日耳曼德佩区的一家药店里被拦下,被误认为是委内瑞拉恐怖分子卡洛斯。巧合和偶然。想到这,我突然明白了塞尔希奥·

皮托尔①在1994年写的一个故事《隐秘的孪生兄弟》,他在开头引用了胡斯托·纳瓦罗的一句话:"当作家意味着变成一个陌生人,一个异乡人;你必须开始翻译你自己。写作是扮演,是角色取代。写作是假装成另一个人。"

更多巧合和偶然。尽管塞尔希奥·皮托尔并不知道胡斯托·纳瓦罗与我不止一次地互换过身份(也许甚至不知道我们相互认识),但他却让我们俩完全代入了《隐秘的孪生兄弟》的两个角色,那个故事是为我而写的,"给那位来自海外的朋友,最后一位言辞狂妄的评论家"。

今天在蒙塔诺位于南特的家中,我确认他陷入了不能写作的困境。于是我试着宽慰他,讲那些关于分身和分身之分身的故事。

"有些巧合和偶然,"我对儿子说,"让你笑死,有些巧合和偶然让你死去。"

"这不是胡斯托·纳瓦罗说的吗?"

"也是胡里奥·艾华德说的,不久前他在一篇文章中剽窃了这句话,也许你还没读过。"

蒙塔诺顿时变得神色焦虑。"全世界的人都写作。"他说。

---

① 塞尔希奥·皮托尔(Sergio Pitol, 1933—   ),墨西哥作家、译者、外交官,2005年塞万提斯文学奖获得者。

他身旁的艾琳,他的伴侣,向他投去了深切的同情目光。艾琳是个漂亮、安静和聪明的人。我对她了解不深,只在她某两次到巴塞罗那时见过面,但我对她感到安心,我们相互信任。我的妻子罗莎——蒙塔诺的继母——认为她是我这个难以相处、喜怒无常的儿子能找到的最好的伴侣。

"你一定在想,"蒙塔诺对我说,"我很担心,因为自从那本书出版以后,我便不能写作了。但事情不是这样的。事实上,不是我不能写作,他人的想法不时地进入我的大脑,它们突然到来,从外面闯进来,并控制了我的大脑,"此时他做了一个夸张的手势,"所以,事实是没有人写作。"

我对他的话有些许怀疑,便问从外面闯进他大脑的都是什么样的想法。他向我解释说,比如,就在我按他家门铃的时候,胡里奥·艾华德的个人记忆刚刚来访。

"我无法相信你。"我跟他说。

"但你应该相信我,这是百分之百的、奇怪的事实。胡里奥·艾华德的记忆渗进了我的脑海,我看见了马拉加城①加里加·维拉街的拐角,那正是艾华德的住处。我看见了这个场景——就在你来到这个房子、感谢我推荐你读他的小说之前。显然,在你第一次跟我提及艾华德之前我就看见了。我看见了

---

① 地中海沿岸城市,位于西班牙南部安达卢西亚省。

他居住的街道拐角,还见到了康莫多罗阅读酒吧,那是他模仿胡斯托·纳瓦罗写的那本糟糕的小说中出现的酒吧。不仅如此,我还看见了格拉纳达堂西米恩浴场的游泳池,那是他在童年时跟父亲去过一次的地方……"

我无奈地觉得那是他的幻想,也许这位可怜的作家正以一种幼稚的方式掩饰不能写作的焦虑。然而在他那错乱的眼神里,有一种出奇的、真实的宁静。

由于旅途疲惫,我与他们道别后回酒店休息了。毕竟他们要到明天才能招呼我;他们在南特经营一家书店,今晚要与书店的客户共进晚餐。他们坚持让我住在家里,但我不愿意。在南特逗留的这几天,我可不愿当他们的电灯泡。他们开车送我到拉贝鲁兹酒店,并约好第二天我到书店找他们一起吃午餐。到了酒店门口,我在下车的瞬间忽然想看看,那些渗入我儿子大脑里的艾华德的记忆究竟是不是他一时的胡言乱语。我开玩笑地问他,就在那一瞬间,他是否仍在接收艾华德的记忆。

"没有,现在没有,"蒙塔诺认真地说,"但我们从家里出来的时候,胡斯托·纳瓦罗的记忆来访了。应该说,他的记忆正在渗进胡里奥·艾华德的记忆中。"

艾琳看着我,仿佛是在为蒙塔诺的话道歉,她觉得他说这些话也许是班门弄斧,为了证明自己不是一个不能写作的、头脑空白的可怜的年轻人。

"你能知道那些<u>来自胡斯托·纳瓦罗</u>的记忆是什么吗?"我问他。

"白天的那个记忆,不知道你还记不记得,他假装成你。"他回答道。

对此,我表现出了英式的冷静,跟他们说了明天见。

片刻之前,我想着蒙塔诺的话时,记起了《莎士比亚的记忆》,那是豪尔赫·路易斯·博尔赫斯写的一个故事,源于这位阿根廷作家在密歇根的酒店房间里做的梦。他在梦里看见一个没有脸庞的人要送他莎士比亚的记忆;要送他的不是名声或者荣耀——否则就浅薄了——而是那位作家的记忆,写《哈姆雷特》第二幕的那个下午的记忆。

我要睡觉了,让我感到疲惫的不仅是旅途,还有坚持了多年的写日记的习惯。今天,当我写下第一行"二十世纪末,年轻的蒙塔诺……"时,便意识到它或将在一种神秘力量的驱使下,变成一个需要读者的故事的开端,而不再是隐藏在这本私人日记中的文字。

这是荒唐的想法,现在只差把我转换成叙事者了。更荒唐的是,我来南特的目的是喘一口气,至少在这几天里摆脱使我窒息的文学。我来南特是为了看看我能否稍微忘掉我是文学病患者。

但此时此刻在拉贝鲁兹酒店的我,病得比离开巴塞罗那时还要严重。也许罗莎是对的,她说如果我想暂时戒掉那咄咄逼人的文学批评,缓解我对书的病态般的狂热,放下我用文学的眼光看待一切的癖好,那么选择南特——蒙塔诺也生病了,尽管我们对文学的狂热不一样——不是最合适的解决方案。

罗莎说我迫切需要一次旅行,在旅途中不再过度沉迷于文学,而是欣赏风光和音乐,参观非文化景点,从殚精竭虑的文学批评工作中抽身,全身心地投入对大自然母亲的欣赏中——"比如,安静地观察西红柿怎样从田地里生长出来",这是她的原话——观赏日落并想念她,更加想念她,尽管她因为工作而不能同行,但仍然要更想念她。然而,罗莎也说了,我不能去南特,因为我的儿子在那里——他也因为文字而受伤,尽管与我的原因不同——他可能会让我的病变得更加严重。

而此时此刻的我比离开巴塞罗那时还要糟糕,我的病更严重了,就在父子俩令人窒息的会面过后,二人都因为那该死的文学而受伤,但情况不尽相同:一个人(蒙塔诺)想回归文学;另一个人只想忘掉它,哪怕几天也好,但至少现在还没做到,居然还陷入了这篇带有些许文学色彩的叙事文字的开头,甚至还把它写进了日记。

一切都很奇怪。同病相怜的父子,带着对文学的不同的狂热。蒙塔诺今天很奇怪,在卡尔维路的寓所里,他坐在椅子上,焦虑地抓住艾琳的手。他在文学上的发展前景因为那部危险的小说而受阻,他困在了自己的幻想或艾华德和纳瓦罗的个人记忆之中——如果这不是他捏造的话——他困在了被困者之中。不管怎样,他已成为了不能写作的人,一个在南特的、可悲的、不能写作的人,并且确信自己再也、再也写不出任何东西。

儒勒·凡尔纳[①]在这里出生。

我无法入睡,这种感觉很可怕,于是又提起笔写日记,也许是为了写下这些,写下儒勒·凡尔纳在这里出生,他在年轻的时候经常沿着南特这个美丽的河港城市的运河散步,双桅帆飘扬的景致让他着迷。时过境迁,成群的海盗和商人已经故去,他们的财富也挥霍精光,尽管这个属于私人的城市的废墟间仍残存着昔日盛世的微弱光芒,空气中仍弥漫着些许古龙水的芬芳。

现在我看着这个不眠夜中的南特城,忽然想起艾琳。我在这位柔弱的女子身上仿佛发现了儒勒·凡尔纳的母亲的活生生的影子。他母亲的名字像一股气流:苏菲·阿洛·德拉弗叶。艾琳的名字也带有一点清风的感觉,即便不是如此,我也需要相信这一点,我需要依靠她成为我的盟友,让这股气流驱除蒙塔诺的文学病,可能的话,也把我的文学病消灭。

---

① 儒勒·凡尔纳(Jules Verne,1828—1905),法国小说家、剧作家、诗人,现代科幻小说的重要开创者之一。

雅克·瓦谢①在这里出生。

他也在这里自杀。在蒙塔诺的那部关于作家放弃写作的小说中,瓦谢是主要人物之一。他不费吹灰之力,只写了几封给安德烈·布勒东②的信,便在法国文学史上留了名。1916③ 年,他因过量服食鸦片而在南特的法国大酒店去世。这位默默无闻的诗人如影随形般陪伴了布勒东的一生,而布勒东的目光则紧随着一成不变地穿着骑兵中尉、飞行员或医生的制服在南特街头散步的瓦谢,对其倾慕不已。

瓦谢在给布勒东的一封信中写道:"你们一定认为我消失了,认为我死去了,但你们终将发现有那样的一个瓦谢,他隐退在诺曼底,从事畜牧工作,他向你们介绍他的妻子,一个天真无邪、相貌出众的女子,她永远不会意识到他曾经历的危险。只有少量的书(非常少,对吧?)被小心地藏在了楼上,证实着过去曾经发生的事。"

就在这个晚上的此时,一段回忆来到了我的脑海。在回忆中的那个时期,我的内心有一股冲动,我想暂时放下文学批评这个行当,进行一场冒险:编一个合集,收录一系列研究历史上那

---

① 雅克·瓦谢(Jacques Vaché, 1895—1919),法国作家,被安德烈·布勒东认为是超现实主义的创始人。他仅存的作品是一系列的书信。
② 安德烈·布勒东(André Breton, 1896—1966),法国作家和诗人,被认为是超现实主义的创始人。
③ 卒年有误,原文如此,疑为作者笔误。

些严肃而危险的青年的突出事迹的文章。我认为那些青年中包括瓦谢,现在还可以加入蒙塔诺,说实话,他的外表越来越像——然而内心已经不像——杰哈·德巴狄厄①的儿子,那位青年追随他那有名的父亲成为了演员,然而他摧毁了成长路上拥有的一切,当被问及前途时,他的答案是:到了二十九岁还活着已经很了不起。

　　我一向喜欢这个自以为是的社会里那些严肃而危险的青年的存在,他们发现世界是愚蠢的,一度只想着尽快离开它。我曾经和他们是同道中人;我的儿子在这里开书店之前,也精于此道——在酒店房间里搞破坏,在酒馆里拼命地打架,在夜里没完没了地吸毒,遇见有权势的人就往他们脸上吐痰。我不是毫无保留地赞赏他的做法,只是我在年轻时也做过非常类似的事,如果现在的我对于这可怜的儿子的狂野和自杀式的勇敢丝毫也不感到发自内心的满意,那未免太卑鄙了。

　　事实上,蒙塔诺——他叫米格尔·德阿布里莱斯·蒙塔诺,但他更喜欢蒙塔诺这个简单的称呼,以纪念他故去的母亲——的才华,还有他直至不久前还保持着的、与危险共存的需要,以及突如其来的精神脆弱同样让人印象深刻。这解释了为什么他冒着风险写下那个关于作家停止写作的故事后,自己也变成了

---

① 杰哈·德巴狄厄(Gérard Depardieu,1948—　　),法国男演员、制片人和商人。

一个无法写作的可悲的人。我还记得他在那本书出版后说的那些使我微笑的话:"我依靠我的父亲,就像他离不开我一样,因为他们说的那些可怕的事情不仅仅属于我。"

我微笑是因为那句话来自德巴狄厄的儿子,那时候蒙塔诺无论从外表还是内心都与他很相似。我微笑是因为关于德巴狄厄的那些可怕的评论,与我遭遇的那些恶言相向——我的那些尖刻的文学评论引起的——不是一回事。现在我微笑着盼望在将来的某一天和蒙塔诺一起编写那部关于危险青年的合集,或者说一部体面的编年史——后者源于我此刻的突发奇想,用于记录那些无法融入社会的青年是如何或早或迟地、最终得以克制自己,团结起来,创造艺术。

尽管只睡了两个小时,但是我醒来后感觉良好,仿佛两个小时已经足够了。我很怀念这么好的精神状态,但我决定不再睡了,我要出门走一走。现在到儿子的书店还早,于是我到了普罗克公园散步。一个文学病患者如我,此时难免会默默地向安德烈·布勒东致敬。他在《娜迪亚》中写道,也许南特,除巴黎之外,是"法国唯一一座能让我有如下感受的城市:这里也许会有有价值的事发生在我身上,这里有些目光在熊熊燃烧,我的生命轨迹——因为生活在这里而不是别处——能有所不同,在某些灵魂中还存活着最勇于冒险的心。南特,从那里还有我称之为朋友的人来访;南特,那里有我挚爱的公园:普罗克公园"。

我从来没有喜爱过普罗克公园——那不是我的风格,但我在早晨的这个时段感觉越来越好,按理说这时人还没睡醒,我本应感到愤怒、疲劳或脾气不好。我漫步在细雨之中,在罗莎专门为此行送给我的红雨伞下,心情非常舒畅。我仔细地观察公园里与我擦肩而过的为数不多的路人,在内心里渴望知道他们所有人的名、他们的姓,甚至深深地爱上他们——我更倾向于爱上他们的可能性,而不是爱上这公园——希望他们在离世的时候,知道他们的名字曾萦绕在我的唇间。我认真地看着那些显然各不相同的面孔,探究在他们深陷的眼睛里的对毫无意义的屠杀的恐惧。我对这个关于爱与杀的邪恶游戏感到很得意,我在想象他们中的每个人的死亡瞬间,在他们过渡到下一次生命的临界点,把我介绍给他们最爱的亲人。最后,我想象自己是爱与死亡王国的至高无上的君主。最后,我超越了所有冒险的界限,我比可怜的布勒东走得更远。

我在书店看见蒙塔诺的时候,他很放松,对我的照顾很周到。艾琳看起来比昨天开心,起码笑容比昨天灿烂。今天的气氛闲适平静,但不能说一切正常。我分析蒙塔诺和我在一起时的所有行为举止,不得不说,他是那么地心不在焉、情绪变化无常。他就像哈姆雷特那样。不论他这么做是不是在模仿那位丹麦王子——对此我无法完全确定——蒙塔诺时刻处在出人意表、持续不断的变化状态。他至少历经了哈姆雷特的以下几种状态：一、庄重、礼貌；二、理智、深思熟虑，具有知识分子气质；三、激动、忧郁；四、专横、嘲弄；五、装疯、报复心重，也许已陷入了无可救药的疯狂。

一、从我走进书店的那一刻起，蒙塔诺表现出了一种无微不至的友好。这么说吧，他虽然奇怪，但很友善。他非常热情地向我行了一个庄严的鞠躬礼——记得在他小时候，有几次我受托去接他放学，那时他对我行了同样的礼——还送了我一本《芦笋与灵魂的不灭》的法语译本，那是意大利幽默文学大师阿基莱·康帕尼勒①的小说。

"借此赠书，"尽管他的礼貌过于精巧和夸张，但不失友善，他庄重地说道，"表达我对西班牙评论界有史以来最独立的评论家的敬意！"

我微笑着让他别这样取笑和恭维我，但无论如何我很感谢他赠书的好意，我在最近的一篇散文中对那本小说极力推崇——当然也对它的作者，他在当今时代被如此不公平地遗忘了——这证明蒙塔诺关注和阅读了我的那篇文章。"我兴致勃勃地读了那篇文章。"他说。然后他走开了，去招呼一个客人。

---

① 阿基莱·康帕尼勒（Achille Campanile，1899—1977），意大利作家、剧作家、评论家，擅长超现实的幽默和文字游戏。

就在那时,艾琳——她仍像昨晚那样美丽而脆弱——走到我身边,首先征求我对于在希加尔餐厅①午餐的意见,然后压低声音,跟我谈论蒙塔诺今天的好心情:

"他可以很讨人喜欢,只要他想这么做。"

二、天下着雨,我走在去希加尔餐厅的路上,突发奇想地跟蒙塔诺谈论我的文学病,当然只是谈我的病况,我不想现在就谈论他的,那是个微妙的话题,我想以后再设法巧妙地触及。我与他谈论我的文学病,是因为我觉得这对他可能有治愈效果,让他知道他父亲对文学感到窒息,只要有机会就想远离它。我觉得谈及我的不适也许能缓解他的病,同时我的坦白能让我对自己的病感到些许宽慰。

"我在想,"他带着一种理智和深思熟虑的语气说,"瓦尔特·本雅明②思考过讲述故事的艺术与疾病的治疗之间可能存在的关系。"

我只能坦诚地告诉他,我对叙事和治病之间的关系毫无概念。于是蒙塔诺跟我解释,声音甜蜜而友好,讲故事和治病之间的联系,是瓦尔特·本雅明的一位德国朋友向他提及的,那位朋

---

① 南特的一家著名餐厅。
② 瓦尔特·本雅明(Walter Benjamin,1892—1940),德国哲学家、文化评论家。

友说他妻子的双手有治愈的神力,那双手表达能力很强,那种表现力难以描述,只能说它们就像在讲故事一样。

"就是以这种方式,"我的儿子说道,"以这种独特的方式,一个十分私密的场景进入了瓦尔特·本雅明的记忆中:那是一个孩童的记忆,当他生病的时候,母亲让他躺在床上,然后她坐在旁边开始给他讲故事。当这样的场景进入瓦尔特·本雅明的脑海中,他不禁自问:对于大部分疾病的治疗来说,叙事不正是创造了最恰当的氛围和最有利的状态吗?"

于是蒙塔诺开始思考叙事的空间所营造的恰当氛围,我则感到有点荒唐——我对他坦白了自己的病,换来的是他对这个话题高谈阔论,被他那富有表现力的手部活动弄得眼花缭乱。我觉得这时的他通过与我的对话,通过在思考中融入他的过人见解,希望我能从中汲取治愈的良方。然而这不是我来南特的目的,实际上,作为父亲,我来这里的首要目的是治愈他的病,帮助他从无法写作的困境中走出来。

"我要追溯到童年,"蒙塔诺总结道,"在生病了的那些可怜的日子里,妈妈会给我讲故事,这样总能让我好起来。我要追溯到童年才能有十足把握推导出一个你以为简单的结论,而事实上它并不简单:疾病终有一天会离开,就像它到来时一样,在不知不觉中。"

三、到达希加尔餐厅时,蒙塔诺已经失去了理智,他开始激动地谈及他的母亲,说每当我离开家时,她就会狂喜地跳起舞来。他扯着嗓子,歇斯底里地抽泣,强行地切入关于他已故母亲的话题。这就是他为一件事激动起来时的典型风格,对此我已经分析透彻,就像作为一位优秀文学评论家对文本做分析一样。

那种终将演变成强烈忧郁的激动风格,包括厌恶直来直往、闲逛、跳跃、走迷宫、后退、绕圈子,然后突然触碰那个不可触及的圆心,也就是他母亲的话题——每次见到他这样激动的时候,他都是在谈及他那受上帝庇佑的母亲——然后再次往后退,绕更多的圈子,追随着相反或一样的本能,直至毫不留情地揭穿和嘲弄事实,任何可能确凿之事的任何事实,除了——因为届时他会继续前行并重新追随相反的本能——某个不变的事实,也是唯一他声称确定拥有的事实:在这世上他只爱过一个人。这个人就是玛利亚,他亲爱的已故母亲,我不可冒犯的第一任妻子。

四、在漫长的饭后闲谈时,理论上应当感到伤感的艾琳,略带天真地跟蒙塔诺说,他也可以爱她呀。我的儿子盯着她,用那双蓝色的、几乎总是冰冷的眼睛,跟他母亲那冷漠的蓝色眼睛一个模样。艾琳害怕了,我能确定蒙塔诺轻易就能驾驭她。但事实上她的恐惧没有持续很长时间,因为过了不久她就大胆地跟我的儿子说,固守在失去母亲的忧伤中,是一种冷酷无情的固执。但那不是说这话的好时机。蒙塔诺的心情一下子变得阴郁和怪异。我马上问他怎么了,除了对她的厌烦和生气。他变得很奇怪,眼神里充满暴躁,我从未见过他这样的表情。我再一次问他怎么了,但他还是没有回答。他的蓝色眼睛变得更加冰冷。

"你看着很阴郁。"我说。

"我很阴郁?"他嘲笑地说道,"没有,我的阁下,太阳整天都在照着我。"

他的回答跟哈姆雷特的一样——"太阳整天都在照着我",跟那位王子说的一模一样——我找到了证据,至少找到了一个。他可能想为母亲报仇。他不止一次愚蠢地暗示是我杀害了她。也许我找到的并不是什么证据,而他也没有想到哈姆雷特,甚至什么也没有想,只是他写作能力的丧失导致了那令人费解的、反复无常的表现。

无论如何,哈姆雷特不期而至,让我想起了晚上在酒店睡不着时在脑海里闪现的一个想法。这个想法跟哈姆雷特有点关系,目的是帮助蒙塔诺克服对于不能写作的焦虑。这个想法是这么形成的:晚上睡不着时,我打开房间里的灯,我觉得自己看见了地毯上有只蜘蛛在爬。那只毫无戒心的、匆忙行进的蜘蛛,笨拙地拽着身子朝我的方向爬着。突然它发现前方有个巨大的影子,于是停了下来,不知道究竟该往后撤还是往前爬,只能一动不动地察看着那强大的敌人。我才动了一下,它就仿佛攒足了勇气,继续往前爬,莽撞、狡猾和恐惧交织在一起。它爬到我旁边时,对它嫌弃不已的我正要压死它,但最终还是掀起地毯让它逃走,给它留了一条活路。为什么?因为我的人生哲学是超越原始冲动的,而哈姆雷特——那时我联想到他——则徘徊在理性(什么都不做)和轻视理性而遵循一种古老的、我们称之为复仇的伦理习俗之间,后者实质上是一种原始的、不理性的行为。这种徘徊是莎士比亚笔下的哈姆雷特的伟大所在,我在我的倒数第二本书中解释过这个观点。

就这样,我从蜘蛛想到了哈姆雷特,然后联想到我的同行哈罗德·布鲁姆①。他在最近的一篇论文中问道:"为什么哈姆雷特从海外归来?"他本可以前往维滕堡、巴黎或者伦敦。但实际上——布鲁姆告诉我们——他已不可能回到维滕堡求学,第五幕中的王子没有什么需要学的了,他已经知晓一切。回去的那个人,是那天半夜里让我觉得像雅克·瓦谢的一个鬼魂。

这就是昨天晚上在酒店房间里发生的事情。现在我在这个地方写着这篇正在演变成小说的日记。在布鲁姆的问题的启发下,我想到了一个类似的问题,今天可以向蒙塔诺提出,也许能将他导向一条正确的道路,将他从绝望的文学创作前景中解救

---

① 哈罗德·布鲁姆(Harold Bloom,1930—2019),美国文学评论家、作家,耶鲁大学教授。

出来。

那问题就是：为什么马塞尔·杜尚①从海外归来？

我说杜尚从海外归来，指的是他在美国、大西洋的对岸旅居很长一段时间之后，在一个晴朗的日子回到了巴黎，在那里——带着作为一个知晓一切的人对艺术创作的清晰态度——沿袭他对"压死蜘蛛"这种原始冲动行径的抗拒，我想说的是他拒绝重复那些为人熟知的套路来创造艺术作品。

昨晚在这个房间里辗转反侧时，我就想，明天一见到蒙塔诺就跟他说，如果他唯一的心结是文学创作停滞的问题，那么解决方法很简单。杜尚的解决方法。也就是说，平静地专注于什么都不做，这是已经知晓一切的艺术家做的事情。杜尚终其一生不与因循守旧的艺术家为伍，将在海外历尽一切归来的人应有的智慧具象化，因此他是一个快乐的鬼魂，每天唯一的事情就是延续快乐，比如不在书页上，而是在日常空气中或者生活捉摸不定的表象上写作的快乐。难道这是什么惊人举动吗？

这对蒙塔诺而言是一个很好的计划：效仿杜尚的行为准则，像他那样，既不痛苦也不显得怪异，你就说你什么也不做。这对我儿子来说是一个很好的计划，让他从那条狭窄的死胡同中逃

---

① 马塞尔·杜尚（Marcel Duchamp, 1887—1968），法国实验先锋艺术家，达达主义和超现实主义的代表人物和创始人之一。

出来。这个计划复杂——要求从蜘蛛联想到哈姆雷特、布鲁姆和杜尚——而实质上出奇地简单。无论如何，这对蒙塔诺而言是一个很好的计划。这是昨晚我在这个酒店里辗转反侧时所想到的，然而今天醒来时却忘得一干二净。不过哈姆雷特的鬼魂突然闯入希加尔餐厅，使我记起来了。只需要问他——装出天真无邪的姿态——为什么马塞尔·杜尚从海外归来？

五、希加尔是一个历史悠久的餐厅，不仅因为雅克·德米①于六十年代在这里拍摄了那部享有盛名的电影《萝拉》②。正当我们谈论着这些，并争论谁来结账的时候，可能那不是合适的时候，也许是为了终结关于结账的争论，同时出于好意帮助他解决不能写作的问题，就在那个不合适的时候，我想起向他提出我在酒店想到的那个问题。

"为什么马塞尔·杜尚从海外归来？"

我现在懂得了，当时我本该做好铺垫，先跟他说布鲁姆、蜘蛛，以及我这个患有文学病的脑子里的一切，正是这些让我炮制了那个复杂而实质上简单的问题。我希望以此不动声色地帮助他，事实上也付诸实施了——我是这么认为的——这个满怀好

---

① 雅克·德米(Jacques Demy, 1931—1990)，法国著名导演、编剧、演员。
② 雅克·德米执导的第一部剧情片，他凭借这部处女作一鸣惊人。影片讲述了法国青年罗兰迷恋酒吧舞女萝拉，她独自抚养儿子，痴心地以为抛弃她的男人会重返她身边。

意的杜尚计划。

我的儿子已不再追随哈姆雷特的鬼魂,而是变成了一个誓要报仇的怪物,同样地——必须要说出事实的全部——以哈姆雷特的方式。他脸色的变化令人害怕,瞳孔以一种惊人的方式突然扩大。当他这样回答的时候,我几乎感觉到了从他口中喷出的怒火:

"为了看海。"

我记起当他还是孩子的时候,有一天,他没有任何原因地——如果不是为了让我们害怕他——突然改变了那张天使般的脸庞,露出可怕的表情。他对我们说——这也预示了他未来将要从事文学——大海由人的面孔、死人的面孔拼接而成。那天我和他那位早逝的母亲就已经预知我们儿子将来的执拗性格,尽管我们没能够预想到——这是自然——终有一天生活在南特的他竟会像哈姆雷特的鬼魂般,行为如此让人难以预料。

"我觉得你没有理解我的意思,"今天我在希加尔跟他说,"我问你关于杜尚的事,是因为我认为生活中没有写作、成为文学界的杜尚也不失为一个好的计划。"

我永远不会忘记他接下来说的话,以及那慌乱的眼神,他突然开始寻求复仇。

"都是你的错,"他对我说,"因为你的弥天大错,你看看现在发生在我身上的事,就在这个瞬间:贡萨洛·罗哈斯①的记忆正在入侵胡斯托·纳瓦罗的脑海,我正在重新经历那位诗人写下那些诗句的晚上,在那些诗句里,兰波②敲打着元音的节奏,洛特雷阿蒙③放声长嚎,卡夫卡的文字光芒四射,艾兹拉·庞德④与天使们讨论着一个表意符号,还有我的母亲,我那可怜的母亲……"

他的样子很可怕,他的瞳孔越发地扩大了。

"还有我的母亲,"他说,"听着那场钢琴音乐会,对她而言那是一场精美的谋杀。"

在那一刻,我只想到了罗莎对我的提醒是有道理的,她说作为一个继承了我所有的神经质和狂热的人,蒙塔诺是世界上最不可能帮助我冲淡文学在生命中的过度存在感的人。

在那一刻,我已经看清楚,继续留在蒙塔诺身边只会让我病得越发严重。因为我很清楚,蒙塔诺的病,与我的病一样,都是文学病。我对自己说,既然蒙塔诺继承了他父亲的疾病,那么说

---

① 贡萨洛·罗哈斯(Gonzalo Rojas, 1916—2011),智利著名超现实主义诗人,智利国家文学奖、西班牙塞万提斯文学奖获得者。

② 全名让·尼古拉·阿蒂尔·兰波(Jean Nicolas Arthur Rimbaud, 1854—1891),法国著名诗人。他是无法被归类的天才诗人,创作时期仅在 14—19 岁。他受法国象征主义诗歌影响,是超现实主义诗歌的鼻祖。

③ 洛特雷阿蒙(Lautréamont, 1846—1870),原名伊齐多尔·吕西安·迪卡斯(Isidore Lucien Ducasse),法国诗人,代表作有《马尔多罗之歌》。

④ 艾兹拉·庞德(Ezra Pound, 1885—1972),美国著名诗人,意象主义诗歌的主要代表人物。

蒙塔诺的文学病

到底——姑且给这种疾病取个名字——我患上的便是蒙塔诺的文学病。

看着儿子时，我对此更加深信不疑。他那哈姆雷特式的脾气，那带有攻击性的戏码，那关于作家的记忆入侵他人记忆的故事，对于他父亲而言绝对是一种危险，只能加重他父亲的文学病。

"你杀害了她。"蒙塔诺突然跟我说。

我们的谈话竟到了这个地步。很显然，他把自己当成了哈姆雷特，想要俘获国王的良知，也就是我的良知。

"我的天，"我对他说，"我没有杀害你的母亲。"

艾琳开始放声大哭。

外面下着雨，雨落在南特的街道上，待在这个酒店的房间里让人感觉舒适。好吧，我们来看看：我没有杀害他的母亲。这是首先要明确的。那个关于我谋杀了她的想法是一个如我儿子般的病人的典型文学构建。雨下在南特的街道上，这让我想起了芭芭拉那首描述这般场景的歌。我接连喝了两杯水，仿佛我在以这种方式冲淡那个问题的影响，蒙塔诺对我的影响。刚才我看着窗外的一个男人，双臂以不同的姿势举在半空中，然后转身走向雾中——那时的雾很重——他仿佛在试图扎进雾中。

我没有杀害他的母亲。我记得很清楚，事实是这样的：玛利亚朝着阳台疯狂地奔跑,往空中可怕地一跃而下,可怜的忧伤的蒙塔诺就这样被这位母亲遗弃了,这位生下了他的母亲。

我记得她疯狂地向阳台奔跑,在普罗旺斯街我们的住处,撞断了护栏,从六楼跳了下去,就像家庭主妇冷漠地从窗口泼出一桶脏水。

在葬礼上,我假装着将永远承受折磨的样子,朗诵了艾略特的几行诗:"那是燃烧的玫瑰留下的灰烬/粉末飘浮在空气里/标记着一个故事终结的地方。"

我没有杀害他的母亲。

今天在希加尔餐厅,为了制止他那可怕的、失实的想象,我对他说:

"你没别的能耐,只知道让那些吸我血的苍蝇活过来。"

我对他说这样奇怪的话,部分原因是我想起了他看见的那片由死人的脸拼接成的海,继而想到一位老朋友,他总说他想用同一只苍蝇教训两个笨蛋。另一部分原因是,我觉得儿子——他意识到了我也有蒙塔诺的文学病——想吸我的血,用最后一剂过量的文学夺去我的性命。

这没什么稀奇的,我的儿子只是单纯地企图杀害父亲,这是西方世界里很寻常的一个愿望。唯一稀奇的事,是他通过文学的途径来置我于死地。然而,只要见识过蒙塔诺的怪异,其他怪异的事就不足为奇了。总而言之,我在希加尔餐厅时就明白了,我不能再冒这样的险,最好尽快离开南特。我不能继续在那里像一个平庸的哈姆雷特那样踌躇不定,怀疑蒙塔诺究竟是真的疯了,还是假装疯了;这个可怜的孩子只是因为无法写作而备受折磨(仅此而已),还是他确实想为母亲的死报仇;抑或他想要将自己的病传染给我,从而加重我的病,用过量的文学终结我的性命。

"你在跟我说什么苍蝇?"他对我说,"你总是试图以批评家的身份教训我。"

那是我一直欠缺的。也是我唯一欠缺的,也就是作为叙事者的他指责身为评论家的我。那时我看着他,以一种无以复加的权威态度。突然,不知为何——我猜是因为哈姆雷特的鬼魂一直在场——我想起了在罗萨斯①见过一次的掘墓人,他边唱歌边掘坟墓。我顿时想到在《哈姆雷特》里总有这么一个人物存在,一个唱着歌的掘墓人。

我对儿子感到极度厌烦,以至于几乎要说出边唱着歌边给他掘墓那样的话了。但看来不应该再火上浇油了。取而代之,我问他究竟发生了什么事,我从来没有见过他这么奇怪的样子。那一刻我心里已然十分清楚,依着他的回答,我应该跑着离开那

---

① 位于西班牙加泰罗尼亚赫罗纳省的小镇。

里,在他给我注入那最后的一点剂量之前。

"奇怪的那个人,"他对我说,"是你,你来到南特,说自己得了文学病,这是显而易见的事。然后你问我关于海和杜尚的事。"在那一刹那,我开始厌恶自己昨天愉快地跟他敞开心扉,说我感觉身边充满了书和有关作家的引文。我差点——幸好我没有那样做——还跟他坦言了,自从来到南特,我就感到自己困在了一部小说里,一部我逐渐转抄到日记里的小说;而蒙塔诺的文学病,正对这部小说的神秘节奏,做出规律明显的标注。

我们在餐厅里陷入了这样一种紧张局面,于是我对艾琳和儿子说,我现在先走路回酒店,傍晚再去书店找他们。

一个小时前,我已经把行李收拾好。我在日记里写下这最后几行,然后就到车站,搭最早的一班火车离开这个城市,最早的一班。我知道这样做很"文学",我还知道火车本身也很"文学",但没关系,我将搭乘最早的一班火车离开南特,离开这里和在这里的儿子,管他边唱歌边给谁掘墓——只要不是我的。

火车悄悄地离开南特,我逐渐远离凡尔纳的城市,我深深地舒了一口气。恩斯特·荣格①在日记中写道,瞳孔扩大的人会立即引起他人的不信任。孩子们——这是我的想法——尤其像我

---

① 恩斯特·荣格(Ernst Jünger,1895—1998),德国小说家、哲学家。1982年歌德奖获得者。

儿子那样变得如此极端危险的,来到世界的唯一作用就是加重父母的病,有时候是为了杀掉他们。人们说这是生命的规律,有些人死去,是为了有些人降生。然而我并不想因为过量的文学死去,也不想死于哈姆雷特的复仇之剑下。我对于杀害父亲没什么意见,只要那个父亲不是我。

我离开了南特,离开了那个丹麦皇室。

即便假定我现在发现了儿子是世界上最健康的人,而我才是那个怪异的人,情况也不会变化,我同样会离开南特,因为我很清楚我的儿子,那个无辜的或危险的凶手,自从我来到这个城市,他做的唯一一件事就是让我的文学病变得越来越严重。我很清楚,只要我在南特多逗留几个小时,我最终将会变成——如果说我现在还不是的话——这个地球上最"文学"的人。

南特被留在了身后,这个优雅的外省城市,它沿河而建,四面通达;它开放,却也封闭;它是个文学之城:凡尔纳、瓦谢、朱利安·格拉克①,不胜枚举,他们或出生在南特,或出生在它的周边。

没过多久,我就开始想到西红柿和芦笋,还有这片土地上长出的所有作物,稍稍忘掉了文学。至少在一段时间里,我不需要

---

① 朱利安·格拉克(Julien Graq, 1910—2007),法国作家、诗人、评论家。

把任何事物与文学联系起来,能够暂时放下它。同样地,尽管只是在某一段时间内,我将搁置这一篇正在演变成小说的日记。我需要把注意力完全转移到自然界的事物上,思考随便一件难以让我联想到文学的鸡毛蒜皮的事。"可以说有一种病跟写作有关。"现在我记起玛格丽特·杜拉斯①的这句话。我想从这个病中逃离好一段时间。

是的,别再想文学了。幸好,那危险的南特已经被抛在身后。我要看看沿途的景致,寻找在这烟雨笼罩下的草原上,有没有呆笨的奶牛在吃草。做什么都好,只要不是写作或者想到文学术语。我为蒙塔诺感到悲哀,也许他对我产生了幻觉。但他可以寻找下一个受害者了。别再跟我扯上关系。让他唱着歌给别的人掘墓吧。

在二十世纪的尾声,我来到了瓦尔帕莱索②思考火药。那并不是我到访智利这座港口城市的准确原因,只是那天恰逢跨年的特别日子,我在布莱顿酒店的天台,看着烟火绽放,辞别一个世纪。于是我感到在冥冥之中,命运安排我来到了瓦尔帕莱索

① 玛格丽特·杜拉斯(Marguerite Duras,1914—1996),法国知名作家、电影导演。
② 瓦尔帕莱索,意即"天堂谷地",位于太平洋岸,是智利的立法首都(国会所在地)、第三大城市,并被国家命名为"智利的文化首都",其旧城区在2003年被联合国教科文组织列为世界文化遗产。

思考火药。还有思考死亡,应当毫无保留地说。烟花和死亡,占据了我所有的思绪,就在我从布莱顿酒店的天台眺望港湾的时候。眼前的港湾变成一幅烟雾弥漫的幽暗的画,在那个天台上,我有玛戈特和汤格做伴。

我是在罗莎的强制命令下来到智利的。她觉得我烦透了,要我离开几天,走得越远越好。去智利吧,她说,比如去智利。那里有玛戈特·瓦莱丽,我们那勇敢的飞行员朋友。她可以帮助我,罗莎说。玛戈特的众多优点之一是对文学一无所知,对书更是只字不提。

我在一个世纪终结的前一天到达智利,没有带上这篇正在演变成小说的日记,我只想什么都不读、不写,只眺望我平生第一次身临的太平洋,欣赏它那为人称道的纯粹的蓝。无论如何也不想任何能与文学和死亡扯上关系的东西,这是我自从强迫自己不想文学时起,最常想到的事。

罗莎陪我到了机场,临别时给了我深深的一个吻。看吧,她说,你回来时就什么问题都没有了。在我出发前那几天,她过的是地狱般的生活。结束南特的短暂旅程后,回到巴塞罗那的我比离开时还要糟糕得多。我从南特本可以到巴黎,那也是最合理的,但那时的我太笨了,在南特的车站搭上了出现的第一列火车——"第一列火车"总是一个非常"文学"的、浪漫的,也是贻害无穷的想法——几个小时后,愚蠢的我又回到了巴塞罗那。在那里,我拒绝想任何与文学有关联的东西,那些日子变得空洞和无法理解,最终我想到了死亡,那正是文学里最常涉及的主题。

我甚至在睡梦中也想到死亡。一天下午,我在家中的客厅里突然觉得也许重新拿起某本书来读,也比打开电视看那些娱乐花边节目强——它们不会让我联想到文学,但带来的焦虑感增强到让我不禁想到死亡。但我选错了书。我闭上眼在书架上随机地抽了一本,翻到了作者托马斯·布朗①的生平介绍,不知为何,我对他的第一印象是一个爱说笑的、热爱生活的人,然而,我随即变得焦虑不已。我曾经读过布朗的某段文字,他梦见自己从高处俯瞰熟睡的身体,最后居然大胆地写道,如果沿着太阳落下的轨迹在地球上空飞行,我们将会看到整个地球就是一片广大的墓地。

我的天,多可怕的焦虑。我合上书,把它扔到地上,仿佛要把它烧掉。我重新打开电视,那时正在播放一场足球比赛,画面聚焦在一位受伤球员的痛苦表情上。我的天,多可怕的焦虑,我又想到了死亡。

在巴塞罗那的每一天都很可怕,我时刻笼罩在死亡的阴影里。我在梦里大哭,然后醒来,告诉罗莎什么也没发生,真的,罗莎,只是一个梦或者类似的东西,什么也没发生。但那不是梦或者噩梦,是一个阴森的声音,我很清楚,那是一个夜以继日在我

① 托马斯·布朗(Thomas Browne, 1605—1682),英国作家,对医学、宗教、科学和神秘学都有贡献。

脑海里萦绕的声音,它告诉我,我将要死亡,我离死亡不远了。我在夜里醒来,告诉罗莎什么事情也没发生,那只是一个梦;但没过多久我就会走到厨房,给自己倒一杯酒。罗莎跟踪我到了厨房,逮着了手握酒瓶的我。她说我看上去糟透了,还不如重新执笔写评论,研究文学或者旅行,对了,旅行到一个遥远的国家,我需要这么做。我在那里神不守舍,憔悴悲伤,眼神空洞地看着厨房里挂着的日历。

我决定重新开始写评论,他们给我寄来的第一本书是泽巴尔德①的《土星环》②。报馆的编辑给我寄来那本书,仿佛是为了将我永远埋在他作品那冰川般冷峻的美之中。我知道这一点,因为他们跟我讲过,并且我在阅读的过程中印证了:叙事者所见的世界笼罩在一片奇怪的寂静之中,我们所有人类仿佛在透过两重玻璃看东西。有时候,那个叙事者不知道究竟身处"有生命存在的地球还是在其他地方"。我的天,多可怕的焦虑。他从英格兰海岸的萨福克郡③出发,徒步开始了这段旅程,为的是"填补内心的空白"——因为自他完成了一项重要的工作后,那片空白就在他的心里不断延展。眼前那小小的村落,沿途的风光,衰败

---

① 全名温弗里德·格奥尔格·泽巴尔德(Winfried Georg Sebald, 1944—2001),当今最有影响力的德国作家之一。
② 全名《土星环——一次在英国的朝圣旅行》(*Die Ringe des Saturn. Eine englische Wallfahrt*, 1995)。
③ 英国英格兰东部的郡,东临北海。

的残垣,让他从过去的残迹中看到了世界的全部。在沿着海岸线的朝圣之路上,他难见欢乐、光明和生机。对于一个死去的人——叙事者似乎这么说——整个世界就是一片广阔的墓地。

他们给我寄来的下一本书是——刚经过重新编辑的——丹尼洛·契斯[1]的《死亡百科全书》。那是九篇故事的合集,其中最奇特的一篇——它那挥之不去的阴影甚至伴随我到了智利,这点我很快就知道了——是构建在现实基础上的:它讲述一个人在一次远足中不得不在"丛林深处"一家破败的旅馆过夜的故事。在梦里,他突然目睹了一场谋杀案的所有细节,这将发生在三年之后,在他当前身处的那个房间;受害者的名字是维克多·阿诺,是一个律师。幸好这个梦一直保存在他的记忆中,凶手才得以落网。

我的天,多可怕的焦虑。一天下午,罗莎看见沉默的我,面对厨房里挂着的日历,几乎被恐惧和冰川般的冷峻美感冻僵。只有马提尼克岛朗姆酒[2]瓶上贴的金色标签,给这个场景添了一点亮色。正是在那个时候,我想到了不能再在文学里钻牛角尖了,更不能再徘徊在死亡的话题里;我要去智利,那里有玛戈特·瓦莱丽,她到了八十岁仍然朝气蓬勃,她一定能给我帮助。

---

① 丹尼洛·契斯(Danilo Kiš, 1935—1989),20 世纪南斯拉夫最重要的作家,被授予法国文学艺术骑士勋章。

② 朗姆酒是用甘蔗压出来的糖汁,经过发酵、蒸馏而成。加勒比地区的马提尼克岛上盛产甘蔗,所产朗姆酒享誉全球,被称为"最高品质奢华生活的必备品"。

我一下子就决定了，罗莎的话有道理，最好的解决办法是一场旅行。罗莎和我于1998年的夏天在巴塞罗那认识了这位勇敢的女飞行员玛戈特·瓦莱丽，与她成了好朋友。要是我们到智利，她一定会邀请我们去她在图肯①的家，房子就在昆泰湾②上，俯瞰太平洋。玛戈特的人生经历丰富有趣，这让她成了帮助我克服蒙塔诺阴影的理想人选。她在布埃诺河③附近的特拉分出生，自小喜欢骑马和在皮尔姆伊肯河④上划船。童年时的她在骑马或划船的地方，经常入迷地看着从河流上空掠过的飞机。九岁时，她母亲送给她一台望远镜，让她能近距离地观察高空中那些往返于圣地亚哥和蒙特港⑤之间的智利国家航空公司的邮政运输飞机。玛戈特很快就明白，她是注定要当飞行员的。在第二次世界大战期间，她是自由法国空军的飞行员，这是她引以为傲的一段经历。现在八十岁了，她仍然在驾驶飞机，终其一生仿佛驾驶着一架无需燃料的飞机，自在驰骋，不为文学或死亡所束缚。因此，在巴塞罗那的某天，我问她怎么看作家兼飞行员安东尼·德·圣-埃克苏佩里⑥，她回答道，文学对她来说无聊透

① 瓦尔帕莱索的一个小镇，西临太平洋的度假胜地。
② 瓦尔帕莱索的一个太平洋海湾。
③ 智利南部的一条河，其所在的城市也以该河的名字命名。
④ 智利南部河流。
⑤ 智利南部港口。
⑥ 安东尼·德·圣-埃克苏佩里（Antoine de Saint-Exupéry, 1900—1944），法国作家，《小王子》是他的代表作。他是法国最早一代飞行员之一。

了——也许是因为自幼受到祖父的强迫——她尤其厌恶刚才我提到的这位令人难以忍受的法国作家的所谓飞行员的"神秘文学",再说了,他的飞行技术并没有传说中那么好。

她觉得文学无聊透顶,这不是很好吗?我只听她说过一句带点文学意味的话——某天我问她,我是否应该相信她在这个年纪还在飞行;"当然了,"她回答道,"我当然还在撼动天空。"

这正是我在给她打电话的时候提醒她想起的一句话,在电话里,我问她在这个年底、这个世纪末到图肯的昆泰湾探访她是否合适。她一上来就开玩笑地问我是不是跟罗莎分手了。我跟她解释了最近发生的事,以及罗莎在巴塞罗那,还有几项工作所以离不开——她在亚速尔群岛①为一部电影的拍摄做准备——而且她正是最需要逃离我的文学神经机能病的人。

在去往智利的路上,我一直在睡觉。在一片安眠药和下一片安眠药之间,我仅有的几分钟清醒几乎是难以忍受的。无奈之下我便翻看航空公司的杂志,其中巴勃罗·聂鲁达②的几行诗让我的思绪停止在那里,把文学与死亡又摆在了我眼前:"有孤独的墓地/藏满尸骨的无声的坟墓/心在穿越一条隧道/黑暗,黑

---

① 位于北大西洋中东部的火山群岛,为葡萄牙领土。群岛绵延 640 多公里,由 9 个火山岛组成。

② 巴勃罗·聂鲁达(Pablo Neruda,1904—1973),智利外交官与诗人,1971 年诺贝尔文学奖得主。原名内夫塔利·里卡多·雷耶斯·巴索阿尔托(Neftali Ricardo Reyes Basoalto)。

暗,黑暗/我们的死去像一场通往内在的灾难……"

这些诗句对于葬礼来说是极美的,但对于一个在两场梦之间醒着的人来说则一点也不合适。当我在两片安眠药的作用下睡了两觉,再观赏完聂鲁达的幕间演出后,我到达了圣地亚哥。玛戈特站在舷梯脚下,她那充满生命力的微笑让我振作了起来。但陪在她身边的男人长得很丑,简直是诺斯费拉图①的某种升级恐怖版,这让我在一段时间内无法避免地又想到了聂鲁达的诗和死亡。

"我向你介绍,"她对我说,"费利佩·汤格,世上最丑的人。你们会成为很好的朋友。"

得了吧,费利佩·汤格,世上最丑的人。在这个世纪的倒数第二天,我和他在圣地亚哥机场相识,就像我刚在这篇日记中提到的那样——我从智利回去后又重新开始写这篇日记了。奇怪的是,我在巴塞罗那写着我在圣地亚哥认识丑汤格的场景,而十分钟后我就该离开家门去找他,然后一起到格拉西亚区②的恩瓦里拉餐厅③吃午饭。我的朋友汤格来巴塞罗那是为了一部纪录片的工作,那是罗莎正在筹备的一部关于捕鲸人生活的纪录片,马上就要在亚速尔群岛开拍了。

---

① 指的是吸血鬼,来自德国恐怖电影《诺斯费拉图》(*Nosferatu*,1922),该片是电影史上第一部吸血鬼题材的恐怖电影。
② 巴塞罗那的一个区。
③ 巴塞罗那一家知名餐厅。

正是我,当然了,从智利回来后向罗莎提议在影片中给汤格一个角色,扮演一位假捕鲸人。他在纪录片中的出镜也许会令人不安,毕竟他不仅是危险的诺斯费拉图,而且是从业多年的职业演员,演技老练,并且在法国很有名,他在那里已经生活了半个世纪。我觉得他能胜任假捕鲸人的角色,胜任亚速尔群岛上怪异的诺斯费拉图的角色。

罗莎的纪录片旨在记录亚速尔群岛地区的鲸鱼和捕鲸人生活的压抑现状,《白鲸》的文学基调贯穿始终。但影片还带有一点虚构性质,它糅合了现实和幻想,而在幻想的部分汤格可以尽情发挥,在影片的开头——我作为编剧参与其中——说我所写的那些台词。

我的朋友汤格长得确实难以恭维,但他的友善性格、优雅穿着和文化涵养,让人在看习惯后就不觉得他多么可怕了。在圣地亚哥机场初次见他的时候,我马上就想到了诺斯费拉图,但我忍住了没说,因为对一个刚认识的人说他长得像德拉库拉①是缺乏教养的行为。但更重要的原因是,毕竟我长得也有点像演员克里斯托弗·李②,他在五十年代的电影中曾扮演过德拉库拉。

---

① 指的是吸血鬼德拉库拉。来自小说《德拉库拉》,爱尔兰作家布拉姆·斯托克(Bram Stoker)于 1897 年出版的以吸血鬼为题材的哥特式恐怖小说。

② 克里斯托弗·李(Christopher Lee, 1922—2015),英国演员,上世纪 40—60 年代间曾出演大量恐怖电影,吸血鬼是其中的经典造型。

还有一个原因是,他几乎马上就开始谈论自己那引人注目的奇特长相了。

我的朋友汤格如今七十四岁,头发剃光,长着蝙蝠一样的耳朵。他从半个世纪前开始生活在巴黎,但他出身于一个匈牙利的犹太家庭,然后全家移民到智利,在圣费利佩定居。我这位朋友的真名是费利佩·克尔提斯,他最近在一部电影里扮演一个专门绑架儿童的邪恶老人,由此在法国声名大振。此外还有一些角色也让他名声在外,比如在费里尼①的一部作品中扮演的蜻蜓人,在匈牙利演员贝拉·卢戈西②的一部传记电影中扮演主角。

因为玛戈特的得力帮助,我和丑汤格在很短的时间内便建立起了友好的互动,以至于我们还没有离开机场,他就问我想不想知道他在小时候是怎样意识到自己是奇特的。

"我很乐意知道。"我对他说。

"你看,在大概七岁时,有一次我跟家人去郊游。我母亲的一位朋友奥尔加也跟我们一起去。当时奥尔加正怀着孕,某一瞬间,在盯着我看很久以后,她问我母亲:'你觉得我的宝贝会从我的血液里吸奶吗?'我听到后,便用孩子的语气跟奥尔加说:

---

① 全名费德里科·费里尼(Federico Fellini, 1920—1993),意大利导演,编剧。
② 贝拉·卢戈西(Bela Lugosi, 1882—1956),匈牙利演员,他最著名的角色是《蝙蝠侠德拉库拉》(*Batman Dracula*)中的德拉库拉。

'你怎么可以这么笨?'她生气地看着我,说:'我的天,你怎么可以这么坏,长得这么丑?'回到家后,我问母亲我是不是真的很丑,她对我说:'只在智利是这样。'就在那一刹那,我发誓要把这个地球都走遍。"

而事实上,汤格从来不觉得自己丑。他年轻的时候,曾经有一回,有一个女孩爱上了他。女孩去他住的地下室附近一间商铺买东西。那里不见阳光。她后来便开始追求他。汤格跟她解释,她的热恋只是一种光效应,在生活中不该这么"文学",如果她知道他喜欢男性,她或许会死掉的。就这样,汤格从根源上斩断了她的情丝。

汤格认为,一般来说爱情故事不是关于性爱的故事,而是关于温柔的故事。他说人们不懂得这一点,或者即使懂得也只懂了十分钟,因为他们不想懂得。

就在说到十分钟的时候,已经过去了写下这一切所需的十分钟。我走了,我跑着去与汤格见面,这个奇怪的人,我的朋友。

我们在恩瓦里拉餐厅吃完饭后,汤格对于亚速尔群岛的那部电影表现得兴致勃勃。我们在午餐时讨论这部我负责写剧本的电影,相谈甚欢。我们还谈了一点关于蒙塔诺的事,我感谢汤格给予的有用建议,以及他推荐我在瓦尔帕莱索做的事,最后我们想起在圣地亚哥机场第一次见面的时候。我们记起在黄昏时乘坐玛戈特驾驶的雪佛兰汽车,沿着二级公路驶往太平洋边上的图肯。那是我第一次身临太平洋,很多时候我会站在天台上,沉默地眺望那片海洋,想着我留在巴塞罗那的这篇日记。我很遗憾没有把它带在身边,没能记录我面对这期盼多年的情境时的兴奋心情:眼前太平洋那纯粹的蓝,漫长而惊艳的日落,一切令人难以忘怀。还有那从海那边传来的低沉而凶猛的古代战争的呼喊。

图肯共有四座独立的、筑在柱子之上的木房子,它们坐落在海边一片开阔的土地上。玛戈特活跃了晚间派对的氛围,她唱着山地和海边的民谣,讲述她最惊险的几次飞行故事。她讲了一次特别难忘的经历,也许是因为她给予了那次经历特别的重视:在某一次激烈交战中,她失去了对飞机的控制,那时防空炮弹正在向敌军袭来,她处于枪林弹雨之中,回到基地时还发现飞机后轮有子弹划过的痕迹。

汤格听罢这故事,便转过来跟我说他有像玛戈特那样的记忆,只是要把战斗机的后轮换成被一辆智利的火车擦过的阿喀琉斯的脚后跟。

我请求汤格讲得更清楚一点。

于是,他讲到了十七岁的某一天,他想卧轨自杀。但那列火车行驶速度太慢了——在那个年代智利所有火车的速度都非常慢——所以有足够的时间刹车停下来。他在最后关头逃跑了,就在最后一秒,尽管他的半个脚后跟被惊险地轧在了车轮底下。从那以后,他再也没法实现成为舞蹈演员的梦想,失去了完成一些高难度动作所需的支点。

那天在图肯的晚间派对持续到夜深。我们时常大笑,讲了许多故事。我说了一些经历,重点讲了某些往事。我想起了父亲的形象,一个像卡夫卡的父亲那样白手起家的男人,很明显,我无可避免地总会在文学中寻找参照,我还想起了我那可怜的母亲,她有点像——我又陷入了文学之中——阿根廷女诗人阿莱杭德娜·皮扎尼克[1],脆弱而怪异,终日与药物为伴,徘徊在自杀的边缘。我还记得七十年代我住在柏林和巴黎的日子,那时我自认为是极端左派——在家庭的支持下——结交的是英格丽特·卡文[2]那样的地下党朋友。我又想起了第一任妻子的自杀,就像泼到街上的一桶——也许她就是,我觉得——脏水。我记起了在巴塞罗那的罗维拉广场度过的童年,在那个忽明忽暗和道德缺失的年代,我乔装穿上学院长袍,一副十足的傻瓜模样,手指间夹着一支愚蠢的粉笔,带着一种让人难以忍受的惹人讨厌的气质。我想起了罗莎像蝼蚁那样工作,为自己电影事业的

---

[1] 阿莱杭德娜·皮扎尼克(Alejandra Pizarnik, 1936—1972),阿根廷女诗人,出生于阿根廷一个犹太移民家庭。童年时因为外形和体重原因,加之与姐姐比较,她的自尊心受到严重压抑。她服用安非他命成瘾,导致睡眠障碍。36岁时,她选择了结束自己的生命。

[2] 英格丽特·卡文(Ingrid Caven, 1938—),德国电影演员和歌手。

发展开辟道路。我想起我们这代人是如何热切地希望改变世界，我还说如果我们那些曾经的梦想没有成为现实，也许会更好。我记起少年时代读过许多聂鲁达的文字，偶尔下雨时会哭。发现自己陷入回忆时我终于回忆起写作的自己——而最后——发现自己回忆起写作的自己时我回忆起自己。

然后我再也回忆不起任何事情，因为已经很晚，我们要回去睡觉了。我觉得玛戈特和汤格是在一起睡的。我在楼上的房间里干瞪着眼睛，到最后终于能睡着时，我觉得我清楚地看到了——就像丹尼洛·契斯创造出故事里的一个人物那样——一场可能发生的、应该说是将要发生的剧烈争吵的所有细节。那是发生在三年以后的事，是蒙塔诺——身穿英国飞行员制服——和可怜的玛戈特之间的一场争论，后者用以保护自己的武器是一把军刀。

我起床的时候满身大汗，头脑混沌，于是决定下楼到门廊抽一支烟。我边抽烟，边欣赏着太平洋，像我这样用文学来思考一切的人，不禁想到了我仰慕的西里尔·康纳里①的人生中一个很确切的时刻，在他日记中记录下来的一个瞬间：他独自一人在火车车厢里，播放着狐步舞曲的唱片，此时三十年代的英国景色在车窗外飞驰而过，他感觉自己终于成为了一个有趣的人。

---

① 西里尔·康纳里(Cyril Connolly，1903—1974)，英国作家，文学批评家。

一个美好的变化突然发生了。我很快就走出了内在的、关于蒙塔诺的噩梦，转而感受到外在的、身临太平洋的喜悦。我也是——如果我想这么认为的话——一个有趣的人。我想我听到了一首狐步舞曲；我望向天空，确定看到了满月。没有什么事，我想，能比得上在夜里独处。我决心在别的私人日记中寻找其他振奋人心的记忆。像我这样用文学来思考一切的人很快便找到了，一幕仿佛是康纳里的记忆的场景浮现在我的脑海中，那是安德烈·纪德①的日记中的一页，大概是这么写的："尽管太过寂静，但我喜欢在这列车的车厢里旅行，与法布里斯（注意：纪德在此处指的是他自己）做伴。今天，乘坐头等车厢的他，身穿一套剪裁特别的西服，头戴一项让他显得风度非凡的帽子，惊愕地碰触镜中的自己，被自己深深迷住，发现自己是全世界最有趣的人。"

　　带着难以名状的自负以及愉悦的心情，我决定在房子附近转一转，在夜里走几步，两步、四步、八步。走了三四分钟后，我在不知不觉中已离图肯小镇的那些木房子越来越远。我走到一片开阔的空地上，风开始吹得有点恼人。像我这样用文学来思考的人便想到了歌德："是谁在漫步，在深夜，在风中？"当然了，没人回答我。寂静融合在短促的阵风中，使我的自负和愉悦渐

---

① 安德烈·纪德（André Gide, 1869—1951），法国作家，1947 年诺贝尔文学奖获得者。

渐归于平和。我仔细想好该干什么,便开始沿着陡峭的坡往上走,深信到达坡顶时便不会再见到其他东西,在另一边什么都没有,同样地——我有点窒息地对自己说——人在死后便也什么都没有了。然而还是有点什么在那里。

在一百米开外的地方,一座房子的一层灯火通明,可以看到一些年轻人眉飞色舞地在聊天。我躲藏在树丛里,在夜色的掩护下,一步一步地走近那个房子,试图缩小我和那些年轻人的距离,也许这样能听到或窥探他们正在说的话。我正在走向一个我认为不至于越界同时又很巧妙的位置,我认为在那里可以听到和看到一切。但当我到达那个位置时,我发现自己错了,如果要侦察那座房子,我应该再走近一些,但风险是显而易见的,先不说在夜里鬼鬼祟祟地散步这件事本身是恐怖的,最终我还可能被发现,被认为是小偷,无论如何,我都是一个陌生的、很可能是危险的来客。然而好奇心——正如博尔赫斯说的又被人们反复引用的那句话——可以超越恐惧。我又走近了许多,突然惊讶地发现了一个事实,那些在欢乐地聚会的不是年轻人,而是老年人,应该说是已经很年老的人,他们看起来——我觉得——像是从奇幻故事里走出来的。

一开始在满月的月光下让我自我感觉是有趣的人的快乐,逐渐变成了阴暗和衰老。不可以——我对自己说——不可以有这么多文学,不可以有这么多焦虑,这么多衰老,这么多死亡,我的天,不可以这样,我出来原本只想开心地散个步,结果还是遇到了死亡,一群老人,还有奇幻文学。显然我在智利也未能逃离那个私人的、焦虑的封闭循环。

我在那里待了一阵子,窃听那群老人的谈话。我听见其中一个人说,按照他们那个年代的风俗,一个人死去以后要用黑色的绸布盖上他房子里的所有镜子和带有他家乡风景的画。但另一位老人跟他说,不仅要盖上带风景的画,还得盖上所有带人像或田野果实的画。

那一切是多么地悲伤而真实。但同时又带有那样深刻的文学意味。死亡似乎主宰着一切。图肯似乎也没能让我忘却那些缠绕我的念头。为了避免最终被发现的下场,我转身开始走回玛戈特的家。在转身之际我感到了深深的哀伤,那就像走上我死后的第一段路。为了不让我的灵魂被镜子或景色引走,我惶恐地盯着地面,走在昆泰湾这片智利土地上,带着前所未有的恐惧,就像走在我死后生命的第一段海岸线上。

下午五点钟,我稍事休息,那正是喝干马天尼的时间,我要给自己调一杯,尽管今天我和汤格午饭时吃了太多,我实际上需要的是消食片。或者阿司匹林,因为我有点头痛,我所做的事情都不简单:招待汤格,跟他吃饭,然后回到家在这本本子里记录下上一个年底在智利的旅行,还有,因为剧本的需要,我不得不深入地回想那个夜里我在图肯的房子周边散步的不愉快经历。

我喝了两杯干马天尼,而不是一杯。当我正要喝完第二杯的时候,我听到了钥匙的声音,罗莎正要走进家门。我觉得是时候告诉她关于这篇日记的情况了,它不太像一部小说,而我到智利旅行的记录要推迟一点再继续写了。

因为有些最近发生的、跟家里有关的事想谈谈,所以我轻易就做出了决定——要找罗莎简单地讨论一下。最简单的方式是让她进厨房并发现我在喝第二杯干马天尼。但那也太容易了。就在我隐藏所有喝酒的罪证时,我想起了最近读的一本传记,它讲述了一个对酒精重度依赖的人,幸好他有一定的自制力,懂得控制自己,懂得节制地喝酒,规定每天中午 12 点前不喝酒,在中午喝完酒后到下午 5 点之前不喝酒。他知道这是一场艰难的斗争,一直都是。到了周末,他给门上漆,砍柴,修整草坪,每隔十分钟看一次手表,看到没到合法喝酒的时间。在差 5 分钟到 5 点的时候,他满头大汗,双手发抖地晃动着调酒杯,为自己准备一杯干马天尼。

我让罗莎走进厨房并看见我正在喝一杯水。"事情进展得不太好。"我对她说。我以这种方式发起一场讨论,给我的日记增添一点愤怒的现实成分。"我不知道你在说什么。"她跟我说。

"你觉得这就是一个男人和一个女人共处的方式吗?"我问。"不是。"她说。"那我们谈谈吧。"她的神色紧张而苍白,眼睛没有发肿,反而不乏神采,眉毛稍稍挑起,显然她回来时已经工作得很劳累了。"汤格怎么样?"她问我。"他要给你很多个吻,还提醒你明天他会到你的办公室。"我回答道。"你毁掉了所有你爱的东西。"她突然说。我没想到会遭遇这样的诋毁。"我爱我的孩子们,我没有毁掉他们。"我试图以玩笑的方式来回答,那本来也不是值得真正吵起来的问题。"什么孩子? 不要强迫蒙塔诺了,你让他整天只想着文学,已经对他造成了很大伤害。那可怜的孩子用书来说话,你知道用书说话是什么意思吗?"我思考了几秒钟,在告诉她原计划这次讨论的主题只是我的这篇日记、跟她说自我从智利回来后二人维持的这种闲适平静的状态很好之前,我对她说(我不想让她觉得,像我这样的彻头彻尾的文学评论家不懂得回答她的问题):"用书说话就是阅读这个世界,仿佛它是一段无止境的文字的延续。"

第二天早上——现在我回到了图肯——这位了不起的玛戈特已经给我们准备好一顿美味而丰盛的早餐。我无意隐藏我那深深的黑眼圈和担忧的神色,于是跟他们讲述了我昨晚的夜间散步,那些年老的年轻人,以及文学和死亡给我带来的地狱般的囚禁让我十分焦虑。

"如果你把这两种焦虑联合在一起,把它们集中成仅一种焦虑——那是完全不同的忧虑,是深层次的人文主义关怀——那你就解脱了。文学之死,打个比方,"汤格边喝着今天早上的第三杯咖啡边说,"你没想过,那可怜的文学,在我们当今的蛮荒时代,正在被上千种危险虎视眈眈吗?没想过它正受到死亡的直接威胁且需要你的帮助吗?"

我听到了他的话,但那时我没有以这个话题所要求的相应的严肃态度来理解这些话。那是因为玛戈特认为——我后来了解到——带来更多的文化问题只会让我更加痛苦,于是她马上转移了话题。她给我们的行程提供了许多指导,因为我们正要启程沿着二级公路开往瓦尔帕莱索的布莱顿酒店。我们将要在酒店天台的空中花园庆祝新世纪的到来。

在二十世纪的尾声,我来到了瓦尔帕莱索思考火药。那并不是我到这里的原因,但可以确定的是,命运以某种方式安排了我在布莱顿酒店的天台,面对那一年以及那个世纪之末的烟花,让我觉得来到这里是为了思考火药。

从布莱顿的空中花园可以观赏到海湾的绝美景色。晚间 12 点的节目让人难忘,成了我这辈子最重要的回忆之一:烟花从停靠在港湾里的船只腾空绽放,伴随着海洋深处传来的美人鱼的窃窃私语。

在独裁时代,瓦尔帕莱索的烟花曾经是民众对于皮诺切时代火药的某种隐秘回应,于是在那个世纪末的晚上,一些对多年的沉默和罪行习以为常的人,不由得在布莱顿的天台上唱起那首著名的抗争之歌:"它将倒下,它将倒下……"①

烟花在空中绽放的画面持续着,我想,在这个晚上我能写出最悲伤的诗。玛戈特和汤格看见我有点不对劲,于是试着让我振奋起来。但我的思绪游走在充满隐喻的空间,那里有火药、孤独的墓地和藏满尸骨的无声坟墓。当那个灯火通明的瓦尔帕莱索暗了下来,我感到黑夜幻化成了一座巨型医院,我像曾经的里尔克②那样问自己:"人们来这里是为了存活吗?我说人们是来死亡的。"

我面朝大海,只看见一滴氤氲的黑色泪水,渐渐地,我被蒙塔诺的文学病战胜了,忧郁压倒性地击败了我。

我不曾寻找却总是碰到奇怪的事。那些奇怪的事物总有点——一个人很难逃脱自己的命运——与文学相关。本世纪第一天的下午,我离开了布莱顿那维多利亚式的空中花园,离开了醉酒的玛戈特和汤格,独自在瓦尔帕莱索的街道上走了一会儿。

---

① 20世纪80年代智利的一首反对皮诺切独裁统治的歌曲《它将倒下》(*Y va a caer*)的歌词。
② 全名赖内·马利亚·里尔克(Rainer Maria Rilke,1875—1926),奥地利诗人。

蒙塔诺的文学病

尽管我在与一切忧伤的念头抗争,但在这个城市的空气里,在它空气中的每一个微粒里,我无法不感受到命运、恐怖和死亡的存在。

正当我一边散步一边试图逃离死亡的阴影时,我的目光驻留在一位女子的甜美形象上。她坐在长椅上,晃动着一辆婴儿车。在那个不合适的时候,我决定向她走去。我坐在她旁边,看见那婴儿的额头上有一块明显的疹子。我马上走开了。那婴儿睡觉时张着嘴,他活着,我觉得这是最重要的。我跟自己说,人要知足。活着已经很好。不应该向生活要求更多。

我在一个看起来很欢乐的酒吧门前停了下来,旁边停着一辆缆车,这样的缆车在这座城市中数不胜数。酒吧门口有一些年轻人在说笑,我觉得进酒吧能帮助我走出抑郁,忘记那个熟睡的婴儿额头上那块可怕的疹子。我倚在拥挤的长吧台旁,点了一杯威士忌。我旁边是一位八十来岁的衣着典雅的老人,他自上而下地对我打量了一番。当看见我也在看他时,老人便问我是从哪里来的。"从巴塞罗那来。"我回答说。我问他是哪里人。一阵短暂的沉默。"我曾经是法国人,现在是死去的夏尔·波德莱尔①。"他回答道。

---

① 夏尔·波德莱尔(Charles Baudelaire,1821—1867),法国诗人,象征派诗歌的先驱,代表作有《恶之花》。

几分钟前我吃了一片消食片，以缓解和汤格吃午饭后进食过量的不适，以及在罗莎来之前偷喝了两杯干马天尼所引起的慌乱。虽说我吃消食片这件事对我的日记来说并不重要，这件事本身不重要，但它跟蒙塔诺有直接的关系。就像我每次打鸡蛋壳时都会想起玛利亚的自杀一样——一定是因为她每次看见我打鸡蛋都会嘲笑我动作生疏笨拙——自打从南特回来后，我就开始将消食片和蒙塔诺的写作困难联系起来，他对这种药情有独钟。我创造的这种关联并不是没有恶意的，这是我对儿子在南特给予我的哈姆雷特式对待的持续性报复——我现在会吃很多的消食片。

　　但从前天起——有趣的事发生了——我对药片和蒙塔诺之间的关联已不再感兴趣。两天前儿子给我寄来了一则他刚完成的短篇故事（那是不折不扣的药片），给他的写作困难画上了句号。从前天起我每天到厨房吃一片消食片，但我不再报复性地、无声地嘲笑他的写作困难，而是会记起他写的那篇故事，那不是一个拙劣的故事，它写得极好，那区区七页纸里包含了所有的文学记忆。我会记起他写的那篇故事——我很喜欢它，以致想成为它——不是因为我不能无声地报复他，而是因为我对他充满羡慕和喜爱（或许该说厌恶），事情有时就是这样。

埃德蒙·雅贝斯^①曾说，一个人写作的风险是再也无法写作。我模仿雅贝斯的说法，不得不说我在智利的那些日子，每次和罗莎打电话都感觉冒着再也无法和她说话的风险。从第一次到最后一次通话，我一点也没听明白。罗莎的态度奇怪得不能再奇怪，她说的一切仿佛都在试图让我在智利待得越久越好，有时甚至让人觉得她希望我再也不要回去。我第一次给她打电话是在本世纪第一天的黄昏，在我遇见那位死去的夏尔·波德莱尔的两个小时后。我用从玛戈特那借来的手机给她打电话，那时我在布莱顿酒店的空中花园里，她给我的第一次冲击是这个问题："你的压力怎样了？"那不是她惯常的用词。"压力"这个词很不得体，况且那不适用于我，我并没有太大的压力。我表达了抗议，全然不知为此冒着什么样的风险。我说我从来没有什么压力，问她这说的是什么话。"我的天！那你的问题是什么？蒙塔诺的病？文学病？你用文学来思考一切，这是你自己发现的，我看你还是没有好转。"毫无疑问，她的话是不公正的，很显然她的攻击是预先谋划好的，唯一不清楚的是她为什么会这样。为了调和气氛，我用谨慎得体的措辞，对她说我已经完全好了，玛戈特和她那个长得跟诺斯费拉图一样的朋友跟我讲述空中战役和铁路意外的故事，我已经完全不用文学来思考，或者说至少没

------

　　① 埃德蒙·雅贝斯(Edmond Jabès，1921—1991)，埃及裔法国作家、诗人。

有在巴塞罗那时那样夸张了。"你这是在跟我说你已经想回来了?"于是她问我。我惊讶不已,免不了还夹杂着受伤的感觉。"我不明白。我当然想尽快回去了。我的窒息已经缓解了。而且,我从来没有说过下半辈子要待在智利。"我说。"尽快回来?但你疯了吗? 你记着,你回到巴塞罗那的时候要完完全全地好了,脸上不能有哪怕丝毫的压力。"她跟我说。我觉得这几乎是挑衅,同时她的话一次比一次让我感到震惊。我不是嫉妒心重的人,但如果对此仍丝毫不感到怀疑的话,我也未免太愚蠢了:她把我劝到智利,可能是为了能更方便地跟某个人约会。"我发现你很奇怪。"我对她说。然而这句话对我而言是毁灭性的。"你刚才说什么?"她问我。我重复了一遍,说我发现她很奇怪,于是她猛地挂了我的电话,留下我不知所措地望着海湾,望着海平线。我把手机还给了玛戈特。她和汤格都听到了我们的对话,他们跟我一样对刚才发生的事情惊讶不已。"她也没想着跟我说两句?"玛戈特问。"跟诺斯费拉图自然是没什么话想说的。"汤格开玩笑说道。我决定再借来玛戈特的手机,给罗莎再拨一次电话,我们的对话不可以就那样结束。"现在你又想怎样?"她拿起电话,不耐烦地问我。尽管这样做不太合适,但我还是冒险地回答道:"我要知道你为什么不想我回去。"她又挂了我的电话。

看到这样悲惨的情景,玛戈特想让我冷静下来,她说:"可怜的她一定是因为宿醉才这样,跨年派对想必很疯狂。"我想不出来任何话,不仅因为我感到困惑,而且因为我当着朋友的面被羞辱了。玛戈特试图帮助我——我猜是这样的——于是转换了话题,开始谈论她的一个朋友,她叫玛丽·佩皮·科罗姆,加泰罗尼亚人,是女飞行员中的先驱——我从来没有听说过这位女士的事迹——她与玛戈特是同一代人,是我的同乡,在很久之前移居英国,生活在她丈夫的一个农场里,养了许多马。"这很有意思,"玛戈特说,"我从小也在许多马的包围下生活,看来这些动物和飞行员的先驱之间有某种关联,你怎么看?"我没有发表什么看法,那时的我十分困惑和担忧。汤格发现我状态很不好,感到有责任让我开心起来,于是他把头上的巴拿马草帽反复地摘了又戴上,向我夸张地行礼。

像我这样痴迷于文学的人看见汤格这样的举动,便莫名其妙地想起了荷尔德林①的形象。他因为发疯被禁闭在木匠齐默的家中。据说有一次教区里的人来光顾齐默的生意时,那位发疯的诗人摘下帽子,开始不停地向那人行礼,动作之夸张让人讶异。也许荷尔德林的行礼是为了表露这位诗人的真实态度,对他而言,任何人都值得恭敬和尊重。

因此可以说,我在汤格的夸张表演中看到了对荷尔德林的

---

① 全名弗里德里希·荷尔德林(Friedrich Hölderlin,1770—1843),德国诗人。

致敬和对我的某种程度的友善尊重。但我什么也没有说,只是继续强颜欢笑。我觉得无法理解罗莎为什么那样对我。无论如何,我不想影响朋友们的心情,于是做出了最大努力打破沉默,带着幽默的语气讲述我最近在瓦尔帕莱索散步和遇见死去的夏尔·波德莱尔的故事。

我话音刚落,汤格就说:"天啊,这太可怕了。你逃不出那两个怪圈,一个是文学的,一个是死亡的。太可怕了,波德莱尔还出现在了你面前,并且集二者于一身。但我觉得,我昨天就跟你说了,与其在文学或死亡里不停转圈,不如放下自我,想想文学的死亡。如果我们的时代继续这样发展下去,文学之死是指日可待的事。"

思考文学的死亡,那是汤格给我开的药方。我认为那是一个伟大的想法,在午饭时我对他这么说。

文学的死亡。在布莱顿的天台上,当我听到汤格的那些话,我先是朝海湾望去,接着便把目光移到玛戈特身上,她向我投来微笑——仿佛在说:没错,文学的死亡——最终我的目光回到了海湾和海平线上,想象那海平线上的广阔云层正在预示着一场残酷的风暴,风暴来临之时,便是书籍的终结、文学的式微和伪作家的胜利之日。

汤格仿佛在读我的心。他看见我着魔般地盯着海平线,于是跟我说:"就像不能直视太阳一样,我们无法直视文学的死亡。"除了是费里尼的演员,当时的汤格简直是专治蒙塔诺的文学病的医生。那时我觉得——现在也这么认为——那不是一个坏的主意,我应该停止焦虑于消除文学对我的影响,转而把注意力投向当今文学所遭受的明显威胁。

就在那一刻,一件对我而言很重要的事情发生了。我莫名其妙地想到了尼采的一句话,我曾根据不同的需要,以上千种方式解读过它。对我而言它是一句万能的解释:"终有一天,我的名字将唤起一些可怕的回忆,那是地球上前所未有的一场危机。"

人不可能对抗自己的想象,在那一刻,在布莱顿天台上的我想象着几年后我的姓和名唤起了关于人类克服文学危机的野蛮记忆——当想象足够强大的时候,能想到这样的事情——这归功于我的英勇行为,犹如手持长矛的堂吉诃德,直面文学的敌人。

更夸张的是,我还想象到——确切地说,应该是我有世界上任何一个疯子都想不到的一个奇怪想法——并对自己说,遵照汤格的指引,自那个合适且必要的时刻开始,为了增添我的荣誉,也为了保持文字共和国的健康发展,我的血肉之躯变成了文学本身。也就是说,在二十一世纪之初,我变成了受死亡威胁的文学:我化身为它并试图保全它,使它摆脱可能的消亡——为以防万一——让它再生于我的身体里,我的忧伤外表下。

我没有告诉汤格我刚才想到的事，但我默默地感激他机智地让我从个人的狭隘烦恼中走出来，把我引向一个更宽广的话题：关于文学的死亡。我还感激他帮助我看见文学——正如我一样——也有可能患上它的蒙塔诺之病，毫无疑问战胜文学的病应当优先于战胜我的病，相较而言我的病是如此微不足道。

那个晚上，在酒店的房间里，看见镜子里的我那悲伤的容貌，我不断地跟自己说，在二十一世纪之初——我认为那就像已经展开的一本书——文学的境况并不好，尽管有些人持有不负责任的乐观态度。我觉得文学前所未有地遭到了蒙塔诺之病的困扰，那是一种危险的疾病，它的病情就像一幅复杂无比的地图，由多个州或受灾地区组成，其中最明显、人口最密集也最庸俗和无知的那个地区，它对文学的祸害起源于那里的无数居民开始以写小说作为最喜爱的体育活动。人难以仅凭爱好便建成一座楼，或者在没有习得特定技能的条件下一下子造出一辆自行车。然而全世界的人，当真是所有人，都觉得自己能写出一部小说，而不需要事先学习这门技艺的最基本方法。这些写作者数量的野蛮增长，最终使得读者遭殃，陷入一种巨大的困惑之中。

那个晚上，我在酒店的房间里，思考着那一切事情，每隔一刻钟便在脑海里向汤格致谢。尽管他只是轻轻地拉了一把，但已让我从"文学炎症"——奥内蒂①如此定义对书的沉迷——中走了出来，并提醒了我文学未来的不确定性。那个晚上，面对镜中的我那悲伤的容貌，我的思绪集中在文学病的最庸俗和无知的病灶上，我认为那并不是新疾而是旧患，事实上弥尔顿已经谈论过它，他说他曾经到过一个阴沉混沌的灰色地区，那里的居民世代致力于摧毁灵魂的高尚和文学传统中最高贵的流派。叔本华仿佛也到访过一个庸俗和无知之地，他说在那个地方，无论在文学还是生活的领域，无论人走到哪里都会碰到无可救药的无知民众，他们充斥所有空间，玷污一切，就像夏天里成群的苍蝇，那里还有不计其数的糟粕书籍，叔本华称之为寄生虫式的祸害。

　　这种祸害大规模地寄生在文学病地图中最庸俗和无知的地区，那是一幅错综复杂的地图，包含形态各异的州、洞窟、部族、拐弯的河道、森林、岛屿、阴暗的角落、城市。事实上，在瓦尔帕莱索的酒店里，我经常在这幅地图上游走；我时常漫步在自己亲手逐步绘制出来的这幅地图里。当然，在它的远郊地带——我还没有画到这部分——是一个叫西班牙的地方，在那里，人们崇尚着一种二十一世纪的、有当地特色的现实主义；在那里，对于大部分的批评家和读者而言，因思想而被轻视是习以为常的。远郊的一颗珍珠。不仅如此，这片远郊甚至拥有一条海底隧

---

① 全名胡安·卡洛斯·奥内蒂(Juan Carlos Onetti, 1909—1994)，乌拉圭著名小说家。

道——它已经无法出现在地图上——与一块领土相连,这块领土让人想起切斯特顿①所发现的那个现实主义的岛屿,岛上的居民为他们所认为的真正的艺术而欢呼喝彩:"那就是现实主义!那就是事物本来的样子!"西班牙人以为一件事反复地说就会变成真理。

"现在我上飞机了。"我害怕地说。"请叫它单螺旋桨飞机。"玛戈特更正道。单螺旋桨飞机!这个词让我感觉可怕。让人害怕到颤抖。那是一架美国派珀公司生产的达科塔飞机,智利空军的官员偶尔把它借给玛戈特,空军中不乏她的好朋友,他们很自然就把她的年龄问题忽略了。我的恐惧不难理解,尽管——不得不说——同时有一种被危险吸引的感觉。

"危险是伟大生命的主轴线。"我说。"别再说蠢话了,上来吧。"玛戈特向我命令道。我遵命了。坐在单螺旋桨飞机里的汤格比我还要害怕。距离我离开智利没有多少个小时了,我在那里度过了相当愉快的三个星期,尽管与罗莎的通话让我一直处于茫然之中,她有时候突然挂掉电话,有时——如果我斗胆问她怎么回事——她会以挂掉电话来威胁我,无论是哪种情况,她对我即将回去的事丝毫没有表现出欢迎。

---

① 切斯特顿(Chesterton,1874—1936),英国作家、文学评论者以及神学家。

罗莎的奇怪态度使我在智利的快乐时光蒙上了一层阴影。我登上了勇敢的玛戈特的达科塔飞机。那天多云,阳光从低沉的云背后透射出来,像一把锐利而冷酷的剑。飞机将把我们带向太阳,我们将从多云的圣地亚哥开往晴朗的圣费尔南多。

当那架单螺旋桨飞机起飞时,我脑海中开始闪现关于文学的念头,或者换种说法,我为了不想到自身的死亡,而开始思考文学之死。我想到了圣-埃克苏佩里——玛戈特如此蔑视的一个人——这位作家在某个年代曾经在夜间穿梭于安第斯山脉的上空,把智利的邮政货物运输到巴塔哥尼亚。然后我想到圣-埃克苏佩里和朱利安·格拉克在南特的相遇,想到多年后格拉克在宣传单上写的"胃里的文学",说的是文学艺术陷入了不幸的处境,一方面从业人员数量野蛮生长,另一方面它被一些非文学的、邪恶且无知的规则所裹挟。

这一切都很有意思,我指的是我在这段飞行期间关于文学的想法。因为自从蒙塔诺之病由个体延伸到整体之后,我个人的文学病降到了一个低调的第二层级,但与此同时,尽管看起来有点矛盾,它的力度和强度都有所增长。这没有让我感到不安;恰恰相反,由于对整体性的蒙塔诺之病的担忧,我对自己的病放宽了心,并且丝毫不感到良心不安。换言之,我转而享受着——现在仍然非常享受——自己最近对于真正的文学在当今世界所面临的严峻处境所持有的相当负责任的道德立场。同时我对此感到——目前仍然感到——荣幸,我投身于一项如此高尚的事业,它为我提供了绝好的理由,以继续拥有甚至强化我个人的蒙塔诺的文学病。我个人的病因为整体的利益而得到彻底的合理化,此外,我也不再困扰于因为"太文学"这个罪名而请求原谅。

事情就是这样。如果我说那架单螺旋桨飞机的航程开始被当作一段文字来阅读,任何人都不该感到奇怪。我甚至在想,回到巴塞罗那后,我将要写——在我搁置在家的那篇日记里——一系列关于置身空中的艺术的片段或简评,那对我而言是一种纯粹的平衡艺术。因为玛戈特驾驶的那架单螺旋桨飞机就像其他所有飞机一样,借助一系列很奇怪的平衡和力量来飞行,这是文学创作的某种比喻。毕竟对于冒险写作的人而言,写作便是在一根线上行走,同时在自己脚下编织另一根线。所有这些都是我在空中时所想到的,除此以外我还对自己说,就像每次飞行都有可能坠落一样,每本书都有可能遭遇失败。没过多久,我开始仔细地观赏玛戈特的超凡驾驶技术,并突然想到一个问题:我们是行走在人文主义那古老和破损的钢丝上的、失去了平衡的杂技演员;如果有一天人文主义失败了,文学消失了,我们会怎么样?

正当我问自己这个问题的时候,汤格把我从对地球上其他人的担忧中——或者说从我的自我世界中——拉了出来,因为他宣布将要在这次航程的高空中扮演他在费里尼电影中的角色蜻蜓人。他说,就这样,我们跟随着那飞翔出奇敏捷的昆虫的节奏,跳入空中。这笑话对我来说一点也不好笑。事实上,我的恐慌在降落之前从来没有停止过,直至我回到陆地的怀抱,终于能重新感受地心引力所给予的美妙安全感——尽管我们偶尔会把它遗忘。

回到陆地以后,我望向高空,望向圣费尔南多的无云的天空,见到一只鸟儿飞过。我盯着它。我感到盯着它可以让我走向任何地方,在头脑中随心所欲地运动。几个小时后,我开始飞往巴塞罗那,一路上我开心地画着蒙塔诺的文学病王国的第一张地形草图,上面有阴影笼罩的区域、州、教区、岛屿、峡谷、火山、湖泊、洞窟、拐弯的河道、城市。到达巴塞罗那的时候,我已经变成蒙塔诺的文学病的测绘员。

到达机场的时候,我害怕的事情果然发生了,罗莎没有来。最后一次通电话的时候,她挂了我的电话,挂电话之前她说的是不喜欢我跟她反复说我到达的时间。我到家的时候,所有灯都没有亮,除了厨房的灯。我发现厨房里放着罗莎为我准备的、已经凉了的晚餐。晚餐只有一道奇怪的字母汤,那碗汤是那样可怕和冰冷,正如她对我的接风。那碗冰冷的汤旁边放着罗莎的留言:"在给你写下这几行字的时候,天空是一片美丽的渐褪的粉红色,空气冷冽。我要告诉你,今天下午我跟约翰·

卡萨维兹①逃跑了，我们到了洛杉矶。别了，亲爱的，别了。祝好。"

读了这条奇怪的留言以后，我唯一能想到的安慰是卡萨维兹已经不在世。我突然想起我和罗莎一起看过的卡萨维兹的许多电影。我站在那里，悲伤而困惑，发软的双腿不知道该往哪里走。最后我决定走到卧室，拨打罗莎的手机。但我打开卧室的灯时，发现罗莎正坐在床上，她穿着一件完美无瑕的晚礼服，微笑着跟我说，卡萨维兹可以再等等。

"我完全没明白。"我说。"这位先生今晚已经享用过您的每日份文学、那碗幸福的字母汤了吗？"她问我。"什么？""这位先生已经享用过您那或许已经冷掉的每日份蒙塔诺文学病了吗？"

不久后，罗莎或许会跟我说，她如此奇怪的举动是为了引起我对她的更多关注，帮助我走出自我的圈子、走出书本、走出她称为——以她一贯坦白的风格——"字母汤"的精神问题。"好吧，"我说，"漂亮的表演到此为止吧，这正是你的电影风格。"那时我真害怕她会拿起房间里的电话，砸向我的头。

实际上，罗莎想到这样的巧计，为我减轻蒙塔诺之病，从而在我的生活中占据更多的时间，对此我只感到仰慕。如果说汤格懂得通过把我个人的病引向一个整体性的病，从而减轻我个

---

① 约翰·卡萨维兹(John Cassavetes, 1929—1989)，美国电影导演、演员、制作人，被认为是美国独立电影的先驱。

人的问题,那么罗莎的策略也毫不逊色,她懂得——尽管这种方式很少见——把我的部分注意力引向她身上。事实上罗莎的计谋很成功,她让我在最近的几个星期都非常关注她,疯狂地帮助她完成在亚速尔群岛拍摄的那部电影的准备工作,比我预想中更卖力地编剧本,建议她选用费利佩·汤格这样一位世界级的演员,总之竭尽所能地协助她,尽管我不仅做电影方面的工作,同时还投入地、在严格的保密下绘制蒙塔诺的文学病王国的地图,以及制订我反抗文学之死的计划。

正如我之前所说,就在前天,我收到一个信封,里面装着蒙塔诺的手稿,那是一篇名为《西蒙-克鲁贝利埃街 11 号①》的故事。我认为这个故事是对乔治·佩雷克以及他在巴黎的那所房子的致敬,作家在那里浓缩了整个世界的历史。

故事开篇引用了马塞多尼奥·费尔南德斯②的话,我的儿子必是在试图借此讽刺自己写作障碍的结束:"一切都已被写,一切都已被说,一切都已做过,上帝听见有人这样说道,那时祂还

---

① 即法国先锋派作家乔治·佩雷克(Georges Perec, 1936—1982)的小说《人生拼图版》(La Vie mode d'emploi, 1978)中故事的发生地。小说描绘了一幢公寓楼里 30 多个单元中各家房客的生活景观,他们来自不同阶层,从事不同职业,有各自的生活方式和人生经历,整部作品构成了社会各个族类的标本展览。

② 马塞多尼奥·费尔南德斯(Macedonio Fernández, 1874—1952),阿根廷作家、哲学家。

未创造世界,什么都还没有。我已听到过同样的话,祂或许是从古老开裂的虚无中这样答道。接着,祂开始了。"

这篇值得赞赏的故事,在仅仅七页但写得密密麻麻的纸上,浓缩了文学的所有历史。它集中记叙了一系列作家,他们的记忆被年代上早于他们的作家的个人记忆突如其来地占领了:文学历史的时序被更改了,从当代的胡里奥·艾华德、胡斯托·纳瓦罗、佩索阿①、卡夫卡,追溯到过去的吐温、福楼拜、凡尔纳、荷尔德林、狄德罗、斯特恩、莎士比亚、塞万提斯、路易斯·德莱昂修士②等等,直至史诗《吉尔伽美什》;文学的历史被看作一股由突如其来的他人记忆组成的奇怪思潮,这些被动偷来的记忆组成了一个闭环。

我喜欢这个故事。当中有非常诗化的情节,比如佩索阿被来自布拉格的一位从未听说过名字的作家的记忆造访,于是他看见了修建中的中国长城,还有一些看不见尽头的、处于危险中的通道,然而它们牢固地连接在了一起,共同抵御时间的侵蚀和损耗;他还看到一位饥饿的艺术家在布达佩斯作了一场讲座,看见一只猫建议一只老鼠改变行进方向,因为它正在走向一个危

---

① 全名费尔南多·佩索阿(Fernando Pessoa,1888—1935),20世纪伟大的葡萄牙语诗人。佩索阿的作品世界由众多的"异名者"组成,除了使用本名外,他还以卡埃罗、冈波斯、雷耶斯等署名创作。每个名字都有自己独特的性格、生平经历,以及风格各异的作品。自其去世以后,研究者一直在搜集整理出版他的作品。

② 路易斯·德莱昂修士(Fray Luis de León,1527/1528—1591),16世纪后半叶西班牙最为重要的诗人之一。

险的"奥德拉代克"①。

我喜欢这个故事。读完后，华莱士·史蒂文斯②曾经说过的一些话渗进了我的脑海里："读者成为了书本。夏天的夜晚仿佛是书本的具有意识的存在。"

蒙塔诺的故事结束后，我为了好玩而想象自己感受到了一种诱惑，即变成这个故事，化身为它，从而变成一个行走的故事，取名西蒙-克鲁贝利埃街11号，成为一个故事人，为文学的消亡而抗争，重新回顾文学记忆简史。

今天，当我在巴塞罗那和汤格共进午餐的时候，我忍不住告诉他，前天我为了好玩而想象自己想要变成我的儿子蒙塔诺寄给我的那个故事。

汤格对我微笑着，点了一支烟，沉思了几秒钟，最后对我说："我想知道一个人要变成文学的记忆应该穿什么衣服。"然后，他开怀大笑，我觉得他长得比任何时候都更像诺斯费拉图。他说他喜欢这样的游戏，到时我们在亚速尔群岛的法亚尔岛上拍摄的时候，他想成为我对抗蒙塔诺的文学病的十字军，尽管人们不一定能察觉出来。"我将会成为你的秘密盾牌，"他对我说，"但确实，这

---

① 卡夫卡《家父之忧》中描述的一个"初看上去像一枚低矮的星状的纱芯""居无定所""或在屋顶，或在楼梯间，或在人行道，或在走廊""娇小可人"又"经常闭口无言，默不作声"的"东西"。
② 华莱士·史蒂文斯(Wallace Stevens, 1879—1955)，美国现代主义诗人。

是为了一个重要的交换:巴拉塔里亚岛^①的统治权,比方说。"

　　我在法亚尔岛这里,面对着皮库岛^②,比以前任何时候都更加"文学",尽管我现在已经没有原来那样天真了。我极力让罗莎认为我的病已经不那么严重,我跟她什么都谈,就不谈文学,甚至有时显得很笨,但重要的是不让她发现,这段时间以来不仅文学不再让我感到窒息,我甚至觉得为文学病而道歉是非常离谱的。重要的是不让她知道,我最近承担起了对抗文学之死的责任。我不应该跟罗莎有更多的争吵,为此我极力地掩饰。比如,我将自己每天绘制的蒙塔诺的文学病王国地图藏得很好。但我确实病了,得了人们所谓的文学病,比从前任何时候都严重,我却暗自为之庆幸。

　　我在法亚尔岛;我是一本手稿,更确切地说,我想象自己是一本手稿,想象自己是行走的文学记忆。我在亚速尔群岛,在法亚尔岛上,面对着皮库岛。在这次旅途中,我带上了我的日记。我在大西洋之中,远离欧洲,远离美洲,我不时地想,距离是这些岛屿的魅力所在。我住在法亚尔岛的圣克鲁斯旅馆,面对着神秘的皮库岛。夜幕降临,下午的最后几抹色彩——博尔赫斯会

---

① 吉尔伯与沙利文合作的萨沃伊歌剧《贡多拉船夫》中虚构的一个共和国。
② 北大西洋葡属亚速尔群岛中的一个岛屿,被联合国教科文组织列为世界遗产保护区。

这么说——渐渐昏睡过去。我在这个房间的阳台上，面朝小港口的美丽风景，在小港口的尽头能依稀看见皮库岛上那座雾霭和晚霞之间的壮丽火山。今天我和汤格刚到过那座岛，亚速尔群岛中最奇怪的一座岛屿，它在有些时候，只是有些时候，仿佛是离天堂最近的，在其他时候却仿佛——在那个地方不存在中间地带——是离地狱最近的。今天早上我们正在靠近皮库岛的时候，汤格突然问我：

"在天堂没有另一次死亡吗？"

我知道他的直觉跟我的一样，但在那个时候他的问题对我来说也确实是奇怪的。终于，今晚在法亚尔岛上的拍摄准备工作已经进入尾声。这是我们到岛上以来，罗莎首次在白天没有拍摄。因为这里的人们庆祝狂欢节，传统的捕鲸人认为这个节日的风俗是不可动摇的，所以他们请假与家人一起或者独自一人过节。我看见罗莎靠在港口的一面墙上；为了看得更清楚，我还拿起了望远镜。她发现了我，于是比划了一些奇怪的手势。我无法解读这些手势，因为害怕误解了她的意思，而更重要的原因是，我不想失去这段本可投入到这篇日记里的时间，投入到秘密地扩张蒙塔诺的文学病地图的时间。我离开了罗莎的视线，也就是说，我回到了房间，走到她看不到我的地方，狡猾地溜进了房间——就像一个演员突然扔掉了剧本——但过了几秒钟，我又回到阳台，这时我看见罗莎已经不再向我比划手势了，于是——比刚才更加狡猾地——换成了我在比划手势，朝着皮库岛火山的天堂和地狱。

然后我又拿起望远镜，专注地看着那些传统的捕鲸人。他们有的围在罗莎身边等待今晚的拍摄工作。汤格也在这些捕鲸人之中，穿着一件可怕的黑白条纹衬衣，抽着烟，望着大海沉思。我觉得他是黄昏的诺斯费拉图，那一身伪装海豹的可笑的戏服让他显得比平时更奇怪。他身边的几个真正的捕鲸人肆无忌惮地盯着他看，围着他转圈，一边缓慢地移动，一边用奇怪的眼光——我猜测——看着这名入侵者。他们好像是风景的一部分，仿佛与傍晚的霞光有着神秘的联系。那些古老的鱼叉承载着千年的历史，躺在不久前把它们载往大海的、弱不禁风的船上。事实上，一切，那时发生的一切，都非常慢，非常迟缓，都被壮阔的晚霞染成了红色，就在法亚尔岛这里，在天堂的这一边。我隐藏着正在绘制的地图，隐藏着我的文学病，这让我有时显得像傻瓜，我或许想要隐藏起一切。但这日记一直在我眼前，我知道罗莎甚至不敢看它一眼。

正当我欣赏着绵延在长空中的晚霞时，我记起了"运动"咖啡馆主人贡萨尔维斯·阿泽维多跟我说的一件事。昨天他跟我说，从前他们在这个岛上捕的一种鱼叫莫雷纳①，渔民要在月圆

---

① 学名为地中海海鳝(muraena helena)，是海底的隐居者，在礁石的洞中或海底的凹地中过着隐居生活，受侵扰时可变得十分凶恶。

的晚上唱一首没有歌词的歌把它们吸引过来：一首仿佛来自海底深处或迷失在夜里的灵魂的凄惨的歌。"那首歌，"他跟我说，"现在已经没有人会唱了，它已经失传，也许这样更好，因为它包含着一个诅咒。"

我不禁想着，那诅咒已落入皮库岛的火山里。这是我今天在那里凭直觉想到的，在火山脚的那个破旧的大房子里。事实上，我在那个叫特谢拉的可怕家伙的房子里待过后，就决定把那座火山也画进地图。我不久前把它画进去了，画中的火山里有地下通道，一些安静的、隐形的鼹鼠在那里密谋消灭文学。也许汤格今天在船上也凭直觉感到或看到了那些通道，因此我们在靠近岛和火山的时候——尽管眼前是那样美妙的时光和景致，又或者正是因为这一切——他让我告诉他在天堂里有没有另一次死亡。

如果我是白痴，那么我会为能够背下蒙塔诺的那个故事而感到自豪，但我不会做那样的蠢事。况且，我没有背下那个故事，我只是记得它。尽管它只有七页，但我最终拒绝了将它背下来，拒绝让自己变成形同雷·布拉德伯里[1]《华氏451》[2]中那些

---

[1] 雷·布拉德伯里（Ray Bradbury，1920—2012），美国科幻、奇幻、恐怖小说作家，代表作品有《火星编年史》及《华氏451》。

[2] 著名的反乌托邦小说，出版于1953年。故事叙述了一个压制自由的近未来世界，人类被禁止阅读和拥有书籍，所谓的消防员的工作不是灭火，而是焚书。故事改写自作家在1951年发表的中篇《消防员》（The Firemen）。

能把书本内容记在心里的怪咖"书之人"。

但确实，我接受了蒙塔诺所写的免费版文学怪诞史的记忆。因此，在某些场合里，当我意识恍惚的时候，我就是那段记忆，尽管我不能一口气把我儿子的那篇简短的故事背诵出来。我只是尽可能地记起那个故事，记起一些片段。有时某些片段会来到我的脑海。比如，不久前当我在阳台上休息的时候——看着拍摄如何开始，彼时正当皮库岛的火山逐渐消失在夜色里——那个蒙塔诺式的场景浮现在我的脑海，我看见当卡夫卡正在写日记时，马克·吐温的旅行回忆即兴地造访了他，尽管马克·吐温对卡夫卡来说并没有什么特别的吸引力。

那时正是布拉格的夜晚，1910 年 12 月 16 日。卡夫卡正在写着："我已经放不下我的日记，我应当紧紧抓住它，我没有其他地方可以这么做。我乐意时常解释我内心感到的快乐，正如我现在这样。"

当卡夫卡刚写完"正如我现在这样"，吐温的旅行回忆造访了他。卡夫卡惶恐地经历了 1897 年吐温在旅欧期间拜访奥匈帝国皇帝弗兰茨·约瑟夫一世的事。他对皇帝说，无论一个君主多么英明，他都应该像星期日的海盗那样做善事。

卡夫卡听到了吐温说的话，那些话仿佛出自一只在文学上处于低等阶层的熊蜂之口。他还看到了皇帝如何挑起了眉毛。然而，他觉得在日记里提及这件事情不合适，于是他继续在日记中记录他的个人感想，就像什么怪事也没有发生过一样："事实上那就像泡沫一样，让我身体里充满轻微而愉悦的颤动……"

蒙塔诺的故事叙述者在一条脚注中承认，对于带着那可悲的小剧场擅自闯入卡夫卡记忆中的吐温而言，所谓"像泡沫一样"是一种羞涩或含糊的，甚至是不情愿的说法。

我来到了阳台，看看拍摄进行得如何，然而在我面前仿佛隔了一层幕布，我完全没看见当时在发生什么，那是因为渗入我脑中的是昨天上午拍摄期间我所看到的场景：罗莎正在海里拍摄模拟抹香鲸呼气时喷出的水柱的人造场景——在其他时候，这些水柱是用来指示观察员向捕鲸人鸣枪，好让捕鲸人立即奔向他们那些脆弱的小船。

但那是昨天发生的事情。我点了支香烟，很奇怪的，它升起的雾并没有进一步挡住我看清现实的视线，反而顿时揭开了真相，让我终于能看到今晚拍摄时发生的事。并没有发生许多事情。比如，汤格靠在港口的一面墙上，那些跨越大西洋的水手在上面写了各种各样关于海上遇难人员的信息。我猜汤格一定是觉得无聊了。我拿起望远镜，看罗莎脸上的表情，她脸上的皱纹多了，面容疲惫，感觉拍摄进行得不是很顺利。

我走进房间，藏起我的蒙塔诺文学病的地图，然后躺在床上。我的脑海中浮现出在布宜诺斯艾利斯的托尔托尼咖啡馆时,塞萨尔·艾拉①跟我说的话。我们对文学的本质进行了一场奇怪的讨论。开始时我们谈论的是我给他最新的一本书作的评论,没过多久,在毫无过渡的情况下,我们的话题不知不觉地转移到文学本质的讨论上。"从少年时期起,我就开始读博尔赫斯,"艾拉跟我说,"那时我就看到了文学的本质在哪里。那是终极的本质,但后来我又发现,文学是没有本质的,它由数不清的历史性事件和偶然事件组成。因此,逃离博尔赫斯的轨迹很容易,就像回去那么容易,或者就像从来没有逃离过。"

在法亚尔岛这里,文学的本质问题对我来说比那天的讨论还要奇怪。然而,我正专注在这个话题上。圣克鲁斯旅馆的这个阳台上弥漫着焦灼的气氛。我朝皮库岛看去,尽管看不到任何东西——没有火山的影子,仿佛黑夜把它吞没了——但我回想起了今天在那里看见的那群鼹鼠。过了一会儿,我的目光从那看不见的火山上移开,突然莫里斯·布朗肖出现在了我的脑海,我看到那天傍晚,他说他对记者采访作家时常问的两个问题已经很厌倦。第一个问题是:"当代文学的潮流是什么?"另一个问题是:"文学将走向何方?"

"文学走向它自身,走向它的本质,也就是消亡。"在无数个傍晚,当表达完对那两个问题的厌倦后,布朗肖如是答道。

---

① 塞萨尔·艾拉(César Aira, 1949—   ),阿根廷作家、译者。

出于纯粹的游戏心态,同时在生存的自然本能的指引下,我想我应该立即变成文学的本质,让它化身在我卑微的身躯里。然而,幸好我意识到那超出我的本职责任太多了,事实上成为文学的本质完全、一点儿也不适合我;那将意味着成为蒙塔诺的健康状态,或者——最终的结果是一样的——成为坟墓中的文学的长眠。那完全不适合我,一点也不! 最稳妥的做法是继续默默地成为文学的记忆而不是它的消亡。这是我最起码能做到的。

文学永远不会消亡吗?

我记起在蒙塔诺的故事里,胡安·鲁尔福①的记忆突然造访在科约阿坎的斯科特·菲茨杰拉德②,跟他说了一句来自佩德罗·巴拉莫③的话:"没有什么能持续那么长时间。"

不管汤格怎么说,我们在皮库岛上发现的特谢拉似乎是一种新的人类的化身——这让人很不安,那是将来的人,又或许是已经到来的人,至少在皮库岛有一个样板正等着我们,他叫特谢拉。要我说,他总是以一种非宗教的方式抗拒体验和理解这个

---

① 胡安·鲁尔福(Juan Rulfo, 1917—1986),墨西哥著名作家,被誉为"拉丁美洲新小说的先驱"。曾获颁墨西哥国家文学奖、西班牙阿斯图利亚斯王子文学奖。
② 斯科特·菲茨杰拉德(Scott Fitzgerald, 1896—1940),美国作家、编剧,代表作有《人间天堂》(1920)、《了不起的盖茨比》(1925)。
③ 胡安·鲁尔福的代表作《佩德罗·巴拉莫》(1955)中的主人公。

世界。我不会轻易忘记特谢拉。我被他那野蛮、粗鄙的笑震惊了，那让我想起俾斯麦在汉堡港口第一次看见现代战舰时说的话："一个我无法理解的新时代开始了。"

我偷偷地取出地图，我的那幅秘密的文学病地图，又看了它一眼。但是我没有很仔细地看，然后我突然在不经意间发现了在火山内部的地下通道里，就在我用铅笔描画得最轻的地方，升起了一座此前我没有见过的悬崖，也许它跟那些鼹鼠一样，是从堕落、粗鄙的心智和道德的地下层冒出来的，而那地下层仿佛是我从特谢拉——这个未来的人，即将到来的人——那凄楚笑容的裂缝中窥探到的。

"在天堂没有另一次死亡吗？"
——汤格

火山坐落于皮库岛，它几乎占据了岛屿的全部土地，是葡萄牙的最高峰。岛上既有火山，余下的土地便仅容三个沿海市镇：马达莱娜（来自法亚尔岛的渡船都停靠在这里）、圣罗克和拉热什①。拉热什是人口最密集的地方，然而我们在那里几乎看不见

___

① 三个市镇的葡萄牙语名称分别为 Madalena，São Roque 和 Lajes。

一个鬼影。那里有一个关于鲸的博物馆和一座异常巨大的教堂,跟这座岛屿的面积略不相称。

今天上午,我们到达马达莱娜的时候,街上几乎空无一人。从渡轮下来了四五位乘客,仅此而已;他们带着手提包和篮子,没多久就消失在寂静里,消失在这座幽灵村落的荒凉街道里。我问汤格是否知道我们来皮库岛要做些什么。

"就是为了来皮库岛。"他回答道。

主广场上空荡无人,只有两个出租车司机把车停泊在市政府小楼的对面(在法亚尔岛的码头肯定有人告诉了他们,有两个乘客要到皮库岛,他们是来拍电影的)。两个司机之间没有交流,其中一个是年轻人,长着一副强盗模样,另一个显然是老头了。年轻人脸上挂着愚蠢的微笑,似乎坚信我们会成为他的客人。

我们在马达莱娜走了一圈,逛遍了这个小镇,看看能不能发现什么新奇的事物,或者找到一个酒吧之类的地方歇脚。然而所有的店铺都关上了,一个在营业中的酒吧也没有,甚至除了那两个出租车司机以外,一个人也没有。无奈之下,我们回到了市政府旁边的广场,仔细地端详那两个人,仿佛我们在妓院里,不得不在两个妓女中挑选一个。

离渡轮返回法亚尔岛还有三个小时,同时一片巨大的乌云正在靠近,这意味着回程的路上将会很精彩。我们已经很清楚,这时我们只能躲到那个老头的车上,到拉热什看看那里是否有更多的居民,更多的东西,也许那个关于鲸的博物馆正开放着,尽管老头对我们说他不知道。"就是为了来拉热什。"车开动的时候我说道。汤格瞪了我一眼,他看上去——在渡轮上已经能察觉出端倪了——心情特别糟糕。

"你看见另一片云了吗?"他问我,"因为有两片乌云,尽管有一片你是看不见的。不用多久,这里就会变成地球上最黑暗的地方之一。我觉得来皮库岛就是为了来而已,但来了以后我觉得我们错了。"

事实上只有一片乌云,但我选择了保持沉默。那时司机老头开始即兴地当起了导游,开始进行解说。他说皮库岛只有三个市镇,其余的地方都是火山岩,只能偶尔长出孤零零的一根葡萄藤或几株野生的菠萝。他说自己这辈子只离开过这里一次,是为了到法亚尔岛参加婚礼。

在出租车司机说话的时候,我目不转睛地盯着他看,他长得像极了费尔南多·佩索阿,一个已经年过八十的佩索阿。在这个恰当的时候,我跟汤格分享了这一点,然而他的反应太糟糕了。他说如果我是在开玩笑的话,他会报以大笑;但他觉得我这么说是认真的,这太可怕了,显然我不仅是病了,我简直是想文学想坏了脑子。

我选择了保持沉默,转而看车窗外缓慢移动的风景。这是皮库岛上唯一的公路,在冬季显得尤其凄凉,要是同行的是司机老头和心情极差的汤格,那么在接下来的几天里,你的心情将会是抑郁的。公路蜿蜒于小岛的海岸线上,倚靠蔚蓝的大海,弯道接连不断,路面坑洼不平。公路幽暗而狭窄,穿过一片岩石铺就的忧伤景致,只见小山丘上零星的奇特房屋,忍受着冬日的寒风。

"这里,"出租车司机说,"现在什么都没有了,但从前我年轻的时候,葡萄藤爬满了贫瘠的火山岩地面,在皮库岛这里还能酿葡萄酒。在葡萄采摘的季节,还有派对,很多派对。"在幽暗的公路两边,仍能看见昔日那些壮观的葡萄酒庄园的遗址,它们的主人来自法亚尔岛,曾在邻岛这片火山岩地上酿葡萄酒发家致富。在那些古老的大庄园里,昔日在丰收时节大肆庆祝的地方,现在却只剩下四块大石头和出租车司机深深的怀念。在他那随性的大段独白中,他时不时地带着沉重而忧伤的固执,用一种带着浓重的亚速尔群岛口音的、非常本土的葡萄牙语说道:

"派对,很多派对。"

带着对昔日光辉时代的沉重怀念,用一种随性得可怕的语调。

"派对,很多派对。"

在他第十五次说到这句话的时候,我开始走神了,仿佛头脑多动症又犯了。我时刻记得要警惕蒙塔诺的文学病。然而,我最终还是无法摆脱它,尽管我承认汤格说我的手或者脑子已经丢了是不无道理的。我最终还是无法摆脱它:那个忧伤的出租车司机话语中愚蠢的诗歌调子,让我想起了一种我们可称之为普鲁斯特①式的行为,即以感性和理性来回忆过去的事情。出租车司机似乎忽略了这一点,似乎未能理解在叙述忧伤故事的艺术里有一种宏大的文学背景,只是沉溺在回忆当中:那个葡萄收获时节里,某任可怜的、不幸的女朋友。最终,出租车司机还是把我拉回了现实。

"派对,很多派对。"

我对随性的人没有一点好感。如果文学仰仗这些人,那它早已从地球上消失了。然而,那些"正常"的人到哪里都是很受欢迎的。所有杀人犯对于他们的邻居来说,正如在电视里看到的那样,都是随性和正常的人。那些正常的人,正是蒙塔诺的文学病的帮凶。这是我中午在皮库岛的出租车上想到的,我想到了泽尔达②对她的丈夫斯科特·菲茨杰拉德经常说的一句话:"只有我们有权利活在世上,而他们,那些混蛋,正在破坏我们的世界。"

我憎恨那些每天在破坏我的世界的大部分"正常"的人。我

---

① 全名马塞尔·普鲁斯特(Marcel Proust,1871—1922),法国意识流作家,著有代表作《追忆似水年华》(1913)。

② 全名泽尔达·菲茨杰拉德(Zelda Fitzgerald,1900—1948),美国小说家,斯科特·菲茨杰拉德的妻子。

憎恨那些善良至极的人，因为没人给他们机会见识真正的恶，所以他们无从自由选择真正的善；我总认为这种善良的人实际上是潜在的大恶人。我痛恨他们，并时常跟泽尔达一样，把他们视为混蛋。

我无法抑制自己在头脑中对出租车司机重重地敲上一棍。他不停地说"派对，很多派对"，在这样的伪导游词之间，我好不容易等到了一个短暂的空隙，出其不意地问他，有没有听说这个岛上住着哪位作家。

结果是既可怕，又荒唐。他以为我想知道岛上有没有书桌，办公室用的书桌，然后开始跟我说这里没有书桌，也没有办公室用的那些家具。那是压垮骆驼的最后一根稻草。我终于忍不住打断了他，问他有没有读过普鲁斯特，他也谈论派对，很多派对，但他不太谈论办公室。沉默。然后我跟他说，我由衷地讨厌他那一番随性的、反文学的谈话。他自然没有听懂我跟他说的话。汤格厌烦了，忍不住插嘴。"我说，"他对我说，"够了，你这是着魔也好，病了也罢，不管什么。冷静下来吧。别为难司机先生了。"我没有买汤格的账，只把他视为同谋或随从，但确实我在我的游戏中已经走得太远了。

我表现出悔过的样子，于是态度变得柔和，身子向前倾，低声地在出租车司机的耳边说话；我缓慢而小心地向他重复我的问题，同时用西班牙语和葡萄牙语解释道，我只是想知道这岛上有没有作家,有没有对文学感兴趣的人。我终于让他明白了。"啊,"他说,"您在问作家,那些有书的人,这岛上有一个,他已经不是作家了,但以前是。"憨厚的老头露出了神秘的微笑,"他在拉热什,可以从陆路过去,我们这里的人都叫他特谢拉,如果你们要去见他的话。"

那神秘的微笑唤起了我的好奇心。"他已经不是作家了,但以前是。"我想到了蒙塔诺,他在南特感到无法写作时,就是类似的状态。我们穿过了荒凉的圣罗克市镇,街上空无一人。我们把希望寄托于拉热什,期待在那里见到一些人。我问出租车司机拉热什会不会有人。"特谢拉。"他回答道,憨厚地笑了一下。我问是不是没有别的人。他耸了耸肩,说可能有,可能没有,他是马达莱娜人。"一个没有人的地方。"汤格说,这个中午发生的任何事情都可能让他发脾气。"没错。"出租车司机有点不安地说,他带着些许担忧透过后视镜观察汤格那张德拉库里诺①般的脸。"为什么一个人也没有?"汤格的声音很吓人,仿佛那是生死攸关的问题。"因为狂欢节。"吓坏了的司机回答道。

正如我们可以预见的那样,拉热什的鲸博物馆闭馆了。皮库岛还有什么不是关着的? 在拉热什,有一座大教堂和一个仿

---

① 德拉库里诺(1971—),巴西柔术世界级选手和教练。

爱尔兰风格的小酒吧开着。出租车司机留在车上,等我们到那两个开放着的地方转一圈。我们走进教堂,那里人影也没有;除此之外,世上其他教堂有的东西,那里也有。我们百无聊赖,于是把所有东西都看了个遍:地毯、圣杯、木长凳、弥撒书、蜡烛、跪椅、干花、一架普通的管风琴、一片古老的寂静。"到了教堂变得没有意义的那一天,将会发生什么?"汤格问我。如果那时候我们已经见过特谢拉,我就能这么回答:"那些新的人类,新世界的那些特谢拉们会到教堂散步,就像我们今天在这个岛上散步一样,也就是说,什么都不理解。"

　　酒吧空无一人,只有吧台后的那个快要睡着的年轻服务生。汤格点了一杯啤酒,问我有没有发现两片乌云已经消失了。我说天气变化是正常的,因为这里每天都以一种难以置信的速度在变化。然后汤格对我说他很开心,我终于能谈一下亚速尔群岛的气象情况,而不是到哪都看见佩索阿。我点了一杯加水的家豪①威士忌。"太失礼了。"他说。"抱歉,"我不得不对他说,"我不是故意惹你生气的。""但是家豪威士忌怎么可以加水呢?"他气愤地问。我们沉默地喝着。啤酒似乎对他起了一些作用,他突然问我为什么要画蒙塔诺文学病的地图,为什么把它藏起来不给罗莎看,为什么要在她面前假装,让她相信我正在享受这

_____

　　① 一个苏格兰威士忌品牌。

个愉快的治愈性假期；而事实上我每天都在把自己想象成亚速尔群岛的堂吉诃德，我比从前任何时候都病得更重，尽管我不自知，但是我让人受不了，且正因为如此，罗莎本不想带我们来皮库岛，因为她从内心深处知道——尽管不愿意接受——我的情况比以前任何时候都更糟糕。

我甚至没有心情跟他开玩笑，比如说，我认为他是最好的随从，或者说，他是我们在巴塞罗那愉快地发起的这个游戏的同谋，而这份愉快在这个酒吧里莫名其妙地消失殆尽了，我们最好尽快离开这里。"绝对不行。"他说道。他又点了一杯啤酒和一杯威士忌。这时从我的心里冒出了一句话，那是完全自发的，我对他说："诶，如果你爱上了罗莎，只要等到电影拍摄结束，你就可以跟她逃了。"他看着我，仿佛无法相信刚才所听到的。对我来说，这个短暂上演的毫无根据的嫉妒场景，给了我一个灵感，我想在6月底于布达佩斯举行的一场讲座中加插这样一个段子。我拿出一支铅笔和一个本子，记下了这个想法。"我知道你正在那里写，对于我没有配合你的游戏，你很失望，但你应该知道，一个随从有责任把主人带回现实，尤其当他的主人有骑士般的傲慢时。"他对我说。他喝着第三杯啤酒，问我有没有听说过哭啼镇。"一点印象也没有。"我对他说，模仿着一个出于防卫而提高了警戒的拳击手。"它在一座山上，在奥兹的南边。""我不知道奥兹在哪里。""如果一个奥兹的居民看起来有迹象要变成哭哭啼啼的人,就会被送到哭啼镇生活。""我不知道这都是什么话。"我抗议道。"我说这些是因为那些哭哭啼啼的人像你一样忧心地生活着,为那些危险的想象,以及它们可能导致的灾难而毫无节制地担心。"我只是跟他说,我不会喝酒,然而他又点了第四杯啤酒和我的第四杯威士忌,我们甚至开始讨论去探访特谢拉的可能性,看看那个躲在拉热什郊区的房子里的家伙是哪门子的作家。经过仔细的研究,我们达成了一致——我们从来没有在任何事情上达成如此高度的一致——最后让出租车司机把我们带到了特谢拉的家。走到半路,汤格靠在了我的肩膀上,对我说:"作为朋友我想说,看着你如临大敌般对抗蒙塔诺的文学病,一种想象中的病,我感到很心疼,我亲爱的哭鼻子。"对这个吸血鬼的此般柔情,我并未报以感激,反而问他是不是没注意到,他用了一种很简单和庸俗的语言来对我说那些很复杂的事情,这与我引人注目的文学风格相去甚远。他看着我,再一次怀疑从我口中听到的话。他双眼发光,德拉库里诺般瘦削的耳朵突然涨红了起来。他说复杂也许是一种弱点,而我也许没有意识到,尽管我是如此智慧和杰出的批评家,比如,卡夫卡的力量恰恰在于不带一点复杂。说完他笑了起来,深信自己赢了这场论战。"你不知道,"我对他说,"你跟我谈文学的时候,你展现出力量的时候,我有多开心,桑丘伙计,这个可怜的哭鼻子身边的亲爱的随从,你不知道我有多崇拜你,丑八怪。"唯恐他没有听清楚,我把最后一个词重复了一遍:"丑八怪。"他被逗乐了,在那里看着我,"我喜欢你这样,"他说,"时不时变得简单一点。"

晕乎乎的我们盯着特谢拉,他那奇特的鸟人形象引起了我们莫大的恐慌。他身形瘦削,双眼凹陷,长长的手指关节突出,让人联想到昆虫的触须。特谢拉突然站在了我们面前。当他站在我们面前的时候,我们竟然忘记了我们原本是要来看他的。特谢拉就在火山脚下的一座破旧的大房子里,在拉热什郊区一个孤独的大房子里。在房子里住的那个人,用他的话说,从前喜欢在室外写作,坐在被锯断的树桩上,身边围绕着至今屹立不倒的树林。"那时我的所有作品,"他对我们说,"都走向森林的光亮;我曾经既强壮又脆弱,现在的我只是一个讲授大笑疗法的人。"

为了向别人传授如何大笑,他非常严肃。他像一个隐居在地球尽头的人,年龄在五十岁上下。他是出租车司机的朋友,不停地问司机是否已经告诉我们,他不再是作家了,而是一个教人如何大笑的老师。

为了成为大笑疗法的专家,他必须非常严肃。他的头嵌在军装衬衣的领子里——他的裤子也是军装——头发整齐地环绕着头顶,用皮库岛的发胶固定得纹丝不动,脸颊上的肌肉是我这辈子见过最紧绷的。他那严肃的样子让人见而生畏,然而他说微笑就在他的身边,他说夏天的时候他靠给游客上课赚钱,让他们发现大笑对身体健康的好处。

他说他曾是——这听起来像杜撰的,也许是为了让我们大笑——温莎公爵①夫妇的朋友,还是阿迦汗②、爱因斯坦、科尔·波特③、西班牙阿方索十三世和卡鲁索④的朋友,尤其是卡鲁索的朋友。他还向墨索里尼退还过一个勋章,从戴高乐将军手上获得过荣誉勋章。

从前他的生活很庸俗,后来他放弃了世俗的生活,在森林里坐在树桩上写作,然而他最终还是未能写出他想写的东西。在非洲的某一天,神的启示降临在他身上。他之所以在生活中感到迷失,是因为他仍坐在树桩上写东西,因为他想诉诸纸上的东西太难了,他想方设法地创造一种新的艺术形式,一种全然内在的形式,即不超越理智范畴的形式。然而——问题就在这里——他未能想出这样的一种形式。他试图创造这样一部作品,至少能避开上帝可能存在或不存在这个问题。然而,他没有找到那第三条路径。他在非洲备感绝望,坐在树桩上徒劳地写

---

① 应指爱德华八世(1894—1972),大不列颠及北爱尔兰联合王国国王,乔治五世和玛丽王后的嫡长子,逊位后被其弟乔治六世封为温莎公爵。
② 应指阿迦汗四世卡里姆·侯赛因(1936—),伊斯兰教伊斯玛仪派尼扎尔支派的现任最高精神领袖。
③ 科尔·波特(Cole Porter,1891—1964),美国作曲家和歌曲作家。
④ 卡鲁索(Caruso,1873—1921),意大利著名男高音歌唱家,被认为是有史以来最著名的男高音。

着,没有找到未来的美学形式。突然,恰恰是在自己身处的那个原住民身材矮小的聚落里,他发现了开怀的大笑。就像使徒保罗从马背上掉下来①的那一刻,不过他是因为笑得得意忘形而摔倒在地,而且并没有骑在马背上。

那天他发现了,对于那些身材矮小的原住民而言,如果一个人没有笑得倒在地上,那么他的笑是不完整的。自此他觉得自己隐约发现了生命中一条全新的康庄大道,于是马上放弃了在树桩上寻找未来的美学形式的使命,决定深入研究人类的笑这一问题。在新德里,他在一个广场上看见有三百多个人,他们每月举行一次聚会,目的是通过一些练习让人们大笑起来。所有人躺在地上摆成一个巨大的螺旋形图案,一个人的后颈靠在另一个人的肚脐上。他解释说,大笑是可以传染的,由于笑被压抑在人的膈膜以下,所以只需一个人大笑起来,便能引爆一片欢乐。他用一种极其严肃的语气说着上面这些话,以至于我担心特谢拉本人也会禁不住当场捧腹大笑,他那极端的严肃最终或许会引发大笑。毫无疑问,那是一个幽默的家伙。汤格问他是与家人同住还是一人独居。这时特谢拉的头在(越南生产的)军装衬衣的领子里陷得更深了,据他所说,这件衬衣是一位著名的

---

① 传说在皈依基督教之前,使徒保罗曾骑马从耶路撒冷前往叙利亚的大马士革,准备去逮捕一批耶稣的追随者,途中突然被主的一束光打在身上,保罗受到惊吓从马背上摔下来,从此皈依基督教,开始了传教生涯。

葡萄牙喜剧演员到皮库岛时送给他的。他一边给我们端上斯里兰卡的茶,一边以电报般生硬的语气答道,他的家人在莫桑比克遭遇了一场可笑的意外去世了。为了喝那杯茶,我们不得不跟特谢拉一起坐在地板上,坐在那个拙劣地模仿帐篷内部的房子的角落地板上。我们不太愿意坐下,也不太愿意——想想我们来之前喝的东西——尝那杯斯里兰卡的茶。可笑的意外,特谢拉反复地说,语调中的忧伤让我们坐了下来,尽管只有短短的一分钟。我们坐在地板上,觉得只有这样才能避免不必要的麻烦。

那杯茶让我久久不能忘怀,它的味道让人作呕,我发誓它绝不是斯里兰卡的茶。"真可怕,真可怕。"特谢拉时不时微笑着说道。他说的是他的茶吗? 不是的,他说的是陪伴他的那只猫,它的一条腿坏了。"真可怕。"那只猫走过的时候他说道,然后沉默几秒,最后迸出各种各样天马行空的话。死人是不会笑的,笑与生命相关联,笑是唯一有前途的事情。他说着类似这样的话,然后恢复了沉默。就在我们毫无防备的时候,他突然大笑了起来,那种大笑毫无感染人的作用,反而是难以置信地令人不快,像他的茶一样可怕,那是我从来没有见识过的。他的嘴是一块巨大的黑指甲,中间裂开了一条缝。他的笑是硬邦邦的,野蛮得可怕,仿佛那就是未来的笑,等待着我们的笑,封存在罐头里的笑,既非有神也非无神,既非有书也非无书,总之令人反感得难以言喻。

"疾病会让人封闭自我,而大笑则让人敞开自我。"他说道,内心感到非常满足。然后他补充道:"你沟通得越多,就越健康。"他的格言让我想起了在西班牙的某个时期,一些寻求发迹的作家流行在个人日记中自作聪明地写一些格言。然而那只能产生反效果。不是所有人都有能力思考,那些让人感到羞耻的格言——比如"女人比男人更懂得等待"——只会提醒人们,瓦尔特·本雅明或埃利亚斯·卡内蒂[①]记录思想跟科里亚[②]的蠢人记录思想完全不是一回事。

疾病和大笑。醉醺醺的我想起了王尔德的一句话:"笑是对生命的最初态度:一种仅在罪犯和艺术家身上依然存在的态度。"特谢拉是罪犯或艺术家吗?我给他设了一个陷阱,问他在谈论疾病时指的是不是艺术。"我现在不懂艺术了。"他对我说,然后又笑了起来,那恐怖的大笑让人看到或者想到他那凶残的嘴里面就是那些与他身后的皮库岛火山连通的地下通道,火山与特谢拉房子间的实际距离比第一眼看上去更近。

"我现在不懂艺术了,我脑子里只有那些树桩的零散画面,我坐在上面蹉跎了不少时光。"他说话的时候嘴巴张大,让人清楚地看到里面那些夜以继日、不知疲倦地破坏着文学的愚笨之

---

① 埃利亚斯·卡内蒂(Elias Canetti, 1905—1994),在保加利亚出生的塞法迪犹太人,用德语写作的小说家、评论家、社会学家和剧作家,1981年诺贝尔文学奖得主。
② 西班牙埃斯特雷马杜拉自治区卡塞雷斯省的一个市镇。

人。就这样,我确定了特谢拉不是艺术家,而是一个现代罪犯,确切地说,他是将来的人,或许是已经到来的人,对古代和当代艺术漠不关心的新人类,带着反道德的、野蛮的笑的人。他的大笑是塑料般的笑,是死亡的笑。

当汤格提出在天堂是否还有另一次死亡的问题时,他的猜想是正确的,汤格没有意识到自己成了预言家。我想起了托马斯·斯特恩斯·艾略特的一行诗:"我将为另一次死亡欣喜。"但我不是这样的,我在神秘而遥远的皮库岛中央发现了这个发出新式反道德笑声的新人类以后,感到的绝不是欣喜。"要多笑。"我对特谢拉说,此时我真想把手塞进他的嘴里,用尽一切办法抓住并撕破面容背后湿漉漉的皮肤,该死的邪恶鼹鼠便寄生在那里。

(文学)死亡的笑声正处于天堂。我对汤格这么说,就在我们走出火山脚下的破房子时,这时坐上出租车正好能赶上回程的渡船。但汤格没有回答我。一片乌云又笼罩在海峡上空,渡船出发驶向法亚尔岛,仿佛在黑暗的中心或阴霾的灵魂中航行。我们吃了几片晕船药,但那不仅没起作用,反而让我们的胃翻滚得更厉害。我们一路上把威士忌、啤酒,尤其是斯里兰卡茶都统统吐了出来。到了法亚尔岛后,我们变成了全新的两个人。我俩的样子大概是很惨的,否则到小码头接我们的罗莎不会那么吃惊。"你们在皮库岛看见什么了?"她问。"看到了新人类,"我答道,"我们不会每天看到属于未来且没有灵魂的人,也不会每天看到人类在未来某个怪异早晨所拥有的冰冷而可笑的脸,而那个人现在就在皮库岛,时常哈哈大笑。"

罗莎看我的表情仿佛在说:"你喝多了。"而汤格站在那里,为我刚才说的话感到深深的担忧。最后他问我那新人类是谁,毕竟那个出租车司机是个老头,而特谢拉是大笑疗法的老师,隐居在世界尽头的一个破房子里。为了让他明白我们见到的那个新人类,那个属于未来的反道德人类就是特谢拉那样的,我模仿了特谢拉那种硬邦邦的、罐装的、反道德的笑。汤格当即明白了我指的是谁,于是他大笑了起来,那奇怪的笑声仿佛来自一个虚弱的老人。就在那时,我认为罗莎的电影应该这样开始,汤格带着尖尖的耳朵和吸血鬼的尖牙假装走过一个亚速尔捕鲸人身边,嘴里说着一些奇怪的话——我会给他准备好台词——他说着那些奇怪的话,然后突然奇怪地笑起来,像一个虚弱的老人。

"特谢拉,那个新人类?"汤格说,挠了挠剃光了的头,"别逗我了,他不过是个白痴。"

今天,在从皮库岛回来七天后,汤格又像虚弱的老人那样大笑,不过这次是在镜头前。那是一部关于亚速尔群岛捕鲸人的被遗忘的世界的纪录片,我为他准备好了开场白。

汤格走进第一个镜头,只见他那尖尖的大耳朵和剃光了的头,吸血鬼的眼神像凶狠的鱼叉般刺向镜头。在几秒钟的沉默后,他开口说道:"在我年轻的时候,全世界的人都在谈论弗洛伊德。但我从来没有读过他的书。我也没有读过莎士比亚。我相信梅尔维尔①也一样。莫比·迪克②就更不会读了。"

接着他像虚弱的老人那样笑了起来,演职人员的名单出现在画面上。

今天,我盯着皮库岛火山那模糊的轮廓看了许久,并反复斟酌卡内蒂曾经提出的一个问题:"当上帝的创造物被摧毁后,祂会回来吗?"

多可怕的焦虑。我困在了火山和卡内蒂的名言里。为了驱散这些焦虑,我转而思考别的事情。我想到最近几天汤格总是十分激昂地谴责我在智利遵从他为了帮助我战胜文学病而提出的第一个建议。汤格认为他应该给我别的建议,因为我过于一丝不苟地执行"与文学的死亡作斗争"这个建议了。他认为只有迷茫的人才会为"文学的死亡"这样老套而有争议的话题而担忧。

想起汤格对我的责备——他的责备包括了很多方面,比如,

---

① 梅尔维尔(Melville, 1819—1891),美国小说家、诗人,《白鲸》(*Moby Dick*, 1851)的作者。
② 《白鲸》中白鲸的名字。

我越来越执迷于把所见的东西系统性地转化成文学概念或引用，他认为这经常让我们的对话变得令人讨厌和难以忍受——想起汤格最近的批评对我造成的压迫感，我竟然淡忘了原本让我寝食难安的皮库岛的火山和卡内蒂的名言。我忘掉了皮库岛，忘掉了那句名言，但是我的心思未能离开卡内蒂——我不知道这是不是一种遗憾。我未能忘记卡内蒂写的唯一一部小说《迷惘》①里的基恩的形象：有一天，这个人物在惯常起床的时间，梦见了一座巨大的图书馆从火山口拔地而起，而火山将在八分钟后立即喷发。

当然了，随着卡内蒂的回归，火山再次出现，我原以为它已经消失在视线中了，不是皮库岛的火山，不过姑且当它是吧。除此之外——我的头脑没有表现出文学病的迹象——还有关于蒙塔诺那个故事的记忆，由此又引起了关于地球上那些山的回忆，所有山的回忆，包括何塞普·普拉②非常喜爱的火山，他在自己的模范日记中提过这一点；山也是安德烈·纪德的挚爱，在蒙塔诺的故事里，正是他潜入了年轻的萨缪尔·贝克特③的记忆，那

---

① 埃利亚斯·卡内蒂创作的著名现代主义小说。

② 何塞普·普拉（Josep Pla, 1897—1981），西班牙记者和作家，以加泰罗尼亚语写作。

③ 萨缪尔·贝克特（Samuel Beckett, 1906—1989），爱尔兰作家，创作领域包括戏剧、小说和诗歌，尤以戏剧成就最高，代表作有《等待戈多》（*En attendant Godot*, 1952）。他是荒诞派戏剧的重要代表人物，1969 年诺贝尔文学奖获得者。

时贝克特正在都柏林与一些朋友晚餐，他对纪德的突然造访感到讶异，纪德唐突地对他说，对任何一座山的热爱都是新教的特性。

"那又怎样？"贝克特问。"首先是骨头。"纪德答道，然后他突然消失了，正如他来到正在用餐的贝克特的脑海时那般突然。根据蒙塔诺的故事，贝克特多年后在写作中清楚地提到了纪德，以及他意外到访都柏林的事："头脑走了会怎么样／不管怎样，它走了。"

当我放下了普拉的山、纪德的骨头、新教、卡内蒂和贝克特、基恩和所有神，甚至放下了上帝在祂的创造物被摧毁后回不回来的疑问，当我放下了那一切，我却陷入了其他作家、名言或者是蒙塔诺的故事片段的魔爪中，陷入了彻底的焦虑中，我真切地感受到我的文学记忆带来的窒息，甚至觉得汤格也许是有道理的，他警告说我在捍卫文学的路上走得太远了。

我感到如此焦虑，甘愿倾尽所有——在法亚尔岛这里，我是一个编剧——只求返回童年，回到那些简单的日子，那时我热爱太空和群星满布的夜空；我甘愿倾尽所有，只求返回我童年的时光，那时的我翱翔在宇宙无限的空间里，不觉得需要解读它，更不觉得要把它转化成什么文学概念或者引用。是的，我甘愿倾尽所有。这是在法亚尔岛上的忧伤，当我想起从前在太空里那些简单的日子。

清晨的空气格外清澈，我不用望远镜也能看见远处一艘航行中的船，浪花在冲击船头时泛起了泡沫。这是许久以来的头一次，我看到的场景仅仅是一个场景而已。仿佛我忽然间痊愈了。这是清晨里的一个短暂的喜悦。我顿时感到活力十足，仿佛能空手游到那艘船上。清晨的阳光在闪耀，海面就像一块镜子。

　　这天中午，罗莎在拍摄的间隙回房间找一件忘带的东西，她发现我躺在沙发上睡着了，那幅巨大的蒙塔诺文学病地图在我身边完全展开着。

　　"这是什么?"她问道。我突然从春梦中惊醒过来，惺忪之间以为她问的是我那湿了的内裤，而不是那幅地图。

　　我多少年没有梦遗过了? 我刚才在睡梦中射精，把内裤弄湿了，此时我最不可能想到的是她会对地图感兴趣。

　　"这是什么?"

　　那是中午 12 点或 12 点半左右。半个小时前，我正画着地图就沉睡过去了。睡过去的时候，我正在给南美沙漠中的一片绿洲里的棕榈树润色，风吹过那里，在远古时代，人类的足迹和马蹄的踪迹未曾受到文学的影响：那片沙漠完好地封存着时间和文化的痕迹。

"这是什么?"

我正画着地图里的拉丁美洲绿洲就睡着了。昨晚在"运动"咖啡馆的放纵让我突然倒在了沙发上。我通往这次奇妙射精的路径像迷宫那样曲折。那时,我正在对拉美绿洲里的一些重要细节进行完善,突然我的大脑停止了敏捷的活动,困意向我袭来,几乎让我以为自己要失去知觉了。我闭上了眼睛,随即就睡着了,那幅危险的地图完全展开在我的身旁,铅笔掉在了地上。我梦见自己在"运动"咖啡馆的吧台边上,正在喝一杯可口的斯里兰卡茶。突然,有人从身后轻轻地抓住了我的胳膊,我转过身来,看见了一个没有脸庞的人,我觉得那可能是我自己。实际上,我仔细端详后便证实了那确实是我,尽管看起来有点像作家里卡多·皮格利亚。

"用他人的记忆进行回忆,"他在我耳边窃窃私语,"是分身手法的一种变体,但也是对文学表达的一个贴切比喻。"

"请允许我,"我对他说,"对这个场景发笑,同时告知您没有必要提醒我这一点,我经常与同行的人谈论这个话题。"

皮格利亚,或者说我,没有一丝笑容。他严肃地,非常严肃地给我下了一个命令:

"您现在就该画下北美某些大学里的那些阴暗的课堂,那里的人正在解构文学。"

"好吧,"我说,"等完成绿洲了我就画。对了,'解构'是什么意思?"

"不行,您必须现在就画。"

我看着他,他已经不是皮格利亚,也不是我了。现在站在我面前的是一个身体结实的侏儒,跟我说应该画下他,因为他是那些鼹鼠的国王。突然,也许我靠在"运动"咖啡馆的吧台上太久了,吧台启动了一个机关,把我瞬间切换到了吧台的另一侧,但我感觉自己那时已经不在酒吧,而是一个酒店的豪华房间里。

那个侏儒还在我身边,他不停地说话,简直是个可怕的叫卖小贩。

"我不是那些鼹鼠的国王,"他对我说,"您不用把我画进您的地图,说真的,地图很详尽,而且制作精良。如果有人应该留在地图之外,那个人一定是我,我属于旧时的批评家之一,我反对那些散布在美国大学校园里的粗暴而神秘的行话,那里的教授和批评家在谈论文学时,对正确的文学评论中应有的美学、道德或政治元素如此淡漠。可以确定的是,正确的文学评论已经消失在理论的废墟里了。您明白我的意思吗?"

"不太明白。我觉得我只听懂了您属于旧时的批评家之一。"

"一个悲伤的批评家。"一个女人用天鹅绒般的声音说道,她从一块天鹅绒帘子后面走了出来。她的身体看着很熟悉,尽管

我没有看到她的脸。那个女人麻利地脱下了衣服,只剩一件黑色的胸罩,然后缓缓地向我走来,拖长着声音,像鸽子般低沉地说:

"我要在你的坟墓上吐痰。"

她在我面前跪下来,这时我才看清了她的脸。那是罗莎。她拉开了我的门襟拉链,取出阴茎并放进了她的嘴里,那张嘴比现实中大很多。她转动着舌头,一头美丽的金发狂乱而迷人地摆动着。我不想射精。但我控制不住。然后我醒了过来。

"这是什么?"罗莎问道。

我呆在那里,不知道可以跟她说什么。于是我决定责怪她,耍个小聪明以摆脱困境。

"你比我更清楚。"我说。

那时罗莎才拿起地图,放在我面前。也是在那时,我才意识到她问的是地图。

我稍稍松了一口气,但没有完全放松,因为要跟她解释我为什么画这些东西并不是一件容易的事:那些鼹鼠、州、郊区——其中一个叫西班牙——森林、拐弯的河道、岛屿、海底隧道、魔鬼的洞穴、洞窟、情报机构、拉美的绿洲、阴暗的角落。跟她解释为什么我要画这张细致的图并不是一件容易的事。

"蒙塔诺文学病的世界地图,"她大声念道,"好吧,但这是什么东西? 你在这里用字母汤的形式画下了你的精神问题?"

她闹得好像我出轨了一样。我呆在那里,尽管我对自己说,问我地图的事终归是要好过像昨天那样问我们究竟有多少天没有做爱了。如果今天她再提出那个问题,我大概会告诉她一个更接近真相的原因,告诉她那幅地图和蒙塔诺的文学病已让我精疲力竭,这是我们从上个世纪末以来没有做过爱的原因之一。

我意识到只有一个方法能漂亮地结束这个局面:马上和她做爱,让她忘记地图的事。但不能说那是解决问题的理想方式,梦遗让此时的我不具备应对做爱的最佳状态。我觉得应该祈祷罗莎不要想到拉下我门襟的拉链,那可能会造成一场灾难,其严重程度不亚于蒙塔诺的文学病——日复一日地,带着摧毁文学的意图——将引起的灾难。

我觉得剩下的唯一出路是尝试解释——越机灵越好,不择手段地编——为什么我变成了一个愤怒和狂热的测绘员,或者说,尝试为不可解释的事情作辩护。

"因为我在为一本我想写的小说设计风景。"我对她说。

她看着我,表情因愤怒而变得狰狞。

"那好,"她跟我说,"我忍受不了这件事,我只跟你说这一点。你现在就跟我解释什么是蒙塔诺的文学病,为什么它会有地图。你现在就跟我说你儿子跟这一切,跟这样一幅幼稚的地图有什么关系。你再顺便解释一下为什么我们这么久没有做过爱了。你要是不好好解释清楚,那你就收拾行李到别的地方接着完成你的地图。你听到我说的了吗? 蒙塔诺的文学病是什么?"

"是一本小说。"我小声地说。

她应该没有听清楚。

"它在哪里?"她问。

"什么在哪里?"

"蒙塔诺的文学病。"

我走到床头柜前,取出我的日记,这本日记。我把它递给罗莎看。

"在这里。"我对她说。

她读了几页,吓得一惊。她问我是不是加入了那些愚蠢之人的行列,认为文学要终结,市场是罪魁祸首,认为文学受到了威胁,处在危机之中。然后,我们做爱了。一次疯狂的做爱。就像世界和文学走到了末日一样。就像我们相识的那天一样热烈。当一切结束,我走到了阳台,看到远处一艘航行中的船,浪花在冲击船头时泛起了泡沫。中午的太阳在照耀,海面不再是一块镜子。我不知道。我想说,蒙塔诺的文学病开始消失在我的视线中。

第二章 生命秘爱词典

6月27日，我将前往布达佩斯参加一个国际论坛，并就"日记作为叙事形式"这一主题发表演讲。我将前往布达佩斯，重访文学博物馆——多年前我曾到过那里——在那里我会非常想念我可怜的母亲，她写过一篇名为《布达佩斯理论》的文章，隐藏在她秘密的私人日记中：那篇独特文章的奇妙之处在于其中既没有任何理论，也没有出现布达佩斯这个城市，母亲没有去过这个城市，对它也没有兴趣。6月27日，我将前往布达佩斯，再次住进卡坎尼亚大酒店，在那里想念我的母亲，为再次来到这个城市而高兴——上次在这里时我感觉非常好，漫步在它的街道上让人感觉离罗伯特·穆齐尔①很近，尽管他不是布达佩斯人，我一直渴望靠近他。

罗莎将会陪伴我前往布达佩斯，或许汤格也会来，我正试图说服他到这个国家探访他的远房亲戚、传奇的贝拉·卢戈西。最近一个月我逐渐感觉不到蒙塔诺的文学病，我对文学的沉迷有所缓解。应该说，我不再像博尔赫斯那样，他表现得好像人们对文学以外的事情一概没有兴趣。然而我并没有放下《蒙塔诺的文学病》，那部我在法亚尔岛疯狂做爱后完成的中篇，一部由幻想和我的生活现实交织而成的中篇小说。在《蒙塔诺的文学病》里有相当一部分是我的自传，同时还有许多虚构成分。比如，罗莎并不是电影导演——这几乎不需要说明。正如我的许多读者所知，罗莎是文学经纪人，是我的固定女友，我们同居了二十年，没有办理婚姻登记，我们之间没有孩子，我俩跟别人也没有。因此，蒙塔诺并不存在。

汤格则是真实存在的。他是一位居住在巴黎的演员，在法国和意大利小有名气，但在西班牙的知名度不高。他的外表让人想起诺斯费拉图，我是在最近一次到他的故乡智利旅行时认识他的，这些都千真万确。至于女飞行员玛戈特·瓦莱丽则是我虚构的人物，如有雷同，纯属巧合。而我写的汤格、罗莎和我上个月一起到亚速尔群岛，那不是虚构。当然了，我们没有拍什么纪录片，只是到那里度假。我好奇地去了"运动"咖啡馆，这个神秘的酒吧曾出现在安东尼奥·塔布其②的《皮姆湾的妇人》一

---

① 罗伯特·穆齐尔（Robert Musil，1880—1942），奥地利作家，奥匈帝国瓦解后，自我放逐到德国。他未完成的小说《没有个性的人》（*Der Mann ohne Eigenschaften*，1930—1943）常被认为是最重要的现代主义小说之一。

② 安东尼奥·塔布其（Antonio Tabucchi，1943—2012），意大利作家和学者。《皮姆湾的妇人》是他发表于1983年的小说。

书里。

我想也不必解释,我不是文学批评家,我是一个写作题材广泛、小有名气的小说家。这样的评价是中肯的,比如我在法亚尔岛完成了我的中篇小说,从那回来以后,我想要转换一下这部日记的写作思路,使之暂时变身简明词典,只为讲述我的碎片式生活的真相,展示我最人性的一面,从而拉近与读者的距离:这部词典的词条将是一些私人日记的作者名,他们是我多年以来阅读这类极度私密的文学体裁时发掘出的最让我感兴趣的作家;他们的生活丰富了我的自传,并且帮助我创作了一幅在各方面都更加贴近我真实个性的自画像。我的真实个性部分源于他人的私密日记,它们足以将一个原本更像是遗世独立的人,变成一个更加错综复杂且对生命怀抱隐秘爱恋的人。

所以,我将要改变这部日记的节奏。我刚看完《蒙塔诺的文学病》,从头到尾地把它读了一遍,生怕我的这部中篇小说缺了什么。它什么也不缺,我认为它已经完成了,如今再看那些文字甚至会觉得它们是过去的、古老的。我记得卡夫卡在 1919 年 6 月 27 日换了日记本,然后写道:"新日记。事实上只是因为我刚读了旧日记。"

"我的碎片式生活。"我前面说过。我想到了里卡多·皮格利亚,他说一个作家写作是为了知道文学为何物,而批评家在字里行间耕作则是为了重构他自己的自传。虽说我并非文学批评家,但在这部词典中会偶尔客串一下。我打算谨慎地深入他人的日记,让其帮助我重建自己那不甚稳固的自传,当然了,那自传不论破碎与否,看起来都将如我的人格一般分裂,我的人格多重、含糊、混杂,基本由(本人及他人的)经验和阅读构成。

我的生活!想必很适合被缩略成一部简明词典。在写作的过程中,我会想着读者,想着他们有深入了解我的权利。我实在是厌倦了将幻想和自传混合起来从而创作出虚构文本的做法,如今我想要的是读者更好地了解我的生活和个性,而不是把自己隐藏在文本背后。我很赞同温弗里德·格奥尔格·泽巴尔德①所说的话,他觉得那些创作虚构文本的人有必要展示一下他们的信件,也就是说,他们有必要谈一谈自己,让人们对其形象有所认识。

在巴塞罗那 4 月的那个下午,我下定决心不再躲到我的虚构文本背后,而是跟读者谈一些关于我的事,给他们展示我生活中的一些真实情况。我在现实生活的圣坛前跪下,把圣杯举在空中,高声说道:

"我登上天主的圣坛。"②

总之,我祈求真实之神的庇佑。

---

① 温弗里德·格奥尔格·泽巴尔德(Winfried Georg Sebald, 1944—2001),当代最有影响力的德国作家之一。
② 拉丁语原文为 Introibo ad altare Dei。

阿米尔，亨利·弗雷德里克（日内瓦，1821—1881）。他在文学界的名声几乎完全来自《私人日记的片段》这本书。该书在他去世后的 1883 年出版，这位瑞士作家在书中展现了一位极其敏锐的心理观察者的非凡魅力。他对自身的剖析细致入微，尽管作为读者的我在读完他的日记后，不禁怀疑彻底认识自己是一件沉重的事，并且没有任何结果。我想起了斯科特·菲茨杰拉德在《人间天堂》中说的——或者更确切地说，他叫喊的——"我认识我自己，但仅此而已。"除此以外，阿米尔对自己日记的评价总让我忍俊不禁："这些文字犹如我的知己，或者说朋友和妻子。"

说实话——不要忘记我曾请求真实之神的庇佑——我绝对说不出这样的话："这些文字犹如我的知己，或者说汤格和罗莎。"

这部日记从未发挥过知己的作用，我也不曾试图让它起到这样的作用。但在别的一些事情上，它确实对我发挥了某种作用。去年我在发表《从此一片空白》后，一度可悲地陷入了写作瓶颈。在好几个月里，我对下一本新书毫无头绪，仿佛因为写了那本关于作家放弃写作的书而受到了惩罚。但日记让我活了下来，我开始记录各种琐事，就是日记中常写的那种琐事，譬如说，我甚至开始精准地描绘我工作间天花板上的裂痕。我什么都写，只为让自己相信，我并没有完全陷入瓶颈之中。这让我感觉

蒙塔诺的文学病

不错，日记帮助了我。

也许现在会有人认为，让我躲藏到日记里的写作障碍与阿米尔的遭遇非常相似，但事实上不是这样的，一点也不相似。阿米尔作为一个艺术家，终其一生处于瓶颈之中，躲藏在他的日记里。而我只是在一个短暂的时期里陷入了写作困难。我很快就摆脱了困难，就在去年的 11 月，在南特，我被一股神秘的冲动驱使，将我的日记变成了一部需要读者的文学作品。事实上，我到南特是应邀参加几场西班牙文学沙龙——那是雅克·瓦谢的城市，他是我的《从此一片空白》一书中的主人公之一，在我心目中他是能带来好运气的人——同时带着一个想法，也许那里是能够让我产生新书灵感的地方。于是我带着一点希望，并不很大的希望，到了南特，但愿那个城市能对我恢复创作起到关键作用。我到了瓦谢的城市，带着某种羞涩的希望，同时没有忘记阿米尔在他日记中的一句话，这句话让我对所有可能发生的新的事情保持幻想，非常谨慎的幻想："每个希望都是一只蛋，孵出来的可能是蛇，而不是白鸽。"

达利，萨尔瓦多（菲格雷斯，1904—1989）。他的写作才华绝对优于绘画天赋。我年轻时在卡达克斯，就在离他家四步远的地方，津津有味地读《一个天才的日记》。我能背诵其中的某些段落，并经常在朋友聚会中朗诵，我记得有一段是这样写的："我怎可以怀疑,所有发生在我身上的事绝对是不同一般的?"我很喜欢这句话,因为它嘲笑了那些经历平平的日记作者。"今天我接待了三个愚蠢至极的瑞士人。"我在这里凭记忆写下了这句话,因为我在手上这本《一个天才的日记》中没能找到它。难道是我编的吗? 如果是这样,请瑞士人原谅。

我很清楚地记得那部日记里提到了一场肠胃和腹部的病,在他看来那是上帝的旨意:"好极了! 这场病是上帝的礼物! 我还没有准备好。现在开始画《耶稣受难》①里的腹部和胸部还不合适。"

如此正面地看待疾病并视之为上帝旨意的特别视角,让我想起了在南特发生的事情。当我到达那个道德缺失、灵魂患病的城市——尽管瓦谢为之带来了一点希望——我的病随即变成了一件好事。这个话题我将会在这部词典的下一个词条,即**纪德,安德烈**(巴黎,1869—1951)中讨论。

说实话,我更喜欢达利少年时期写的日记,不久前它在加泰罗尼亚出版了。那些少年时期写下的文字胜过《一个天才的日记》,它们更加即兴,没有那么刻意追求把他的才华永久地定格下来。

---

① 达利于 1954 年完成的一幅关于耶稣被钉在十字架上的油画。

一个小时前,我打电话给诗人贝尔·吉姆费①,问他更喜欢达利两本日记中的哪一本。"为什么你想知道?"吉姆费问我,他总是这么热切地想了解一切。"我不确定想不想知道,"我对他说,"事实上我打电话给你是为了让你出现在我正在写的这本日记里,这本日记正在演变成一部小说和词典,它越来越不像日记了,特别是从前几天起,我一直在谈论过去的事情。因此我打电话给你,也许是为了有今天发生的事情可写,为了让我在星期四这天活在现实世界之中,我需要一点当下。"

电话的那边沉默了一会儿。

"如果你想的话,"吉姆费突然说,"我跟你说说我的看法,是什么让一个作家的日记形成个人风格,与众不同。""好主意。"我回答道。"让日记形成个人风格且与众不同的,"他说,"是它采取的视角,它的音色,因此,是写作者的道德存在。"

"我明白你的意思,完全明白。"我对他说。又一阵沉默。"你还想补充什么吗?"我问他。"不要忘记,"他对我说,"日记的真实本质不是外界发生的事,而是作者的道德演化。"

"谢谢,贝尔,"我对他说,"非常感谢,我可以在日记里写点日常生活中的东西了,非常感谢。"

---

① 贝尔·吉姆费(Pere Gimferrer, 1945—),西班牙诗人、小说家、翻译家,曾两度获得西班牙国家诗歌奖。

"不客气，生活是美好的。"诗人说。他挂了电话。

纪德，安德烈(巴黎，1869—1951)。这位作家无意中把他的日记写成了关于一个人终其一生追求写出一部杰出作品但未能成功的故事。也许他成功了，尽管听起来有点荒谬，那成功的作品就是他的日记，当中记录了作家对一部杰出作品的日复一日的追求。

也许除了《帕吕德》——一篇令人赞叹的短文，看上去像是格诺①写的——他的其他作品在今天看来是相当难读的，当今的读者会认为那些是怪异的、陈旧的、遥远的东西。然而他的日记，尽管当时未能与普鲁斯特及其同时代作家的杰出作品相媲美，现在却成为了一座文学顶峰，是现存最优秀的作家日记之一。它给人带来美好的阅读感受，最重要的原因是它具有一种理智的音色，因为它同时带着光明和黑暗，超越了非黑即白的价值观——"杰出的和最坏的。那太容易了，哎，只看见非此即彼"——呈现出一种引人入胜的复杂性，这是一个试图为探索、为心灵的不安寻找边界的灵魂所具有的复杂性。

不同于那些平庸的日记作者——他们的日记冗长得像教区小报一样——纪德的文字总是精要的，他从来不混淆文学和文

---

① 全名雷蒙·格诺(Raymond Queneau，1903—1976)，法国小说家、诗人。

学生活。除此以外，他的日记可以当作小说阅读——他改变了这个体裁，是虚构日记的先行者——他在日记中记录了七十三年间的个人心路历程，记录他在一生中如何不断思考什么是支持道德原则的前提，尽管他也思考什么是支持不道德原则的前提。

他对疾病怀有好感，这一点总能引起我的兴趣，我觉得他在疾病中找到了热烈的创作活动的起点。"我认为疾病，"他在1944年2月5日的日记中写道，"是为我们打开某些大门的钥匙。有一种健康状态让我们无法理解全部真相(……)在那些自夸从来没有生过病的人中，我没有见过一个不是在某些方面有点愚钝的；对于那些自诩没有旅行过的人，情况是一样的。"

在去年11月的一个下雨天，我带着文学病和写作障碍来到了南特。我为我的写作瓶颈感到沮丧不已，更糟糕的是，我给自己找到了更多丧气和担忧的理由。比如我跟自己说，在很多情况下我是盗窃别人文字的小偷，我是我仰慕的作家的寄生虫。因此可以说，我到达南特时在三个悲剧中担任主角：蒙塔诺文学病的病人——当时我还不知道那是我的病的名字——写作障碍者、文学寄生虫。

到机场接我的是伊夫·杜威和帕特里斯·威雅，他们是沙龙的组织者。他们把我带到拉贝鲁兹酒店，我们在酒店的酒吧里饶有兴致地聊了一会儿——最后一个话题是马克莱莱，一位退役的南特足球运动员,我喝了七杯伏特加。快到 5 点的时候,我跟他们说我打算现在开始休息,一直睡到第二天,于是他们有礼貌地离开了。"明天见。"他们对我说,我觉得他们的语气中带着对我刚才酒量的惊讶。

我原本打算在第二天到来前暂时告别这个世界,但在一个小时后我改变了想法,我有一种强烈的冲动想在南特散散步。于是我拿着罗莎在最后关头塞进我行李箱的红色雨伞,朝拉佛斯滨河路走去。我在雅克·瓦谢和儒勒·凡尔纳的城市街头悠闲地漫步,边走边哼着芭芭拉的那首关于南特的雨的歌,最后驻足在古老的库瓦法尔书店门前。

我的文学病是如此严重,以至于我看到书店的橱窗、看见玻璃上自己的影子时,便想象自己是狄更斯作品中一个站在面包店橱窗前的可怜男孩。没过多久,那个男孩变成了穆齐尔的小说里那个没有个性的人①,那个理想主义的数学家在观察他的城市时,拿着手表给汽车、马车、电车和远去的行人的身影计时。他给那些匆匆而过的人群测量速度、方向、磁场强度……

我在库瓦法尔书店的门前笑了起来,像穆齐尔小说里的那

---

① 指的是罗伯特·穆齐尔的小说《没有个性的人》中的主人公乌尔里希,32岁的乌尔里希曾经有三次"变成一个著名人物的尝试",分别是当军官、工程师和数学家,但都没有取得令他满意的结果。他退而采取一种消极的、只对外界事物做被动反应的态度,认为自己是一个受制于外部条件的"没有个性的人"。

个人一样笑了起来。不得不承认，投身于那样诡异的间谍活动简直愚蠢之极，那只不过是"一个无所事事的现代人的巨大努力"。

唉，我抱怨道，我该是多么想要写一个没有个性的人的故事啊，在这种剖白或惋惜中甚至能看出我想要穆齐尔永远贴近我，以及我有某种成为他人寄生虫的倾向。我在库瓦法尔书店的门前，发觉自己又陷入了文学的吸血主义——以及外形上的吸血主义，因为我长得有点像克里斯托弗·李扮演的德拉库拉——于是我决定走进书店，忘掉那些想法。

我竭力地集中精神，粗暴地告别了那个没有个性的人，那个空闲的人——纪德这样称呼他——告别了那个无所事事的现代人，告别了我们这个时代的虚无主义者。

然而，我的文学病是如此严重，以至于我刚走进库瓦法尔书店，穆齐尔便回到了我的思绪中，而我毫无招架之力。他说了一句话，摘自关于那个没有个性的人、空闲的人的书："一个没有个性的人也可以有一个天生有个性的父亲。"

也许听起来很荒唐，但这句不那么重要的话，将会成为我生命中关键的、决定性的、重要的一句话。

纪德说，疾病是为我们打开某些大门的钥匙，这句话是多么地有道理！我这么说是因为穆齐尔作品中的那句机智的话——我主观地把它和我的病联系了起来——为解决我最迫切的问题打开了门。当我在库瓦法尔书店决定把我的病变成一篇故事的中心主题时——这标志着我回归写作了——忽然间,我不再是一个剽窃别人文字的小偷,而是变成了自己的寄生虫。

在库瓦法尔书店里,当我心不在焉地翻着一本博尔赫斯的法语版《阿莱夫》①时,我虚构了一个叫蒙塔诺的儿子——我刚看到一本阿里亚斯·蒙塔诺作品的法语译本,此人曾是西班牙费利佩二世的幕后参谋——我居住在南特的儿子,他陷入了严重的写作障碍,他的那位天生有个性——这正是蒙塔诺缺乏的——的父亲试图向他指出这个问题。这个儿子在南特经营一家书店,也许就是这个库瓦法尔书店。他将迎接他的父亲,父亲从巴塞罗那来到南特,目的是解决他在发表一本关于作家放弃写作的书后遇到的写作困难问题。

他的父亲是一位有名望的文学批评家,他在文学中迷失了,但他没有想到自己的问题,而是想到了儿子的问题,于是他到了南特试图给蒙塔诺指出他在文学创作上遇到的障碍。

我觉得这是一个有用的方法,也就是把自己的一些问题转移到一个虚构的儿子身上。

"太奇怪了,"我对自己说,"我成为了我自己的文学寄生虫,在出版《从此一片空白》后遇到的问题中,我找到了回归虚构文

---

① 博尔赫斯于 1945 年出版的短篇小说集。

学世界的启发。"除此以外,我还对自己说,也许这能让我痊愈。我记起了瓦尔特·本雅明关于讲述故事的艺术与疾病的治疗之间可能存在的关系。

现在有人可能会问:"为什么要把蒙塔诺的父亲变成文学批评家?"我曾说我在所有事情上都很坦诚,我甚至可以坦白这样一个事实:我是一个失败的文学批评家。实际上,写《蒙塔诺的文学病》时我发现的最有魅力的事情之一是虚构文学让我有机会假装成与塞缪尔·约翰逊[①]、埃德蒙·威尔逊[②]、西里尔·康纳里、斯坦尼斯拉夫·维钦斯基[③]或阿尔弗雷德·凯尔[④]平起平坐的批评家。

我的思绪回到了库瓦法尔书店,在合上《阿莱夫》的瞬间,我决定离开那里。当我在人群中试图挤出一条路的时候,我看见一个年轻人堵住了书店的出口,尽管我离出口还有点远。不仅如此,我闪过了一个念头,觉得他简直是年轻时的穆齐尔的活肖像。然而,当我走到书店门口时,我发现那个家伙一点儿也不年轻,他是个老头,双眼凸起,皮肤发绿,头上抹着发蜡,戴着一条波普图案的领带,是一个没有个性的可怜的魔鬼(我从这个错误中得到了启发,所以有了《蒙塔诺的文学病》里在图肯发生的小

---

① 塞缪尔·约翰逊(Samuel Johnson,1709—1784),英国诗人、文学批评家。
② 埃德蒙·威尔逊(Edmund Wilson,1895—1972),美国作家、文学批评家。
③ 作者虚构的一位文学批评家。
④ 阿尔弗雷德·凯尔(Alfred Kerr,1867—1948),美国戏剧评论家。

插曲,那群年轻人其实是一群老人)。我差点推了一下那个令人反感的绿皮肤丑八怪。总之,走到街上的时候,天又下起雨来,那种畅快的心情在我以往的生命中是少有的。这一点毋庸置疑。走进书店仅仅五分钟就让我突然摆脱了最迫切的那些问题。我甚至有可能已经在摆脱文学病的路上迈出了一大步,因为我知道,如果我透彻地谈论这个疾病,如果我在那部马上就要开始动笔的、关于我儿子蒙塔诺的小说中谈论这个疾病,那么我或许就能痊愈了。

众所周知,如果要摆脱一个困扰,最好的方法就是把它写下来。我是通过个人经验认识到这一点的,具体的方法是拼命地不停谈论困扰我们的话题,我在写某些书的时候就是这样做的,一般来说我都能达到目的,最后几乎都能完全摆脱当时困扰我的问题。

第二天上午,我记得我在朱利安·格拉克学院的会议厅,严肃地坐在课桌旁,显然所有人都能看见我在记笔记,那时艾琳·鲁博教授在讲课,她正在用法语做一个关于西班牙黄金世纪的演讲。不能说我没有在听鲁博教授说话,但是我写的笔记确实跟她说的话没什么关系,那时我在笔记中仔细地构建《蒙塔诺的文学病》的雏形。

我保存着那些笔记,那里面有零散的句子,最先闪现的短语,简单而温柔的词语,现在对我而言,它们是《蒙塔诺的文学病》羞涩萌芽的书面见证,是最真实的记录。

下面是最先闪现的两个句子或短语:

跟艾琳·鲁博结婚。这是一个有点淘气的决定,显然指的是我想让蒙塔诺跟一个法国女青年结婚,她的名字就取自当时正在发表精彩演讲的那位上了年纪的女士。

他表现得像哈姆雷特一样。我指的是父亲试图帮助儿子走出文学困境,但儿子的反应很奇怪,他像哈姆雷特一样只想复仇。

我记得在记笔记的时候,我感到很快乐,但同时被一个念头折磨着:如果最终我决定不写那个我一直在计划的小说,并且成为了《帕吕德》的主角一样的人物——安德烈·纪德的这部小说讲述了一个人想写一本书,但总是把它推迟到第二天。这本书描写了一个终日活在沼泽般的困境中而无所事事的人。

《帕吕德》的主角,即那个不写作的作家有时会被问他是干什么的,他的职业是什么。

"我?"他总是不耐烦地回答,"我写《帕吕德》。那是关于一个居住在被沼泽环绕着的塔楼里的单身男人的故事。"

"他为什么是单身的呢?"

"哦,这是为了让一切简单一点。"

"就这样?"

"就这样。我会说他是做什么的。"

"那他是做什么的呢?"

"看沼泽地。"

年复一年地过去,什么也没有改变,那个计划写《帕吕德》的作家一直没有下定决心写那本书。

我害怕在自己身上发生类似的事情,害怕我永远停留在那个在南特刚刚萌芽的计划的初期。如果有人偶尔问我,新小说是关于什么的,我会回答:

"关于一个患了文学病的人。"

"跟您一样的人?"

"不。比我还严重,严重多了。"

我害怕年复一年过去了,而我始终没有写出那部小说。

"蒙塔诺是做什么的?"人们一定会时不时地这么问我。

"看沼泽地。"

寄生虫笔记

如果艾伦·保罗①的个人记忆来访,我会感到很高兴。我指的是他写《二手》那一天的记忆,那是他的书《博尔赫斯元素》中的一个章节。我上面所说的话中包含了一个明显的愿望,即我想存在于我仰慕的作家的皮肤里,事实上这个愿望跟"成为卡夫

---

① 艾伦·保罗(Alan Pauls, 1959—   ),阿根廷作家、文学批评家、编剧。

卡的红皮肤"相比并不至于更奇怪。我仰慕《二手》这一章,它对围绕伟大的博尔赫斯的文学寄生现象、对书的吸血主义做了尤其尖锐的反思。对此应该没有人会感到惊奇。我在南特的街上漫步时,这个话题让我持续地感到不安和担忧,而当我变成了自己的文学寄生虫时,这个问题瞬间得到了解决,这个幸福的发现也许早于我得知《博尔赫斯元素》的那天,也就是上周我在巴塞罗那这里、罗德里格·费烈生①的家中发现这本书的那天。

艾伦·保罗在《二手》中论述了一个名为雷蒙·道尔的人在1933年所写的关于《讨论集》——博尔赫斯在一年前发表的散文集——的负面评论给初出茅庐的博尔赫斯带来的积极效果。雷蒙·道尔是一位民族主义批评家,在他的《知识分子警察》一书中对博尔赫斯的文学寄生虫行为做了猛烈抨击:"那些文章和书目,从它的意图或内容来看,都属于寄生虫文学的类别,即拙劣地重复他人说得精妙的事情;或者把《堂吉诃德》和《马丁·菲耶罗》视为未出版的作品,整页整页地复制这些作品的内容;或者假装对任何观点都感兴趣,以天真的姿态加进他人的观点,让自己看起来不是片面的,而是尊重所有看法的(作者以这种方式写出了文章)。"

我会拙劣地重复艾伦·保罗说得精妙的事情吗? 希望不是

---

① 罗德里格·费烈生(Rodrigo Fresán,1963—),阿根廷科幻作家、记者。

如此,我摆出天真的姿态,写道:保罗说可怜的道尔大惊小怪,的确,但他的喧闹并不影响他对博尔赫斯的指责听起来非常正确。保罗评论称,博尔赫斯颠覆了警察道尔的期待,他没有反驳这位批评家的说法,他的做法恰好相反:"他身上带着那些无法融入社会的伟大人物的狡黠和节俭特质,他像回收废品一样,回收并利用敌人对他的打击,用以强化自己的拳头。博尔赫斯没有抗拒道尔的责难,而是把它转变为——还原为——自身的一个艺术计划。博尔赫斯的作品中常出现那些处于从属地位的人,他们默默无闻,是一部作品或一个更加光辉的人物的影子。各种圣典的译者、诠释家和注释家,口译者、图书管理员,以至于勇士和刀匠的随从:博尔赫斯在那些无名者之中定义了关于从属的真正的伦理观……皮埃尔·梅纳德重写了《堂吉诃德》的一些章节,为这一系列从属文学作品戴上了桂冠,难道皮埃尔·梅纳德不是寄生作家中的佼佼者,将从属写作带到了顶峰和消亡的天才?"

那些处于从属地位的人物,以及那关于从属的伦理观,将博尔赫斯和罗伯特·瓦尔泽①联结了起来,后者是《雅考伯·冯·贡腾》的作者,这部小说同时也是一篇日记,日记的开头让人过目难忘:"在这里能学到的东西很少,这里缺少教员,因此我

—————————

① 罗伯特·瓦尔泽(Robert Walser,1878—1956),瑞士德语作家,世界文坛的德语大师,平生酷爱散步,"漫步"也成为他散文的重要主题之一。

们——本杰明学院的孩子们——难以成才，也就是说，我们所有人明天都将成为非常低微的、处于从属地位的人。"

瓦尔泽本人一直以来也是一个处于从属地位的人，他完全可以成为他笔下的人物之一，或者是博尔赫斯作品中默默无闻的人物之一。事实上，瓦尔泽在苏黎世的职业是抄写员，偶尔到失业人员写作协会——这个名字看似博尔赫斯为了一个关于抄写员的故事而虚构的，或者是瓦尔泽自己虚构的，但实际上不是，它不是虚构的。在那里，"他坐在一张残旧的板凳上，傍晚时就着昏暗的煤油灯，用他那优雅的书法抄写地址，或完成一些公司、社团或个人委托的类似工作"。

瓦尔泽做着许多不同的工作，而且都是从属性质的工作，他说"在从属的位置中"感觉很好。比如，他曾是书店的店员、律师的秘书、银行的职工、缝纫机厂的工人，最后在西里西亚的一个城堡里当仆人，在所有这些工作中，他总是满怀热情地学习如何服务他人。

我同样怀着某种热情从事服务工作，我想对读者说，除却那些无法逾越的差距，我的写作手法有时会让人联想到博尔赫斯——尽管我在不久前读了《二手》后才发现这一点。早在写第一首诗的时候，我已经是文学寄生虫了，我写了一首用来打动女同学的情诗。我赤裸裸地抄袭塞尔努达，只是偶尔地、非常偶尔地加入自己的诗句，比如："我爱你/在你朦胧之乡的仁慈中。"

我最终没能打动那个女同学，但她说我的诗写得很好。我忽略了我的诗歌中那百分之八十属于塞尔努达的成分，认为女孩喜欢的是我写的那部分——在一个伟大诗人的伴随下写出的诗句。从那天起，此事给了我莫大的安全感，对我日后在文学上的发展产生了决定性的影响。逐渐地，我的诗歌中抄袭的比重越来越少，我的个人风格——带着某种确定性——逐渐显现出来；我从一些作家身上汲取养分、为己所用，他们或多或少地参与了我的个人风格的构建。我不慌不忙地，带着一点个人风格逐渐成长，尽管它并不光芒四射，但足以让我独一无二。这得益于吸血主义以及他人不自觉的协助——我依靠那些作家，找到了属于自己的文学风格。我不慌不忙地，尾随在后，位居第二，跟随着一个作家，跟随着我不断发现的那些塞尔努达们——那些作为原创者最先出现的人。我不慌不忙，像瓦尔泽笔下那些处于从属地位的人或约瑟夫·罗特作品中那些不起眼的人，他们的人生是无休止的逃逸，将自己置于让他们厌烦的现实的边缘、存在的边缘，以便在面对同质化——当今世界占支配地位的现象——时，捍卫不可征服的个人主义的激进残留，捍卫独一无二的个人特质。我在他人身上找到了自己的风格，在他们之后到达；我先是追随他们，然后解放自己。

　　我觉得现在我可以说，比如，多亏塞尔努达拐杖的保护，我开始独自行走，逐渐发现我是哪种类型的作家；开始我不知道我是谁,或者更确切地说,我知道我是谁,但只知道一点点,我知道我的文学风格不过是一种激进的残留物,但那总比什么也不是强。这也适用于形容我的存在:我只有一点点自己的生活——可以从这部小词典中窥探一二——但那是我独一无二的东西,说实话,这对我来说已经意味着许多了。看着世界现在的模样,有一点点能够写进自传的东西已经意味着许多了。

我对自己了解甚少,但也许这样更好,过着"有意为之的匮乏"生活(吉尔·德别德马①一定会这么说);但起码有一点点生活,这是许多人没有的。也许这样更好,正如歌德对爱克曼②所说:"我不了解我自己,但愿我永远不了解我自己。"

永远不了解自己。在穆齐尔看来,私人日记便是这样的存在。他认为日记是未来唯一的叙事形式,因为它包含着话语的所有可能形式。然而,他这么说的时候并未带着饱满的热情,事实上对他而言,相信日记能够帮助我们了解自己是浪费时间或者是一种迷信。他本人写的日记正好诠释了他对个人日记的不信任,因为日记正是自传的沉重底片,是对自传的最完美驳斥。穆齐尔认为日记是一种毫无个性的文体,他这样的论调并不奇怪,因为我们知道他曾经发表评论,说作者在他写的日记中"没什么可倾听的",他自问人们希望从日记中听到什么:"日记? 不

---

① 吉尔·德别德马(Gil de Biedma,1929—1990),西班牙诗人。
② 爱克曼(Eckermann,1792—1854),德国作家,著有《歌德谈话录》。

过是时间的标记。那么多日记被出版了。那是最舒适、最自由的一种形式。在不久的将来,人们可能除了日记就不再写别的了,认为别的都不可接受……它是分析本身,仅此而已。它不是艺术。它不应该是艺术。在那里倾听自己有什么意义?"

永远不了解自己,或者只了解一点点,成为其他作家的寄生虫,最终拥有一点点属于自己的文学风格。可以说,从我开始抄袭塞尔努达时起,这就是我对未来的计划。我所做的也许是通过引用别人的话,逐渐了解我这个从属之人的狭小领土,同时,发现永远无法再了解自己更多,因为生命不再是围绕着中心的统一体,"生命,"尼采说,"已经不存在于整体中,不存在于一个有机和完整的全体中。"相反,我可以成为许多人,成为各式各样的命运的集合,不同来源的回声的汇总:一个也许早晚会受惩罚的作家——受他所生活的时代环境所迫——除了自传,他还被惩罚写虚构自传,尽管我距离这个惩罚的到来还很远,现在我仍处在对真实的真诚崇拜中,处在讲述我零碎生活的事实的绝望挣扎中,也许有一天我不得不走到虚构自传的领域,在那里我将假装比实际上更了解自己,除此以外没有其他出路。

瓦尔特·本雅明曾说,在我们的时代,唯一有意义——也是文学评论层面的意义——的作品是引用、片段和其他作品的回声的拼接。我在这种拼接中添加了相对带有个人风格的词句和想法,逐渐地构建了一个属于自己的世界,而这个世界却很矛盾地与其他作品的回声有着密切关联。这一切让我意识到,这种写作方式使得我永远不会有什么成就,或者几乎没有成就,就像本杰明学院①的那些管家培训生一样。但这些并不影响我在这部词典中继续讲述自己零碎、微不足道却充盈的生活中的事实。

总之,我是寄生虫,并为之备受折磨。在南特,这个悲剧发展到了顶峰。我掉了下来,到达悲剧顶峰的人一般也是这个结果。我掉下来后,发现根本没有必要担心自己是寄生虫的事实,而应该把这种状况转化为——还原为——自己的一个艺术计划,把我转变成自己的文学寄生虫,好好地利用我的焦虑,以及可认为"属于我的"作品中有限但自主的那部分。然后我读了保罗的《二手》,当看到博尔赫斯曾是文学寄生主义的一个富有创造力和狡黠的典范时,我就更放心了。

没有比保罗的这个观点更让人感到安慰的了,他指出博尔赫斯作品中的相当一部分是在玩这种游戏,这位作家总是尾随在后,位居第二,占据从属地位——携带极微量的传记,但仅是携带传记这一点,就已经说明很多。这位作家总是晚些到来,这么做是为了阅读,或评论,或翻译,或推介那些最先出现的原创作品或作家。纪德早就说过,知道原创者总是他人,会让人宽心不少。

---

① 电影《本杰明学院》(1995)中的一所专门培训仆从的学院,该影片改编自罗伯特·瓦尔泽的一部小说。

吉隆多，罗萨里奥（巴塞罗那，1948）。有的作家藏在笔名背后，有的作家编造异名。我个人总是采用母系姓名。这个词存在吗？存在"母系姓名"这个说法吗？依我说，能叫出名字的事物都存在。罗萨里奥·吉隆多是我一直以来发表作品时所用的名字，罗萨里奥·吉隆多是我母亲的名字。我经常听别人说这是我的笔名。不对，这是我的母系姓名。我还要澄清多少次？母亲的名字怎能成为笔名？

我记忆中的母亲是脆弱和奇怪的，偶尔依赖抗焦虑药，终日郁郁寡欢，难以相处。她总是梦见被火车碾，她是我父亲的沉默的敌人。她有一本藏得很严的日记，从来没有人知道她把生活记录在了一些方格本里，也没有人知道在她去世后，我发现并阅读了它们。她的字体在那些本子里显得非常奇怪，像昆虫一样，细小得用放大镜才能看得清。这是她的日记专用字体，跟她那四十年里写购物清单所用的字体完全不同。

我从头到尾地读完了那些秘密的日记本，它们甚至影响了我的余生。那些日记彻底颠覆了我对她的印象。日记是从1947年10月7日开始的，那是我出生前十个月左右，开篇是这样的："今天是我的'命名日'，一个丑陋的词。丑陋，一切都非常丑陋。丑陋的生活。秋天，举个例子，就是纯粹的忧伤。树木的叶子掉光了，太阳和世界失去了热度，它们终于说出了真相。当我感到了恐惧、寒冷,看见生命的微弱生机,便想到两年前仍是少女的我,可怜的天真女孩不知道自己正在走向一场错误的婚礼。我就像简·奥斯汀笔下的一个人物,像那些寻觅情郎的体面女孩,她们的命运是改变了伯爵封号,而我则是改变了人生。我结婚了,我的生活变糟糕了,在一个可怕的丈夫身边不可能有其他结局。"

这个用昆虫般的字体写就的日记的开篇,让我感到恐惧和惊讶。正如所有日记一样,这些日记围绕着一系列常见的话题展开。在我母亲的日记中,一个常见的话题是她深信自己可悲地错嫁了我的父亲,显然,他不是"像卡夫卡的父亲那样白手起家的男人"——像《蒙塔诺的文学病》中所说的——而是一个攀龙附凤的人,一个烧炭工的儿子,一个外表随意、愤世嫉俗的年轻人,在一桩有利可图的婚姻里假装存在爱情。尽管他结婚是为了金钱和改善社会地位,出于尊重事实必须这么说,然而没过几个月,他就完全爱上这位聪慧而柔弱的妻子了。而在他开始堕入爱河之际,他的妻子已经开始在秘密的方格本里记录关于他的可怕的事情。他们就这样过了四十年的日子,丈夫盲目地爱着妻子,而妻子发自内心地讨厌对方,尽管她把这个事实藏得很严:"一个小时前,那个白痴坐在我面前,他在骨子里就是烧炭工的儿子。我仔细看清了这个丑陋的人,令人讨厌的人。我真是够不幸的。我仔细看清了他,事实上他长得真的是非常之丑陋,长着一张扁平的脸,光秃秃的头顶只有几根头发,留着蒙古人一样的胡子,粗胖的双手冒着汗,我的生活就是这样充满着恶心的事。"

另外一个常见的话题是对我的怜悯之情——我从前完全不知情,直至在她去世后读到她的日记——这种情感频繁地出现在她那些悲伤或痛苦的诗歌中。因为我母亲在她的秘密日记中写了不少诗歌。尽管在家中我们都知道她热爱诗歌艺术——她是家庭主妇,几乎所有时间都在阅读,读的基本上都是诗歌——但没人能想象到她在私底下投身于诗歌的写作中。

她在七十年代写的一些诗歌让人想到——我认为这纯粹是巧合——阿莱杭德娜·皮扎尼克的作品。母亲与她相交了十四年,1969 年 10 月的一个下午,母亲在巴塞罗那的泰塔酒吧中见到了远处的她,于是在日记中记录了下来:"今天我见到了那位身材小巧的阿根廷女诗人,她看上去很痛苦,身边陪伴着一些显然来自卡尔沃·索特洛街区的孩子……"

母亲的有一些诗也许就是皮扎尼克本人所写,比如她在 1977 年 7 月 27 日下午写的:"自由地活着/在夜晚的灯光里/在虚无的正中心,在开阔的黑暗中/在漆黑的影子和我之间/自由地活着/靠在坟墓上/我迷失了/在儿子唯一的光亮中。"

"儿子唯一的光亮"指的是什么?从我所读到的日记内容可以判断,我是世上唯一能给予她活下去的动力的人,她感到有责任不自寻短见,以及倾其所能帮助我。她对我怀着真切的怜悯之情,为把我带到这个世上感到某种后悔。对我的怜悯之情是她的秘密日记中另一个常见的话题。怜悯之情促使她制订计划,她决定如果我长大以后表现出对写作的兴趣,她会把我的写作引导到非消极的方向,保护我的作品不受她的消极灵魂的影响。这促使她为我设计了一种写作类型,就我个人而言,它只会走向个人神话的构筑。

在她日记中多处出现的语言暴力让人惊讶,尤其对于母亲这样一个从不大声说话并且像多数抑郁的人一样总是平和冷静的人来说,这十分出人意料。但她在日记中谈及人的时候,会变得非常可怕和具有破坏性。她咒骂几乎所有人,除了玛戈特·瓦莱丽,此人应该是她的朋友,一个年老的智利女飞行员,一个虚构的女性,也许是母亲的知己,一个不存在的女人,母亲为她写了这样一首简短和奇怪的诗:"时间 07:50/方向 243°/7 000 英尺/有雾/你和我都是艾米莉/狄金森①/白色的晨衣和悲伤的狗/高空的气候和山顶目的地/灵魂的救赎。"

她的语言暴力出人意料,但也没必要太惊奇。毕竟,人们在日记里不仅和自己对话,还与他人对话:我们在现实生活中的所有谈话从来都不可能完成,否则它们会以暴力告终,因此人们总

---

① 全名艾米莉·狄金森(Emily Dickinson,1830—1886),美国著名女诗人,与惠特曼并称美国最伟大的两位诗人。

把对话转移到日记中去。如果乔治·巴代伊①说写作是为了避免发疯，那么我母亲的情形就是这样，在现实生活中始终保持理性的她，写作时便变得疯狂。

她的写作与秘密密切相关，也许她对文学的理解与秘密的概念密不可分。这解释了为什么当我开始以罗萨里奥·吉隆多的名字发表作品时，母亲并未大惊小怪。也许对她而言，我的作品既不是隐私也不是秘密，因此确切来说不成其为文学，而不过是她所理解的真正文学（总是与秘密密切相关）的远亲："今天的西班牙诗人/可悲，可悲/他们是曾经可称为真实之物的/远亲。"

在每个月的第一个星期五，她会想象一次自杀，然后把它变成诗歌，就像她在 1953 年 10 月 11 日星期五写的一首诗："今天正是完美的一天/疯狂地奔向阳台/向空中可怕一跃/撞断了烧炭工家中的护栏/在普罗旺斯街/向空中一跃/我从六楼跳下去/像一个家庭主妇冷漠地泼出去的/一桶脏水/肮脏的水。"

那时我们住在巴塞罗那的圣胡安大街，后来又搬到了罗维拉广场，但母亲的诗中提到了在普罗旺斯街的家，也许这是一个故意为之的错误，隐含着母亲想更换住处的愿望，甚至我觉得她还有更换丈夫的愿望。如果说这首诗很夸张，那么她结束这首诗的方式则更为夸张。她在三天后的日记中解释了这一点，她

---

① 乔治·巴代伊(Georges Bataille, 1897—1962)，法国哲学家。

说那只暹罗猫——跟玛戈特·瓦莱丽一样是虚构的——用爪子打断了写诗的她,于是她给那首诗收了尾,甚至她认为诗是那只猫写的。

我的第一本小说出版的时候——那时我正处于卖弄学识和摸索风格的阶段——我将它命名为《流浪的墓地》,而母亲没有说别的,只说换作是她,会把书名定为《布达佩斯理论》。当我问她为什么要这样起名字的时候——毕竟小说里没有任何理论,也没有出现过布达佩斯这个城市——她只是微笑,然后对我说正是因为没有理论,也没有出现布达佩斯,所以才要这么命名。

多年过去了,在读了她的日记后,我在第二个方格本里找到了一篇写于1956年的长篇散文,名字叫《布达佩斯理论》。她在散文里提出了关于写个人日记的一些精到的思考,然而文中并未出现布达佩斯,不过1956年匈牙利发生了血腥暴动,这个城市频繁见于报端,也许这能解释为什么匈牙利的这个首都城市出现在了母亲文章的题目中。

我的母亲。她总是那么脆弱地生活在婚姻的地狱里,依赖抗焦虑药,梦见被火车碾压。她是我父亲的沉默而痛苦的敌人,尽管如此,母亲需要他才能写出日记,正如她在《布达佩斯理论》中说到的,她猛烈抨击我的父亲,咒骂我们在巴塞罗那圣胡安大街的住处那嘈杂的楼梯,讨厌日常生活中的可怕事情,总之她对这样不满,对那样不满,她不满于一切。她说她不快乐,然而也没有兴趣变得快乐,因为那样的话她就没有什么可以写进她那亲爱的日记里了。

如果说《布达佩斯理论》是母亲的方格本中能找到的最好的一篇,那么她日记的最后一句,她所有文字的最后一句,简直是可以裱起来了——事实上我已经把它裱起挂在家里了。那是她在去世三天前写的,母亲已经知道活在世上的时日不多,于是她疯狂地重复那最后一句话——好像她在以前上学时的作业本上练习书法那样——那是奥利维罗·吉隆多①的一句诗,这位先锋派诗人在母亲的心目中是一个远亲,我不知道这是否也是她与真正的文学的关系?

先锋派诗人的那句诗说——那是母亲在菲力克斯·德阿苏阿②的一首诗中找到的;那句诗说——她在日记的结尾疯狂地重复它,用漂亮的字体重复了三十多次,成为了她那些方格本的一个不安的结尾;那句诗说——她在日记的最后疯狂地写下它,仿佛想通过这样一种夸张的重复总结她生命中日复一日的地狱般生活,日以继夜、难以忍受;先锋派诗人的那句诗、母亲在悲惨生活的尽头想要重复那么多遍的诗句说——她在日记的最后如此重复这句话,仿佛在哀叹自己未曾自杀就走到了荒唐生命的末

---

① 奥利维罗·吉隆多(Oliverio Girondo, 1891—1967),阿根廷超现实主义诗人。

② 菲力克斯·德阿苏阿(Félix de Azúa, 1944—),西班牙美学和哲学教授、诗人、小说家、散文家和翻译家,西班牙皇家语言学院成员。

蒙塔诺的文学病

日,自杀是她渴望已久并会偶尔隐约透露的事;总之,那句曾经属于先锋派的诗句说:

喷妥撒①有何用。

《布达佩斯理论》(片段)

8月下午的孤独,对毒品的轻微渴望,为了去往那微弱的死亡地平线的喷妥撒。从我开始写这篇理论到现在已经过去一个小时,我感觉是时候稍事休息、胡言乱语一下了。

为了去往微弱的死亡地平线的喷妥撒。我就在这里,孤独而安静,在我的白色衣服里。下午是平淡的。窗户上有一个冷冷的吻。我在8月的一个下午用一种冰冷的方言写作,写出连自己也不明白的句子,一些不值得评论的句子。有时候我能感知事物的第二重生命,那个隐藏在可见的东西、在人所共知的现实背后的秘密生命。没有比名声更坏的东西了,而现实却有太多名声。我总是在想这个问题,在这一点上我同意塞内卡②的观点,他说名声是可怕的,因为它依赖他人的意见。现实是多么可怕啊,因为它存在于所有人的口中,它凭借他人的判断而收获名

① 一种用于麻醉和执行死刑的药物。
② 塞内卡(Seneca,约公元前4年—公元65年),古罗马政治家、斯多葛派哲学家、悲剧作家、雄辩家。代表作有散文集《道德书简》。

声,这可怜的现实在笑,它并不知道自己只不过是纯粹的表象,我抹掉它的名声,不停地将它从未来的地图中抹掉。因为我感知到了将要发生的事情,感知到了事物的第二重生命,我说出一些甚至自己也不明白的、不值得评论的话……我感知到隐藏在可见的现实背后的秘密生命。有时候我看到了这些,便称之为第二层面具,但我找不到人分享这种感受,或许我有哈姆雷特——我总梦进①他——还有我可怜的儿子,在某天的黑夜里,在某一条偏僻的公路上,他也许会碰见哈姆雷特,哈姆雷特问及我,那时我已变成一袭白衣和被人遗忘的杂物间的空洞眼神,变成一个女人的遥远回声,那个女人在跟今天一样的一天,在跟今天一样的一个 8 月的下午,未经思考地写下了一些话,这样就可以在那篇不值得任何人发表评论的散文的写作中稍事休息。

对母亲散文片段的评论

何塞·卡多苏·皮雷②五十多岁的时候——这是他自己在一本让人难忘的书中坦言的——决定在镜子前抽烟和提问。那么现在,何塞。

---

① 原文如此。
② 何塞·卡多苏·皮雷(José Cardoso Pires, 1925—1998),葡萄牙作家。

在镜子前抽烟,所有人都知道,是一种思维训练,也是面对自己最日常且想得最多的面孔的一种能力。现在,我也在镜子前抽着烟,正值夜里 12 点,我站着——我被单独留在了这个城市,罗莎去马德里了,这个漫长的周末几乎半个西班牙的人都在路上——我站在镜子前抽烟。那么现在,罗萨里奥。

　　他们不应该把我孤零零地留在家里,周末如此漫长,没有罗莎的监督,我变得很危险,我可能在这个周末把家里的所有酒都喝光,我甚至可能停止写这部词典,他们不应该放任我待在这个大房子里,跟这么多酒瓶在一起,眼前是整个周末。那么现在,何塞。

　　我在镜子前看着自己,抽着烟,想着罗萨里奥·吉隆多,我的母亲。我发现收录在这部词典中的《布达佩斯理论》片段里有某种胡言乱语的成分,而事实上她的所有日记都是这样:一方面,她是一般的家庭主妇;另一方面,她在写作时则是一个神经错乱的女人。

　　《布达佩斯理论》选段开头带有一种还不错的诗的节奏——尽管没说什么但听起来悦耳。但她旋即引用了塞内卡的话,便失去了叙述的节奏——如果那里确实有叙述成分的话。有些东西甚至写得很差,比如"我总梦进他","他"指的是哈姆雷特。人们会想,也许她想要说的是梦见哈姆雷特,而不是梦进哈姆雷特。显然我应当感谢母亲犯的这个错误,也许算个错误,它启发我虚构了短篇小说《西蒙-克鲁贝利埃街 11 号》,即《蒙塔诺的文学病》中我儿子写的那个故事,那七页脏脏的原稿纸浓缩了文学的历史,它以一系列作家为切入点,一些在年代上早于他们的其他作家的记忆意外地造访了他们:这是一种倒叙的文学历史。在蒙塔诺的那个故事里,一系列作家"梦进"了——或者说进入了——老一辈作家的记忆内部。我觉得我应当感谢母亲谈及哈姆雷特时说的"梦进他",这细微的错误让我产生了关于那个绝妙故事的想法,正是那个故事,让蒙塔诺走出写作困境,摆脱了在南特那个书店里折磨他多时的失写症惩罚。

我应该接受现实。我的母亲作为家庭主妇无疑是一个模范,但作为秘密日记的写作者,她变本加厉地向庸常的生活复仇,日记中充斥着疯癫的语言。在《布达佩斯理论》片段里显然可以看见,她写作时处于疯狂的状态。她不仅说要胡言乱语一下,而且——打个比方——还提及了哈姆雷特。她平静地说哈姆雷特问起她,而她已变成"一袭白衣"。她没有说具体时间,只说有一天我将会在一条偏僻的公路上遇见哈姆雷特。最后这一点最终成为了某种预言,在《蒙塔诺的文学病》里我对儿子说他自以为是哈姆雷特,这是母亲给我的一个启发。

这个危险的周末,也许会以酒精告终,成为雁过无痕般逝去的岁月里一抹悲剧性痕迹。那么现在,罗萨里奥。

我暂时不喝酒。我在镜子前抽着烟,心想,母亲的内心深处一直有蒙塔诺的文学病,她因为文学而生了病。我的病是从她那里遗传的,这一点毫无疑问。那么现在,何塞。

为了避免最后忍不住喝酒,避免写下"放弃这部词典",我决定——现在是半夜12点,时间刚好——召唤那些鬼魂,把自己变成一种邮筒,它可以从现在开始接收来自另一个世界的信息和想法。我将满怀兴致地倾听它们的故事,如果信息在传输过程中被某种奇怪的电波干扰,我将会破解它。我就在这里,在这里等待你们,鬼魂们。我等候你们的到来。我一面抽着烟,抽着烟,看着镜中的自己,站在打开的窗户前。过了一会,没有鬼魂来信。那么现在,罗萨里奥。

属于鬼魂的时间过去了,12点已经过去了很久,没有鬼魂到来,这是事实。他们本不应该留下我独自度过5月的第一个周五晚上。我继续在镜子前抽烟,想象跟哈姆雷特对话,我发现自己很怪异,我看见自己在一面怪异的镜子前抽烟。那么现在,何塞。

明天将是新的一天。

那么现在,罗萨里奥。

这是谁说的?

"现在,"一个声音说道,"你继续抽烟吧。"

周一

罗莎狠狠地拍了一下闹钟,把它关掉后,我如常地在早上 8 点起了床。我跟她吃了早餐。一杯雀巢速溶咖啡,从超市买的饼干和麦片。我取笑她的一个客户,那是她每天都要忍受的一个小说作者。跟往常一样,她一点也不觉得有意思。"你再这样,我就不给你当代理人了。"她非常愤怒地对我说。

快到早上 9 点时,罗莎去了办公室,我又喝了一杯咖啡,点了一支烟,开始做思维热身,看看自己有没有兴致提笔写作——我习惯每天早晨重温某部我已经读过并且已知不会让我失望的作品片段,通常我会受到阅读的鼓舞,走到书房重拾前一天写作的线索,朱利安·巴恩斯①的几页文字让我想起童年的一些记忆。巴恩斯谈及阅读爱德蒙·德龚古尔②的日记片段时产生的嫉妒之心。爱德蒙在日记中说,他很清晰地记得童年时的某一天早上,为了找人帮忙准备钓鱼工具,他走进了表姐的卧室,看见她双腿张开,臀部垫在枕头上,她的丈夫正要进入她的身体。床上的被单翻飞,那一幕匆匆地发生,也匆匆地结束了。"但那个情景印在我脑海里了,"龚古尔说,"粉嫩的臀部垫在镶着花边的枕头上,那场景甜蜜而激情,每晚都浮现在我的脑海里⋯⋯"

---

① 朱利安·巴恩斯(Julian Barnes,1946—　),英国后现代主义文学作家。
② 爱德蒙·德龚古尔(Edmond de Goncourt,1822—1896),法国小说家。

　蒙塔诺的文学病

巴恩斯诧异于龚古尔对五十年前发生的事所表现出来的惊人记忆力;从专业角度来说,最让他感到嫉妒的是那段记忆被完好保存的程度,因为龚古尔将见到的枕头花边也记在了脑子里。"这一点,"巴恩斯说,"证明了作家龚古尔的能力;我读了他的那段描写,便想:换作是我处在那个场景中,瞪大双眼看着那对夫妇,我会留意到那些花边吗?"

快到早上 9 点半时,我放下了巴恩斯的书,打开汤姆·威茨①的音乐,正好播到《进城列车》②——他的所有歌里我最喜欢的一首。它讲述了一个迷路的人想回到城中心,或任何东西的中心。在汤姆·威茨的音乐里,我开始了这个上午的写作,把上周五的记忆写进日记里。我的记忆——并非全然幼稚——记录的是在镜子前抽烟,把自己唤作何塞和罗萨里奥,最后迷糊得像个酒鬼一样,听见一个低沉的声音让我接着抽烟。这是一种有趣而高难度的消遣,构筑于酩酊大醉的纸页之上,以鬼魂的来访告终。

我的写作持续到下午 2 点,这是我最平常的作息。一般来说,每天快到 2 点的时候,我会到楼下的门房收取信件,然后到街角的报亭买报纸。我在离家很近的餐厅迅速地解决午餐,顺便在那里读完信和报纸,走进报纸带来的现实,它们总能让我感

---

① 汤姆·威茨(Tom Waits,1949—),美国音乐人、演员。
② 汤姆·威茨于 1989 年创作的歌曲。

到惊讶和奇怪——也许是因为我清晨刚起时的迷糊,以及我那封闭的幻想世界。回到家后,我打开电话的留言信箱——回复应该回复的电话,也就是说,那些非常有回复必要的,然后打开电脑查看电子邮箱,同样只对有回复必要的邮件作回复。我不用电脑来写文学作品,只用它来回复电子邮件,以及阅读媒体文章。

今天收到的信件:其中两封是从布宜诺斯艾利斯寄来的(都来自胡安·卡洛斯·戈麦斯①,绰号戈玛,他是贡布罗维奇②1963年离开阿根廷前的青年朋友之一;戈玛今天的两封信带着富有攻击性然而模仿拙劣的贡布罗维奇风格,因为我没有给他写信或者回信很慢,他反复称呼我为"土拨鼠");另外一封来自纽约,斯坦尼斯拉夫·维钦斯基在信中问,在我正在写的书中,是否"每字每句都是事实"。

电话留言信箱中的信息:1)来自圣基里科-德塔拉萨③市政府,邀请我做一个关于詹姆斯·乔伊斯《芬尼根的守灵夜》④的讲座,这是一个奇怪的提议,我从来未曾宣称自己了解这本书;2)

---

① 胡安·卡洛斯·戈麦斯(Juan Carlos Gómez, 1820—1884),乌拉圭记者、作家、政治家。

② 全名维托尔德·贡布罗维奇(Witold Gombrowicz, 1904—1969),波兰小说家和剧作家,与卡夫卡、穆齐尔、布鲁赫并称"中欧四杰"。

③ 西班牙加泰罗尼亚自治区巴塞罗那省的一个市镇。

④ 爱尔兰作家詹姆斯·乔伊斯的最后一部长篇小说,描述了一个夜晚的梦境,具有"迷宫"一样的文学结构,通篇充满了意识流。

来自巴塞罗那三家出版社的三个烦人的请求,让我推介朋友或熟人之类写的三本书,三本在我看来骇人听闻的书,并且能够让我想起比奥伊·卡萨雷斯①的那句话:有时候朋友会给你寄来他们的书,他们这样做的目的似乎是要让你失去对文学的幻想。

电子邮件:只有一封,而且非常特别,来自最近为我出版了几本书的瑞士德语区的一家出版社。他们在邮件中邀请我在6月初坐飞机到日内瓦,然后乘火车、坐汽车,最后搭缆车到达瑞士一座山的顶峰:长途跋涉后抵达一座我会称为马茨山之巅的山顶,参加一年一度在那里举行的文学节——所有与会者都说德语,我将是唯一说西班牙语的人,换言之,我将听不懂他们说的话,也不会知道那里正在发生什么——并沉浸在他们在邮件中所说的"山的精神"里。他们让我想到了喜爱散步的罗伯特·瓦尔泽,那位伟大的漫步者。还想到托马斯·曼的《魔山》。我想象那些穿着短裤的作家在马茨山之巅,拿着许多手电筒,唱着蒂罗尔民歌……我不认为我会去,我会回复说因为另一个邀约,我无法到马茨山顶,这似乎是最慎重的做法,因为谁也不知道我长途跋涉到达山顶,沉浸在那座山的精神里时,会不会被谋杀或侵犯。我会回复说我无法前往。但我会把这封邮件保存起来,这是一个有趣的文本,由于西班牙语表达能力不足,它介乎滑稽

---

① 比奥伊·卡萨雷斯(Bioy Casares,1914—1999),阿根廷小说家、记者、翻译家。

与深刻或不安之间:"希望一切安好。事件:瑞士的闪峰。尊敬的罗萨里奥·吉隆多:烦请阁下告知是否有空参加我们说给您的文学节。这是在瑞丝的闪峰上举办的盛会,非常精彩,非常有趣。融合了度假和智力启发。如您有兴趣利用这个邀请,我高兴。(那里有人说西板牙语,起码我……)从苏里世向您问好,请考虑:那是闪的精神。"

下午5点时,我经常——包括今天——会写一篇文章,为了得到一份稳定的按月支付的稿酬,我每周写四篇文章。今天我写的是卡夫卡与他的朋友马克斯·勃罗德[①]之间的关系,我的写作速度很快,几乎没有检查便通过电子邮件发出去了。我决定评论一下可怜的勃罗德如何建议卡夫卡选取更崇高的主题,而不是他在那些关于啮齿动物、鼹鼠和狗的故事中所选取的主题。我在文章中提及这位尊崇从属美学的英雄——也就是卡夫卡——所做的令人敬佩的回应:"你说的有道理,马克斯,然而并不完全有道理,只是在某个方面能站住脚。因为在另一方面,重要的不是那些比例数字,我或许也会希望在我的老鼠洞里接受

---

① 马克斯·勃罗德(Max Brod, 1984—1968),德国作家兼学者,是卡夫卡的挚友,他们在布拉格的日耳曼大学相识,并结下了终生的友谊。卡夫卡去世之后,勃罗德违背卡夫卡的遗嘱,把全部精力都投入到卡夫卡遗著的收集整理和出版工作之中,使得卡夫卡生前未完成的三部重要的长篇小说和一系列短篇作品及书信日记陆续出版。马克斯·勃罗德作为卡夫卡创作的见证人先后写成了《卡夫卡的信仰和信条》《卡夫卡作品中的绝望和解放》《卡夫卡传》等著作,对卡夫卡的研究有重大帮助。

考验。"

就在那几天,卡夫卡还写信给勃罗德,谈及宏大主题及零碎琐事:"我在建造什么?我想挖一条地下通道。这确实取得了一些进展。我在那上面的位置太高了……我们在巴别塔的坑里挖掘。"

如果读者仍没凭直觉感知到,那么他也许会乐意被告知,《蒙塔诺的文学病》的叙述者在皮库岛的特谢拉家中见到的鼹鼠,就直接取自卡夫卡的世界,只是我在卡夫卡笔下那些挖掘巴别塔深坑的、单纯无害的鼹鼠身上变了戏法,把它们变成了穷凶极恶的鼹鼠,它们在皮库岛有一个总部,在火山内部从事破坏文学的工作。我认为我做得不错,尤其是找到了文学的敌人。

把文章写完并发出去后,我下楼走到街上透一透气。可以看出,作为一个作家,我过着家庭主妇的生活。因此每天从家里出来,到外面散散步,对我来说很有必要。否则,整天待在家里会让我窒息。我在街区里走着,突然迎面遇到了罗莎,她正走路下班回家。二人在街上的茫茫人海中认出了对方,这让我们感到极大的愉悦。在那里偶遇比在家中见面更有意思,相比之下后者已没有惊喜,千篇一律:罗莎下班回到家,然后我们程式化地互相亲吻一下。但今天在街上遇见就不同了,那是一种极大的喜悦。那一刻是即将完结——希望如此——的今天最好的时光。

大约晚上8点的时候,我吃了一片劳拉西泮,这种抗焦虑药可以让我平静下来,并抑制我每到这个时候就想喝酒的欲望——我试图借着喝酒来粗暴地结束这一天,等待明天再次回到家庭主妇般的程式化生活:早上8点起床,喝雀巢咖啡,为了激发写作动力而阅读,写作到下午2点,接着到街角那家糟糕的餐厅吃午饭,然后回复信件和来电,快到下午5点的时候为了生计写一篇文章,带着适量的热情在黄昏时迎接他的妻子回家,然后看电视,如果不吃劳拉西泮则会发疯。但即便他吃了也同样会发疯,只是处事会更冷静些,虽然他一直能意识到自己的存在是无意义的:一个被生计捆在工作上的作家,悲剧般的日常生活单调无趣。

　　好吧,不是每天都完全一样。比如今天,我吃了一片劳拉西泮,药效正显现的时候,我接到了一个朋友的来电——一个我嫉妒的朋友,我想成为像他一样的人,过着冒险的生活,对于他阅读的一切作品拥有一个文学批评家应有的睿智视角,而我只是一个失败的批评家——他感谢我推荐他读了塞萨尔·艾拉的作品。"他非常疯狂,但很棒。"他对我说。我想问为什么说他疯狂。他说:"因为他的幽默是疯狂的。"我纠正了他——尽管吃了劳拉西泮,我仍然进入了紧张不安的备战状态。我的批评家朋友说:"我不这么认为。"于是我不得不向他做出解释,此时的我几乎到了发怒的边缘——到了一天中的这个时刻,我会变得相当愤怒,任何事情都可能再给我添一把火,劳拉西泮起效期间我的状态总是很差,即使它让我冷静下来,或者恰恰因为这样——我感到在道义上有责任澄清关于艾拉的事情,于是,仿佛我才是批评家,这肯定是受嫉妒驱使,我对他说,艾拉不厌其烦地说他在严肃地写作,人们却觉得他是个搞笑的,因此他才会变得愤世嫉俗。"真奇怪,你竟没发现不应该毫不质疑地相信艾拉说的话。"他对我说,同时重新恢复了他在争论中总是压倒我的聪明人姿态。

我又吃了一片劳拉西泮,到今天之前我还没这么做过。我继续跟我的朋友交谈,然而他每说一件事,我都以沉默进行报复,我记起了在罗马的那一天,他对我说他准备自杀,那时我已经对他怀有嫉妒之心,同时并不相信他准备自杀的威胁,因此没有努力加以劝阻——我甚至对他说,如果他想自杀是因为批评家斯坦尼斯拉夫·维钦斯基比他强得多,那么他放弃自己也不错——然后我开了一瓶伊莫拉的红酒,坐在罗马家里的客厅中,等着听是不是真有枪声响起来。

我回到了今天。晚上 10 点左右,我突然陷入了抑郁,不仅因为我没有成为批评家,更因为罗莎对我一言不发——她正专注地收看一个荒唐的加泰罗尼亚电视节目——于是我开始读弗吉尼亚·伍尔夫的日记,研究是否要把它纳入这部词典。我花了很长时间沉浸在她二十七年之中写的那些睿智和焦虑的文字里,总是在她喝完茶后的三十分钟内写下的那些文字。"我将带着飘扬的旗帜沉没。"她在自杀四天前写的最后一篇日记中写道。这是一句带着巨大骄傲的、感人至深的话,同时无可否认地夹杂着难以忍受的悲伤滋味,以至于让我越发抑郁。我决定今天暂时忘掉弗吉尼亚·伍尔夫,开始读萨缪尔·贝克特的《来自被抛弃的作品》,故事讲述的是一个老头,他必定是一个疯狂的老头,也许因为年纪的缘故变得愚钝了,他从早上出门到晚上回家,一直在试图想起过去的某一天。那时间漫长得仿佛过了三天,而不是一天。

连这个老头的生活看上去也比我的有意思。我在文学创作时虚构的能力很强;我拒绝现实主义,因为如果整天让我谈论一个作家的家庭主妇般的黯淡生活,那一定会很糟糕。总之,我读了贝克特笔下的愚蠢老头的故事,差点要吃第三片劳拉西泮。我越来越焦虑和困倦,于是吃了罗莎准备的土豆饼作为晚饭,然后就到床上睡觉了。我梦见自己比贝克特的老头更愚蠢。然后我醒来了,在这里写下今天做的事情,我希望读者对我在日常生活中的样子有所了解,我的生活单调而可怕,因此不难理解我为何试图逃离它,而写那些远离我真实生活的事情。当然,如果我不写作,就不用这样长时间地待在家里了,也许我的生活能比现在的精彩一些。但那有何用?"喷妥撒有何用。"我的母亲会说。我对文学病的情结已经没有那么深了,比如跟去年11月我到达南特时相比。因此我现在可以平静地说,在生活和书之间,我选择书,它帮助我理解生活。文学总是让我理解生活。但正因如此,它把我拦在了生活之外。我很认真地说:这样挺好的。

周四(贡布罗维奇的日记片段)

上午 10 点钟左右,我照常起床了,然后吃早饭:一杯茶、几块饼干,然后一点麦片。信件:一封来自利特考,从纽约寄来;另一封来自耶伦斯基①,从巴黎寄来。中午 12 点我去办公室(走路,距离不远)。我在电话里跟马里耶·阿尔贝莱②谈翻译的事,然后和鲁索③讨论计划中的戈亚④之旅。里奥斯打电话来告诉我,他们已经从米拉马尔回来了,然后是东布罗夫斯基⑤打来(关于公寓的事情)。

下午 3 点钟,咖啡和火腿面包。

晚上 7 点钟,我从办公室出来,走到考斯塔内拉大街呼吸一

---

① 全名康斯坦丁·耶伦斯基(Konstanty Jeleński, 1922—1987),波兰随笔作家、翻译家。
② 马里耶·阿尔贝莱(Marill Albérès, 1921—1982),法国作家、文学批评家。
③ 原名阿莱杭德罗·鲁索维奇(Alejandro Rússovich, ? —2015),阿根廷哲学家,贡布罗维奇的好友。
④ 阿根廷城市名。
⑤ 全名卡齐米日·东布罗夫斯基(Kazimierz Dąbrowski, 1902—1980),波兰心理学家、物理学家。

下新鲜空气(天很热,气温 32 度左右)。我在想昨天奥尔多跟我说的事。然后我到塞西莉亚·贝内迪特的家,跟她一起去吃晚饭。我用了汤、牛排配土豆和沙拉、水果甜食。我很久没见她了,她跟我说了在梅塞德斯的冒险经历……午夜 12 点左右,我到雷克斯喝了一杯咖啡……在回家路上,我走进朵托尼咖啡馆取了一个包裹,并且跟波乔聊了天。回到家我读了卡夫卡的日记。凌晨 3 点左右睡觉。我说这些是为了让你们了解我在日常生活中的样子。

周五

"那么,"胡斯托·纳瓦罗说,"你抓住离你最近的东西:谈论你自己。就在你写自己的时候,你开始以他人的眼光看自己,你把自己看成了别人:当你靠近自己,你就远离了自己。"

周六

我刚在艾伦·保罗的一篇关于文学类型的文章中读到,二十世纪个人日记的一个重要主题是疾病。我一直忽视了这个问题,从来没有想过这一点。然而——这是个奇怪的巧合——我的日记中的线索之一,也是最常见的话题之一,无疑就是疾病,具体到这一次,是文学病,说白了,就是蒙塔诺的文学病。

"二十世纪个人日记的一个重要主题,"艾伦·保罗写道,"是疾病,作家给病情附加的注解构成了某种类似每日简报的东西,不厌其烦地汇报着病情的演变,而这种临床故事似乎只关注病痛的隐秘表现力。"

根据我读了这篇关于文学类型的文章后做出的推断,对于在过去的一个世纪写出伟大的个人日记的作家,他们的写作原因都不是认识自己,而是知道自己正在发生怎样的转变,灾难正在把他们带向哪个不可预知的方向。"日记能够给予或者旨在给予我们的不是对现实的揭露,而是对变异的赤裸裸的临床描述。"

我们面对的是写作的临床维度。可以肯定的是我一直试图在这些文字里发现——也许至今我还没完全意识到这一点——治愈我的病,即蒙塔诺的文学病会将我引向何处。引向沉默,也许。这适合我吗? 我认为不适合,因为那样的话,我将回到原来的起点:坐在可悲的失写症患者的巨型椅子前。因此这种病显然比它的药方好。

那么,这种病适合我吗? 就眼下来说,我最好还是继续抽烟,接着写作,比如,写我在抽烟。我抽了一口烟,想起在贡布罗维奇的日记里,写作的人最终认为自己就是疾病:"我自己就是疾病,是异常,是跟死亡相关的东西……"

但贡布罗维奇说这句话的时候是真诚的吗？他的日记并不是表现真诚的艺术杰作，而真诚是许多人期望在个人日记中找到的品质。他在日记里完成了一种"形式"的创新，同时发明了一种写日记的新形式。贡布罗维奇这么做的原因，也许是他作为作家最害怕的就是真诚，他知道真诚在文学中一无是处："有人见过真诚的日记吗？真诚的日记无疑是最虚伪的，因为诚实不属于这个世界。而且，归根到底，现实是多么讨厌的东西！毫无魅力可言。"

因为这些原因，他力图避免在日记中坦白。他及时地懂得了，在那篇日记中他应当以行动呈现自己，以一种特定的方式博得读者的尊重，创造人们所见和所认识的自己的形象。跟读者说"这是我想在你面前展现的样子"，而不是"这就是我"。也就是说，贡布罗维奇申明了他对自身形象的权利："难道我应该允许任何人随意解读我吗？"

我在这里做着类似的事情，在这部词典里响亮地回荡着存在主义的重要话题之一：对自身的创造。

现在读者想必会说，但是您也花了不少工夫力求做到诚实，试图提供关于您的生活的真实信息。

没错，在这部词典的许多页中，我拜倒在真实的圣坛下，提供了关于我的生活、关于我如何创作出虚构小说《蒙塔诺的文学病》的真实信息。那是我愉快地加插的一部分内容，采用了羞涩的自传形式。但我已经设想好，在写到泰斯特先生和保尔·瓦雷里①的时候，也就是在这部关于个人日记作家的词典的最后两个词条中，我将深入虚构和现实的接壤地带。这样的解放是可能的，在对现实保持了高度诚实以后，在讲述了——我暂时将接着这么做——我的碎片式生活的事实以后。那些都是非常真实的事实，我在讲述它们的时候就像是不知道——正如安东尼奥·马查多所说——事实也是编造的一般。

贡布罗维奇，维托尔德（马沃什策②，1904—旺克，1969）。在二十世纪的尾声，我和罗莎到瓦尔帕莱索思考火药。我们并没有事先商量去做这样奇怪的一件事，到一个遥远的地方思考火药这样一种离我们如此遥远的东西。事实上我们到瓦尔帕莱索只是为了庆祝世纪之末，然而当我们置身于布莱顿酒店的天台，看到从停泊在海湾里的船只上腾空而起的烟花，火药就在我和罗莎的思想中挥之不去——正常情况下它离我们的思想是那么地遥远。就这样，瓦尔帕莱索与火药和六位智利朋友的名字永远地关联在了一起：布罗茨基夫妇（保拉和罗贝托）、安德烈斯、罗德里格、卡罗琳娜和贡萨洛。我们与他们在一起，在图肯的一座面向太平

---

① 保尔·瓦雷里（Paul Valéry, 1871—1945），法国象征派诗人，法兰西学院院士。前文提到的泰斯特先生是瓦雷里在 1896 年发表的哲学散文《与泰斯特先生夜叙》（*La Soirée avec Monsieur Teste*）中的虚构人物。
② 波兰凯尔采省奥帕托夫县的一个村庄。

洋的房子里,在 12 月 30 日度过了一个热闹的夜晚。第二天,为了庆祝世纪之末,我们开着长途车到达瓦尔帕莱索的布莱顿酒店。我们预订了这家小酒店的所有房间,一共六间,酒店有一个让人难以忘怀的天台,在天台上可以看到城市和海湾的绝美景观,今天通过回忆的视角审视,我认为那是我人生中的核心地点之一。

前一天晚上,我们在图肯聊天和喝酒到清晨,那种氛围让我感到舒服,因为那些智利朋友对我生活中的趣事和回忆表现出——至少是很有教养地装出——很有兴趣的样子;这在巴塞罗那是不常见的事情,在那里没有人对我的生活片段表现出任何兴趣,仿佛他们已经很了解一样,也许正因为这样,他们总是把我约到城市里最喧闹的酒吧和餐厅,故意把我约到那里,他们知道在那里谈话总是断断续续的,总是拘谨的。而在图肯,人们带着尊敬、微笑和专注聆听我说话。甚至连罗莎听到我回忆往事时也乐开了怀,她和大伙笑成一团的样子尤其滑稽。

那是一个悠长而难忘的夜晚,笑声好几次打断了我的发言。比如卡罗琳娜——在现实生活中她是富有才华的记者和优秀的主持人——出其不意地问,如果不当作家的话,我想做什么。而我,在短暂的犹豫后回答说,我想成为解离症[①]和创伤后应激障

---

① 一种精神疾病,指的是在记忆、自我意识或认知功能上的崩解,起因通常是极大的压力或极深的创伤,具体包括解离性失忆症、解离性迷游症、多重人格异常及自我感消失症等等。

碍方面的精神病专家,以及国际解离症研究协会成员(听到我的回答后大家哈哈大笑)。

我从来没有像在图肯的那个夜晚一样口述了那么多回忆。比如,我回忆起七十年代住在巴黎和柏林的日子,我自认为是极端左派和先锋派,在我的朋友中有英格丽特·卡文、帕洛玛·毕加索和乌尔丽克·梅茵霍芙①(在她变成恐怖分子之前)。我记得在那个年代,我以为我的命运将会是——与同时代的许多朋友一样——孤独、毒品、暴力和自杀。我记起了我的母亲,那么脆弱和怪异,一个秘密诗人,像极了阿莱杭德娜·皮扎尼克,终日徘徊在巴比妥②和蒙塔诺的文学病(那时候这个病还没有名字)之间。我记起我们那一代人是如何希望改变世界,我说如果我们所梦想的事情没有成为现实,也许那会是更好的事。我记起有一天我发现写作就像在生命的图书馆里散步。我记起有一天我发现了聂鲁达,他让我患上了文学病:"诗人如神一样拯救了的/生命的那个部分,微不足道。"我记起和父亲在布拉瓦海岸③出售公寓的日子。我记起前往华沙的一次旅行,那时我二十八岁,从巴黎专程去那里与塞尔希奥·皮托尔共进晚餐。最后

---

① 乌尔丽克·梅茵霍芙(Ulrike Meinhof,1934—1976),德国左翼恐怖分子、记者。1970 年,她建立了左翼恐怖组织"红军派",1972 年,梅茵霍芙被捕并被起诉,后在狱中上吊自杀。
② 一类用于镇静和催眠的药。
③ 西班牙的一片沿海地区,位于巴塞罗那以北 100 公里处,拥有绵延 200 多公里的海岸线。

我想起了两天前,在我和罗莎去智利时乘坐的飞机上,我梦见自己与加拿大电影演员朱莉娅·罗森博格结婚了,巧合的是,在那个梦发生几个小时后,我发现罗森博格的丈夫——来自纽约的强纳森·列瑟①——也是作家,我在飞机上赠阅的一本杂志里非常偶然地发现了一张他的照片,照片上的他长得很像我年轻时的样子,这是我觉得最奇怪的一点;他长得就像那个在七十年代时经常漫步在巴黎和柏林的青年,长得像我变得优雅但好似吸血鬼般的克里斯托弗·李之前的样子,这一命中注定的样貌改变有点悲惨和遗憾,但不管怎样,并不会令人觉得更加难以忍受。

那个夜晚的最后有点扫兴。当贡布罗维奇的名字出现的时候,智利朋友们为了看我生气时会做何反应,狡猾地反复以各种理由让我模仿这个波兰作家,把我给激怒了。

那个晚上就那样结束了。

我睡得很少而且很糟糕。我梦见朱莉娅·罗森博格在太平洋的海滩上与一只蜥蜴跳舞,那里挤满了老人,他们不停地谈论关于死亡的话题,谈到在他们那个年代的一个风俗,在死者的家里要用绸布盖上所有镜子。

第二天早上,尽管我们都休息得很少,但还是踏上了去往布

_____

① 强纳森·列瑟(Jonathan Lethem, 1964—   ),美国小说家,代表作有《布鲁克林孤儿》《孤独堡垒》等。

莱顿酒店的漫长而折磨人——因为宿醉——的路程。下午 1 点半，我们到达了布莱顿酒店，我和罗莎能证实的第一件事是，正如布罗茨基夫妇所说，酒店那个著名的天台让人叹为观止。

那家酒店被我们独占了，但它的天台在那时似乎属于整个瓦尔帕莱索，哪怕再多一个灵魂也容不下了。我刚踏上那个天台就看到——我原本以为是因为宿醉——在一把太阳伞下，有一个长得奇丑无比的老头，他长着可怕的大耳朵和光秃秃的脑袋，似乎沉浸在贡布罗维奇的《色》之中。

布罗茨基夫妇曾跟我说，我们在这里要跟一个未能到图肯的朋友会合，我以为那个可怕得像吸血鬼一样的老头正是他们要介绍给我的人。这时的我与伙伴们不在一起，便仿佛感受到诺斯费拉图家族兄弟的召唤，于是心血来潮向老头那边走去，开玩笑地问他，布罗茨基他们家付了多少钱让他假装在读贡布罗维奇。

那个男人向我投来了不友好的目光。

"布罗茨基？"他说，"您在说什么呢？是刚刚与阁下一起上天台的那些家伙吗？他们就是布罗茨基家的人？我必须跟您说，先生，那些孩子的球打得很不错。"

毫无疑问，那个男人很奇怪，不仅仅因为他吸血鬼般的外表。他很优雅，但非常怪异。而另一方面，他的优雅，也很奇怪——姑且不说浮夸。比如他在腰间系了一根皮带，皮带在白衬衣上,仿佛在捆绑自己。

我觉得尽管他的眼神吓人,但他的话只是玩笑,只要顺着他的话说下去就可以了。

"他们假装自己是成年人,"我对他说,"不过就像您这位皮球的主人一样,他们只是些孩子。"

他投来的又一个眼神让我觉得自己说错了话,那个男人跟布罗茨基夫妇没有任何关系,我正在跟一个真正的怪人说话。

"犯下这样的错误,"他突然用贡布罗维奇式带着厌恶的语气对我说,"就该被弹个脑瓜崩。现在,入侵者先生,如果您不想证实我的皮带是鞭子的话,请离开这里。"

我觉得您的脑袋像一朵大百合,我想对他说。但我觉得这句话太客气了。他那苍白的额头是一幅混乱的地图。我觉得这也太客气了,而且太甜,甚至带着谄媚的诗意。您就是个脑瓜崩,我想对他说。但我觉得这太简单。你是王八蛋。我觉得这个更合适,但太粗俗和直接。而且不得不考虑到他是一位长者。无论如何,他突如其来的怪脾气,让我觉得他是个粗鲁和可憎的家伙,最后我选择了斗胆地说:

"阁下的这对吸血鬼耳朵,是向您的'大屁股'母亲借来的吗?"

我以为他至少会对我扇一耳光或抽一鞭子,但他没有。他看着我,微笑了起来,最后爆发出哈哈大笑,那反应极具戏剧性,跟那个天台一样,可以称得上叹为观止。突然所有人都看向我俩,我的脸几乎都红了。他的哈哈大笑仿佛已经失控,但最终还是停下来了。接着,他变得很严肃,友好地向我伸出手。

"汤格,"他说,"费利佩·汤格。"

他是布罗茨基夫妇的朋友,我看见他时的直觉没有错。但是他读贡布罗维奇跟我前一天晚上在图肯的讨论没有任何联系。费利佩·汤格一辈子都是贡布罗维奇的崇拜者,仅此而已。这没什么。因为汤格的相貌如此怪异,他跟吸血鬼的相似程度七倍于我。关于他的情况并不容易证实,尽管有些事情确凿无疑:他是布罗茨基夫妇的朋友,是贡布罗维奇的读者。

"汤格,"他重复道,"费利佩·汤格。我是布罗茨基夫妇最老的朋友。我喜欢干马天尼、智利、贡布罗维奇和吸血鬼。""小伙,"他对服务生喊道,"墨汁,谢谢!"

他的牙龈上有墨汁,也许他刚刚吃到了带墨汁的章鱼。我既没感到恶心也不害怕,我把他视为朋友,特别是——这让我感到安心——布罗茨基夫妇的朋友。也就是说,我还是有点害怕,尽管不是非常害怕,不是因为布罗茨基夫妇,而是因为他牙龈上那奇怪的墨汁。我的血液循环不是很畅通,我察觉到。我从来没有见过跟那个怪物一样严重的文学病患者。

"吉隆多,"我颤抖着说,"罗萨里奥·吉隆多,幸会。"

"您喜欢智利吗?"他问我,带着恶魔般的眼神。

我想了很久如何回答。

"智利还可以。"我最后说道。

他对我微笑,我猜这是为了让我再次看到那墨汁。没过多久,他用左手,用那只闲着的手——因为他用右手再次召唤服务生——摸了一下怪物般的右耳。

我想起了贡布罗维奇的话:"如果你们想表达喜欢我的作品,只需要在看见我的时候摸一下你们的右耳。"

"吉隆多,"我说,也摸着我的耳朵,"罗萨里奥·吉隆多。"

这颤抖——以贡布罗维奇为背景——和怪异的摸耳交流,就像身份确认一样,成为一段伟大且出人意料的友谊的开端。

"我亲爱的朋友①罗萨里奥女士,"汤格突然说道,脸上带着灿烂而可怕的幸福微笑,"欢迎来到布莱顿酒店。"

周四

天在下雨呢!

巴塞罗那正下着雨,尽管与昨天我在阿维尼达皇宫酒店初次认识丽塔·贡布罗维奇的时候相比,风已经变小变弱。也许这看起来是个很奇怪的巧合,或者是个很巧合的巧合,正当我沉

---

① 在原文中"朋友"一词为阴性,表示"女性朋友"。

醉在这部词典的贡布罗维奇词条中时,这位作家的遗孀丽塔昨天到了巴塞罗那。我到她下榻的阿维尼达皇宫酒店见她。也许这看起来是个很巧合的巧合,但事实上我在一个月前就得知丽塔·贡布罗维奇将要来巴塞罗那,我将与她一道在中央书店推介她丈夫的一本书。实际上,知道了这一点让我停留在了贡布罗维奇的词条上,因为我不想在丽塔来巴塞罗那期间,评论另一位个人日记的作者——比如卡夫卡,词典里的下一个词条。

昨天我到阿维尼达皇宫酒店找她。下午的天气让人很不舒服,下雨并且刮大风,在春日里竟然有这样奇怪的冬日天气。此前我只见过丽塔的老照片,那些都是七十年代她移居维托尔德·贡布罗维奇家中时的照片,但我一下子就认出她来了。我总是喜欢将作家神话化(对我而言,贡布罗维奇一直都是一个神话,但这不意味着他对我的写作产生了影响,这一点我在图肯说得很清楚),因此我刚与丽塔见面时心情有点紧张,但我们之间很快就建立起友好和信赖的关系,仿佛已是认识了一辈子的朋友。

外面仍然在不停地下雨,雨下得凶猛但不哀伤,然而酒店大堂里的对话却变得持久而感伤,仿佛笼罩在一场雨——不是外面的雨——所营造的奇怪的忧伤氛围中。渐渐地,我与丽塔在多次会面中建立了更深的相互信赖。"他是那种,"她跟我描述她的丈夫,"在自己身上下很多工夫、创造他自己的风格的人。

对于某一类型的作家而言,他们的作品就是本人性格的化身,他就是这样的作家之一。"

接着我们谈到生活与作品的密切联系,谈到致力于创造自身风格的作家们。我不想与她谈论自己,但如果说我和贡布罗维奇有什么共同点,那么他正是我的文学风格的源头,与保守和枯燥的通俗文风的彻底决裂,是我们的写作风格的基础。

如果缺少了母亲的参与,贡布罗维奇的风格便无从说起。他的母亲心思单纯,受世俗思想的熏陶,热爱美食,贪恋安逸。这些都是出于本能,但她却认为自己光芒四射、知识渊博、饮食节制,是个英勇的苦行者。"她,"她的儿子写道,"是把我推向谬误和荒唐的人,而后者成为了我的艺术中最重要的元素之一。"贡布罗维奇和哥哥很快就发现了惹她生气的绝佳方法:坚持她所断言的所有事情的反面。母亲说出太阳,两兄弟就对她说:"你说什么? 天在下雨呢!"

那么,贡布罗维奇在多年后说的这段话便不足为奇了,他说他不崇拜诗歌,不是激进的进步主义或现代主义人士,不是典型的知识分子,不是民族主义者,不是天主教徒,不是共产主义者,不是好人,不崇拜科学或艺术或马克思:"那么我是谁? 在很多时候我仅是与我对话者所断言的所有事情的反面。"

而我则学会了越来越巧妙地反驳我父亲的枯燥言论,关于我们国家的梦、混乱和文化等等。我成了他所提议、建议、计划和声明的一切事情的反面。但因为父亲的发言几乎没有间隙，一气呵成——在家里只有他有发言权——我几乎没有机会参与，所以我只能利用他说话时的短暂停顿，以一种失去理智的风格，展现我对谬误的卑微的崇拜。"你不像我的儿子。"我的父亲说。他还说："我不知道你为什么有这个癖好，总想在我面前标新立异。"

为了抵御父亲话语中经常出现的俗套话题，我必须——我也是这么做的——把所有精力集中在家庭游击战式的精炼话语或者说简短而具有先锋色彩的小争执上，从而逐渐建立起一种反叛而怪异的文学风格：起初是先锋派风格，它随着时间的推移而变得平和。这种风格能对抗因为家庭而产生的厌倦，即因为我父母家而产生的厌倦，不过同时也能对抗因为我的出生国而产生的、具有破坏性的厌倦。这种风格包括对抗、尝试永远说不同的话、尽可能带着幽默，这些都是为了与家长那陈旧过时的、一言堂般的独白中的讽刺缺失决裂。一种没有太多有血有肉的文学角色的风格。一种反对一切的叛逆风格，尤其反对令人厌烦的西班牙现实主义，永远嘲讽那些女侯爵和女无产者，情人和妓女——在当今的西班牙小说里，她们总是在下午五点进进出出。

塑造我的是先锋主义，以及对家庭的厌倦迫使我发起的那些小争执。尽管后来我的风格变得平和，但我一生都致力于逃离已确立的事物，试图创造我自己的风格，说与众不同的话。比如我讨厌出租车司机跟我谈论天气，突然用一连串固定的句式展开话题。就在昨天，在我去阿维尼达皇宫酒店的路上，出租车司机跟我谈降雨量。在他那沉重谈话的间隙，我改变了他的话题，对他说（明知这么做会让他不知所措和哑口无言）："就在今天，我获得了消灭坏天气的机会。您知道我做了什么吗？"几乎让人焦虑的沉寂、茫然。"我只是给天气洗了脸。所以下雨了。尽管我不知道您有没有发现，事实上并没有下雨。"

得益于我这样的风格，我连在出租车上也得以生存了下来。跟我谈论天气的出租车司机把我带到阿维尼达皇宫酒店时应该是下午 7 点钟。中央书店的推介会 8 点开始，我们将要谈论的书是《费尔迪杜凯》[①]。开会前我们在酒店讨论了其他事宜，包围着我们的是一种意想不到的伤感，如顽固且持续的雨一般。

7 点半左右，当我们步行经过加泰罗尼亚大道向书店走去时，真正的雨在外面等着我们。为我们挡雨的是在南特的雨中陪伴过我的那把红色雨伞，它见证了《蒙塔诺的文学病》的诞生，从那时起我就认为它能为我带来创作的力量。

两个热爱贡布罗维奇的人，只有一把伞。但有多重的雨淋

---

① 贡布罗维奇于 1937 年出版的第一本小说。

着他们。甚至还有一个想象中的太阳。

"没有下雨，"我说，"太阳正在出来。"

丽塔明白我的意思，她懂得这是对贡布罗维奇的反母亲风格的致敬。她向我眨了一下眼睛，那样子愉快而让人难忘，她开玩笑说：

"天在下雨呢！"

红雨伞开始试图让我失去平衡，大风把它刮得东歪西倒，它从没见过两个热爱贡布罗维奇的人被雨淋得如此狼狈。面对这样凶猛的袭击，我突然想到跟丽塔说，我们的雨伞正在试图自杀。"可以看出，你不仅担心有血有肉的人物，你在雨伞中也看到了灵魂。"她说。我想对她说，我书中的人物许多时候正是因为缺席而更具魅力，但我不想跟她谈及自己，我问她是否对小说中出现的有血有肉的人物很感兴趣。她突然在路的中央、在大雨中停下了脚步，在骤风中沉思了一会儿，答案就在湿漉漉的沥青地里冒了出来。"我喜欢，"她断断续续地说，"眼泪的痕迹而不是眼泪。对于有血有肉的人物，我感兴趣的是他们留下的文字而不是他们本人。"

当我正要跟她说并非所有人都留下文字的时候，丽塔跟我提及一个自杀的无名氏写的简短的信，那让我惊讶不已。信上只写着："一次次的系上和解开。"

在那一刹那，红雨伞飞了起来，划了一道奇怪的抛物线，然后撞向加泰罗尼亚大道上的一棵树（它的残骸现在躺在家中的厨房里）。为了告诉她我喜欢那个自杀者的遗书，并得到贡布罗维奇同好者的又一次眨眼，我摸了一下耳朵，表达了对那句"一次次的系上和解开"的赞许。但丽塔已经不在那儿了，她明智地躲到了一个门廊下。雨伞离开了那棵树，再次飞了起来，见识了叛逆和自由的它，已经开始锻造个人风格。我在加泰罗尼亚大道正中央一动不动地荒诞地站着，如同一个真实到骨髓的人物，只求为任何想看的人塑造一个丢了雨伞和摸着耳朵的疯子的荒诞形象。我站在那里，成了自己风格的受害者，我在那里站了一会儿，纹丝不动，仿佛真的相信天没有下雨，正午的太阳当空照。

卡夫卡，弗朗茨（布拉格，1883—基尔林，1924）。"触摸时，我的耳廓是鲜活的、粗糙的、冰冷的、润泽的，就像一片树叶。"卡夫卡在 1910 年的日记中这样写道。这让我联想到另一句话，是我在巴塞罗那的某个夜晚听克劳迪欧·马格里斯[①]说的："也许文学作为世界的一部分，它对世界的意义无异于叶子——打个比方——对世界的意义。"

马格里斯的这句话不仅给我带来了安慰，而且把我带回了世界。文学与世界进入了和谐状态。患上文学病不再让我觉得

---

① 克劳迪欧·马格里斯（Claudio Magris，1939—　），意大利作家、翻译家，著有《多瑙河之旅》。

那么沉重了。与世界和谐共处的感觉很愉悦，就像今天早上我感到的那样。然而，我想起了 1965 年的一个夏日，我对那天记忆犹新，因为我觉得自己与这种和谐状态间的距离，从未像那天一般遥远。

直到 8 月的那个下午，我对文学还未曾有过太多认知——我看的书很少，仅限于侦探小说，那时我还没有发现塞尔努达，还不知道在文学中可以找到热情但病态的庇护，从而逃离生活的坎坷——我在世界上找不到立足之地，我深深地感到迷失和忧伤。

我在世界上找不到立足之地，并非因为我没有去寻找。我焦灼地寻找一个地方，无论它多么简陋，无论它在何种秩序的统治下；在无尽的宇宙中，在职场的灰暗中，在间谍的网络中，在疯人收容所里，在比我的父母更精明的家庭里，在平静的、被视为比孤独更轻的疾病的夫妻生活的庸常里……

我身上刻有很深的属于我们这一时代的悲壮英雄的烙印。但由于那时我很少读书——与日后将要俘获我的文学几乎绝缘，我还没有从阅读中得到过那些令人幸福的、充满想象的资源，让我们逃离那些偶尔困扰我们的焦虑。人们准备忽略，甚至一直在忽略——要是那天我意识到这一点就好了——我就是那样的英雄，在十五岁的时候我就是我们这一时代的经典英雄。知道这一点无疑将会对我有所帮助，甚至能让我感到——在悲伤之中——自己是一个重要的年轻人,能给我的生命赋予某种意义,能帮助我避免陷入悲伤之中——在那个夏日的午后7点左右,父亲不在,于是由我关上了他在布拉瓦海岸售卖公寓的办公室,那一刻我陷入了深深的悲伤。在其他日子里,每当我关上办公室的门,我会意识到自己已经拥有承担责任的能力,心里便感到一种特别的满足。但在那一个夏日,我感到深深的悲伤。我关上办公室,看着海,然后看山。海和山,山和海,睡觉和醒来,学习和工作,醒来和睡觉,一次次的系上和解开……

　　我关上门,坐在地上,面对着关闭了的办公室。我坐在地上,因为我不知道该去哪里。过了一会,一对令人尊敬的夫妇路过,他们是我父母的朋友。为了向我打招呼,同时出于好奇,他们问——没有干涉的意思,也不带斥责的语气——我坐在地上干什么。"生意进展不错,"我对他们说,"但我不会和员工说话,不会和客户说话。"他们感到很困惑。我的父亲没有雇员工,或者说,我是唯一的员工。"你遇到什么事了吗?"他们问。我坐在地板上,用另一个问题回答他们:"我将要去哪里?"一种轻微的恐惧笼罩着这对夫妇,我看到他们变得慌乱了。没过多久,我发现这两个可怜的人儿也碰到了同样的问题,他们也不知道该去哪里。我感到很奇怪,这样年长的、负责任的、受人尊敬的他们居然也会遇到这样的问题。然而,无论在我眼里显得多奇怪,这就是事实。看着他们如此迷惑、拘谨、失去方向的样子,像这样用陌生的眼光看世界——跟那个下午我看世界的目光一样——我不禁感到恐惧。我本想帮助他们,但我不是帮助他们的最佳人选,我没有合适的能力去帮助那些成年人,那些我父母的令人尊敬的朋友。

另一件至今让我感到痛苦的卡夫卡式事件:在十八岁生日那天,我责骂了母亲,因为我发现她把我的一本加缪的《异乡人》借给了她一个朋友的女儿。"把我的书都还给我!我没有别的东西了。"我跟她说了这句话,此外还说了些更具攻击性的、充满愤怒的话。不知不觉地,我开始患上了蒙塔诺的文学病。到了夜里,父母在床上低声地说话,他们的房间和我的房间只有一墙之隔。神秘的窃窃私语。我几乎可以确定他们正在谈论我,谈论我因为借出加缪的书而大发雷霆的事。我把耳朵贴在他们房间的门上,但还是一个字也听不清,只能听见那可怕的、难以辨识的窃窃私语。我想猛地打开他们房间的门,对我的父亲说:"抱紧她,抓住你旁边的身体,妻子的身体能让你冷静下来,别再谈论你这来自异乡的儿子了。"但我没有那么做,我没有打开父母房间的门。没有,我没有打开它。

我总是希望有三个姐妹,然后用意第绪语①跟她们交流,说父母听不懂的一种语言。作为独生子,孤独地对抗父亲那响亮

---

① 中东欧犹太人及其后裔所使用的语言,由高地德语演化而来。

的雄性嗓音和母亲那——像落叶的絮语般——柔弱的声音,这不是什么好事情。我希望有三个姐妹,年纪最大的姐妹每天坐在父母家里客厅的长沙发上,裸露的肩膀线条优美,圆润结实,肤色黝黑,让我忍不住时时暗中窥视,那肩膀是我们家族财富的一部分,它让我骄傲不已。我希望排行第二的姐妹时常穿一件灰色的紧身胸衣在家中走动,胸衣的下缘离身体太远,人可以跨坐在上面,就像骑马一样。我希望最小的姐妹是我最偏爱的那个,我希望在她的疯狂中感受到柔情,希望她能让我想起在威尼斯的佛罗里安咖啡馆遇见的拜伦勋爵的后代,那位美丽的女子惶恐不安地只顾打听她先祖的事情。"我的乔治在哪里?你们对他做了什么?"她叫喊着问道。好吧,我希望有三个姐妹,用意第绪语跟她们交流,我希望我不是独生子,不是寄居在父母家中的令人讨厌的单身汉。

周日

这是一个阳光明媚的春日,罗莎在都灵,我独自在家,于是决定落下百叶窗帘,与晴朗和欢乐的白天隔绝,那是因为我感到了绝对的自由,感到了可以为所欲为,而实际上我唯一想做的事情便是不要太多自由,只想封闭在黑暗中想卡夫卡和这本日记——在日记中我试图通过我最喜爱的日记作家来讲述世界,稍不留意它就会变成无休止地对世界发表评论的文本之一。

我认为没有比卡夫卡还严重的文学病患者了。他的日记令人害怕。早上8点,他准时到达办公室。他写文件和报告,履行检查。他的上司不知道他在那里工作,混迹于那群庸碌的工人和雇员之中,只因为他知道不应该把所有时间投入文学。他害怕文学像漩涡一样把他吞噬,使他在文学的无限疆域中迷失。他不能自由,他需要界限,将所有时间用于写作对他来说是危险而可怕的。下午2点一刻左右,他回到父母的家中。他说他感到自己像一个外来人,尽管他的家庭、父母和姐妹给他的爱非常慷慨。有时他会产生这样一个念头,他想不顾一切地离开所有朋友,与所有人为敌,不与任何人说话。然而他有时的做法正好相反:他跟朋友或他最喜爱的作家对话,滔滔不绝地对世界发表评论,仿佛要回到文字的源头。

在这个晴好的春日,星期天,我关上所有窗户,重读了《城堡》,一部无法结束的无限小说,原因之一是小说中的土地测量员不是从一个地方走到另一个地方,而是从一种解读到另一种解读,从一条评论到另一条评论。土地测量员在想象道路上的每个拐弯处停下,并知无不言地发表评论。可以说,他投身于写作是为了到达文字的源头,但同时他对世界发表评论,它们最终演变为无穷评论的汪洋。他似乎总在寻找第一个为某物命名的人,寻找最初的源头。他寻觅第一个写下什么东西的人,写下第一个词或句子的人。但这意味着要追溯三千年的文字历史。与《堂吉诃德》相反,在卡夫卡的小说中,没有出现明显的书本世界——K先生是土地测量员,而不是读者或作家——因此他没有蒙塔诺的文学病,也不会提出与写作相关的问题,然而他的小说结构就带有那些问题,因为K先生朝圣之旅的精髓不在于地理上的移动,而在于从一种诠释到另一种诠释,从一位评论家到另一位评论家,在于带着热情的专注聆听所有人,然后用一种彻底审查的方法与所有人进行干预和讨论。

正如胡斯托·纳瓦罗某天对我说的,《城堡》是一种争论不休的折磨。我想起这句话,便觉得那些力求寻找第一个词语、最初的词语、写作的源头的旅程,必定也是这样一种折磨:

"我知道,我们必须是两个人。"

"可是,为什么是两个人? 为什么要用两个词来表述同一样东西?"

"因为做出表述的总是另一个人。"

我渴望摆脱蒙塔诺的文学病,然而神明和卡夫卡不希望我达到目的。我想摆脱它,因此我过多地书写它。然而,现在我知道,即使达到了目的,我也不可以说我已经达到了目的,我不能这么写,因为这么做意味着——我为了表述已忘记它,将不得不直接或间接地提及它——我还在以某种方式想着它,显然这与疾病本身同样可怕，最终会让我产生这样的印象，即我迈出的这一步，不仅靠近了那个词，也靠近了死亡。我渴望摆脱蒙塔诺的文学病，但如果有一天这部日记走到了尾声，在我的疾病被治愈、我看到了救赎的可能性时，我或许会难以确定是否真的看到这种可能性，甚至反而生出评论它的需要。这一点在我对这些文字会走向无限的怀疑中再次获得了肯定——我不知道文字走向无限是否值得期待，正如我不知道走向完结是否值得期待。事情大概如此，当一个人生活在对无限运动的恐惧以及对这本日记步入死亡的恐慌中时，在这样的春日夜晚，便会自然地平静下来，甚至会感到欣喜——还可以着魔般地书写并且继续幸运地患有蒙塔诺的文学病。

曼斯菲尔德，凯瑟琳[①]（惠灵顿，1888—枫丹白露，1923）。我们离开了那个在瓦尔帕莱索的布莱顿酒店天台迎接我们的吸血鬼汤格，就在我们以奇特的耳朵暗号交换信息之后——那是我们友谊的开端。几个小时后，在这一年甚至这个世纪的最后一个晚上，人们举杯无眠，烟花热烈绽放。1月1日中午，我在布莱顿酒店的天台再次与汤格碰面。"太奇怪了。"在我们走向他的时候，罗莎说道。他坐在天台的一个角落里，从外表看来宿醉不

[①] 凯瑟琳·曼斯菲尔德（Katherine Mansfield，1888—1923），新西兰短篇小说作家，被称为新西兰文学的奠基人、新西兰最有影响力的作家。她的第一本著作为1911年出版的《在德国公寓》，代表作有《花园酒会》《幸福》和《在海湾》等。

浅。不久后我们的这位伙计将会严肃地杀死一只苍蝇。

正在我们友善地评论他那可怕的宿醉脸或宿醉面具时，他突然发现有一只苍蝇掉进了他的干马天尼里。尽管情况令人绝望，那只苍蝇仍在无力地试图爬到杯子外。汤格用淘气的眼神看了看我们，微笑着露出他那尖牙的全部光芒。然后，他拿起一个小勺，优雅地将苍蝇从杯子里捞出来，把它抖在了一块餐巾纸上。怪物的一个微妙动作。没多久，那只苍蝇开始甩动前腿，挺起那沾湿了的微小的身躯，开始了清理翅膀上的干马天尼这一英勇而感人的工作。逐渐地，那只苍蝇开始恢复原状，重获新生。汤格目不转睛地观察着它。"这是你今天的善举呢。"罗莎说。汤格看见苍蝇将要重新飞起来，但他似乎并不想这样。他又拿起小勺，用干马天尼再次把它沾湿。如此三次，直至将它杀死。"它很勇敢，"他对我们说，"但我有宿醉，我不会放过任何生命。"

如果他是想给我们留下印象，那么他做到了，尽管没有很深刻，但多少给我们留下了印象。我们沉默了许久。我不知道罗莎在想什么，那时我在想玛格丽特·杜拉斯。如果汤格在那一刻发表评论，说苍蝇在 12 时 40 分死去，那么他就是在重复玛格丽特·杜拉斯的某些精妙绝伦的话。她在随笔集《写作》的某个片段中讲过，在她的诺夫勒堡花园里，一只苍蝇的垂死挣扎如何打动了她，甚至连它离开世界的精确时间都刻在了她的记忆中。

蒙塔诺的文学病

然而汤格不是玛格丽特·杜拉斯。如果非要拿他和女作家做比较，那么他跟凯瑟琳·曼斯菲尔德有点相似之处。凯瑟琳·曼斯菲尔德，契诃夫式的短篇小说家，焦虑的日记作家，在短篇故事《苍蝇》中，她采用描写细微和转瞬即逝之事物的一贯诗意——比如普鲁斯特就是用这种天才式的忧伤笔触来精细地描写落在布洛涅森林之上的落日余晖——描述了一只被困在一滴墨水里的苍蝇是如何周而复始地进入死亡领土和逃回生命领地，这一过程便是一种文学病。

如果我说那只苍蝇就是凯瑟琳·曼斯菲尔德自己，也并非毫无根据。她花了半生的时间与肺结核和死亡做斗争："时针指向 10 点……我有肺结核。在我生病的肺里有超常的湿度（和痛楚）。但我不在乎。我不奢望任何无法拥有的东西。平静，孤独，写书的时间……"

"在曼斯菲尔德的世界里，"艾伦·保罗曾经写道，"疾病不仅是日记的一个话题，更是她唯一的素材，她的执念，她最爱的枷锁，赋予她的写作节奏、脉络和条理。"

疾病是她痛苦生活的主轴，她的日记中充斥着关于她的病的话题。就像汤格杀死的那只苍蝇，如果它获得了语言能力，也会谈及——长篇大论并铺陈渲染——属于它的肺结核：干马天尼的湿度。

毛姆,威廉·萨默塞特(巴黎,1874—尼斯市圣让卡普费拉镇,1965)。这位英国籍作家出生及逝世于法国,1949 年出版了一部他在半个多世纪的时间里积累的十五卷笔记的合集,这部日记——标题为《作家笔记》——始终以儒勒·列那尔①的日记为鉴,毛姆认为它是法国文学中的小型经典之一。

毛姆的日记多年以来一直陪伴着我。"就像鸟儿一般,我自由地飞翔。"这是日记的最后一句,这句话我一直铭记,并在生活中始终贯彻。

我与毛姆信奉同一种英雄主义的价值观,即人类对抗世界的不合理时所展现的美,超越了艺术之美……比如,奥茨船长②不愿成为同伴的负担,宁可寻找死神、消失在极地黑夜,毛姆在他的冰冷决心中找到了美。海伦·瓦利亚诺③已过豆蔻年华,没有倾城之貌,也不聪慧过人,她不愿背叛朋友,宁可忍受地狱般的折磨,最终为保全他人的国家而接受了死刑,毛姆在她的忠诚中找到了美。

---

① 儒勒·列那尔(Jules Renard,1864—1910),法国小说家、散文家。
② 原名劳伦斯·奥茨(Lawrence Oates,1880—1912),英国南极探险家,1912 年在最后一次南极探险过程中,为了不拖累其他三名队友,行动不便的他故意离开营帐,消失在暴风雪中。
③ 海伦·瓦利亚诺(Hélène Vagliano,1909—1944),二战期间抗德英雄。海伦在英国接受教育,后跟随家人移居法国戛纳。德军占领法国期间,她成为法国抗德组织领袖,后因战友出卖被捕入狱。在遭受了审讯和酷刑折磨后,海伦于 1944 年被盖世太保杀害。

蒙塔诺的文学病

毛姆总是提醒我,世上存在着一种心灵的高尚,那种高尚并非来自思想,也不依附于文化或教育。它的根源在于人类最原始的直觉里。也许在"心灵的救赎是可能的"的意识中,能找到对抗绝望的庇护之所。

米肖,亨利[1](那慕尔,1899—巴黎,1984)。那是岁末的一天,但不是世纪末的那一天,我们也不在瓦尔帕莱索与汤格在一起。我们在海上跟亨利·米肖邂逅,"博斯科普"号把他载到——"船庄严而私密,"他在旅行日记中告诉我们——厄瓜多尔,那是1927年的最后一天或倒数第二天,我记不清确切日期了。如果说私人日记受到什么因素限制,那就是日历。布朗肖已经觉察到,尽管日记能够记下所有日常活动,并允许最大限度的书写自由——比如梦境、幻想、思想、对于自身的评论、重要或不重要的事件,都可以随心所欲地按照或打乱时序记录在日记里——但日记受一个看似不起眼但影响重大的条款限制:日记需要遵循日历。很奇怪地,这种遵循日历的限制——不知道布朗肖有没有想到这一点——在海上却消失了,正如米肖的旅行日记,它从一开始就像海浪一样摇摆:"让我们看看,我们来到海

---

[1] 亨利·米肖(Henri Michaux, 1899—1984),法国诗人,画家。借助东方神秘主义与迷幻药进行颠覆性写作,其诗歌直接呈现个体的潜意识与神话原型,语言不再是表达或修饰的工具,而成为映射另一种维度的存在的镜子。

上两天还是三天了？在海上的反日历里？可怜的日记！"

今天早上，在罗莎出门上班后不久，我便到书店找《厄瓜多尔》，打算在我的个人词典里介绍他之前，重读一下这本书。在找书的时候，也许是天意让我发现了普鲁斯特写的一篇关于福楼拜的小论文。我重读了这篇已被我遗忘的小论文后，在构筑米肖的文学世界时不自觉地受到了它的影响——这一点现在就能看出来。

让我们重新开始。

米肖，亨利。他终其一生视人类为一种"损坏的动物"，带着永远无法满足的无穷饥饿感。他的风格总是很晦涩。他的风格，我这么说了吗？他的所有作品正是他对风格发起的冷酷战争："风格，或者说设置自己和世界的能力，就是人类的本质？这可疑的收获，就是那些讨喜的作家获得称赞的原因？……试着走出来吧。站到足够的距离之外审视你的内心，好让你的风格无法跟随你。"

米肖的旅行，通常更像是通向内心的旅行，几乎是端坐桌边的那种，即使我们眼中的他正航行在海上，或穿行在厄瓜多尔最错综复杂的热带雨林里。他旅行的目的，实际上是了解自己。在《厄瓜多尔》一书中，我们看见他登上"博斯科普"号，尽管沿途风景万千，但我们很快便意识到真正有趣的是旅行者本身，以及他与周遭环境之间建立联系的独特方式。他以这种独特的方

蒙塔诺的文学病

式,革新了传统的旅行日记或沿途纪实的面貌,让它成为了一部由焦虑写就的忧伤的个人日记。他的语言走向内心,迅猛如鞭。有时候他的一个句子只是赤裸裸的、单独的两个词语。比如他会写下"彻底的内省",或者"与风景的静脉相连"。

今天早上,在找《厄瓜多尔》的时候,我碰见了一篇早已被遗忘的普鲁斯特的论文。我开始随便翻阅这篇论文——只为了看它是关于什么的——然后我便爱不释手,直到把它读完。普鲁斯特在他的论文中谈及那个关于玛德琳蛋糕的插曲的困惑——当然,这个困惑至今仍然存在。他抱怨有些人,当中还不乏有学问的人,没能领会《在斯万家那边》的显而易见却周密严谨的结构,他们认为这部小说是关于回忆的书,这些回忆根据联想的偶然性规律联结在一起。"为了论证这个谎言,"普鲁斯特说,"他们引用了好几页文字,当中描述的那些泡在茶饮中的玛德琳蛋糕碎屑,让我想起了我人生中的某个时期。其实……为了从一个场景到达另一个场景,我利用的不是简单的某个事件,而是我能找到的最纯粹和宝贵的纽带,即一种记忆现象。"

然后普鲁斯特让我们阅读一些作品,比如夏多布里昂的《墓畔回忆录》,普鲁斯特说在作品中可以看到这位作家也懂得运用这种突兀转换方法,这种记忆现象。身处蒙特布瓦谢①的夏多布

---

① 法国厄尔-卢瓦尔省的一个市镇。

里昂,突然听见画眉鸟的歌声。那种他少年时期经常听见的歌声,立刻将他带回了孔堡①,那歌声促使他转换,同时也促使读者跟他一起转换,在时间和空间上。于是,叙述的地点随即变换了。

这个技术上的建议、这种记忆现象、这样的突兀转换方法,在这个早上让我联想到某种简朴到令人窒息的写作方式,那是法国作家让·艾什诺兹②某天晚上在"飞行员"酒吧——巴塞罗那的一个酒吧,里面装饰着螺旋桨和盾牌,以及机场和空难的残骸——给我介绍的,他跟我谈论他作品中那些突然却有效的转折。"一只鸟飞过,"他对我说,"我的目光跟随它。这让我在写作中能够随心所欲地去往任何地方。"那对我而言是一堂十分生动的课,值得记在心里,我记得我对自己说,如果以这样的方式看待事物,那么故事里的任何一行文字都可以变成一只候鸟——打个比方。我把这一切记录下来,因为我觉得这是很好的手段,能够让我在短短一句话的时间内,简单一点说,转而听到其他声音和其他领域。事实上,艾什诺兹将他的理论应用到了《出征马来亚》中,小说里的庞斯公爵透过望远镜望向南亚,调好焦距后他看见了——这让人想起贡布罗维奇的《宇宙》中那些

① 法国伊勒-维莱讷省的一个市镇。
② 让·艾什诺兹(Jean Echenoz, 1947—   ),法国当代最重要的作家之一,1999年曾获龚古尔文学奖。

给他指引叙事方向的小标志——一群排列成箭头形状的、似乎在指向下一个章节的候鸟正向巴黎飞去。因此，面对类似的瞬间画面切换，读者也不得不备上一台好的望远镜。

在"飞行员"酒吧跟艾什诺兹学到的本领，多年后被我运用在《蒙塔诺的文学病》中，我把场景从智利的风光迅速切换至巴塞罗那："回到陆地以后，我望向高空，望向圣费尔南多的无云的天空，见到一只鸟儿飞过。我盯着它。我感到盯着它可以让我走向任何地方，在头脑中随心所欲地运动。几个小时后，我开始飞往巴塞罗那……"

"候鸟"这个技术性方案的惊人之处不仅在于其有效性，更在于其惊人的简便性。在大多数情况下，那些持续地困扰作家们的技术性难题就这样得到了解决。毕竟，向其他声音和其他领域的瞬间切换，是关于生活的文学的隐秘优点之一，因为在现实生活中这从来都不那么容易，然而在书本中一切皆是可能的，并且往往是以一种惊人的容易方式达成。

我回到了今天早上，回到了读完普鲁斯特的论文、继续找我的那本《厄瓜多尔》的时候。我找到书后便开始阅读，而在我身上突然产生了普鲁斯特的记忆现象：我坐在最喜爱的沙发上，开始了去往厄瓜多尔的安静旅程，随即旅途变得不再舒适，一阵冰冷的风迎面扑来，凶猛地要把我扑倒，几度要把我吹到大西洋的风景里，所有迹象显示，那些风景就在我的身后：那是亚速尔群岛的独特风光,准确来说是法亚尔岛和皮库岛的风光。

我第一次产生这样的记忆现象时,书中的米肖正在去往厄瓜多尔的途中,他在瓜达卢佩岛上的住处,面向一座火山("我房间的窗户面向一座火山/我距离火山只有两步之遥……火山,火山,火山/这是我今夜的歌谣"),这让普鲁斯特之风吹了起来,冰冷地迎面扑来,令我从书本上抬眸,回到过去的时光,我回忆起来自那亲切的大西洋的声音,回忆起今年2月罗莎和我在法亚尔岛上住的酒店房间——它的阳台面向神秘的皮库岛上的火山——旁边住着汤格,他陪着我们度过了亚速尔群岛上的四天愉快旅程。我在米肖的日记中读到:"一滴滴血从我身体上方的吊床上滴落。这就是吸血鬼的危险之处,他们会在不知不觉中吸掉你们的血。一旦你成为了受害者,吸血鬼以后便能在人群中认出你来,并对你偏爱有加。"这时我不由得想起了在法亚尔岛的旅馆吊床上休息的汤格。

没过多久,当我抹去了汤格在亚速尔群岛吊床上的画面,回到了米肖的日记中时,另一股冰冷的风又迎面扑来,那是因为我读到了对厄瓜多尔气候的描述,跟亚速尔群岛非常相似:"很难描述这个国家的气候。在高原上,人们习惯这么说,而且非常准确:一天有四季。"

如是反复,我读着米肖的日记,然后普鲁斯特的风又把我吹回亚速尔群岛。比如,他谈到在库拉索岛登陆。他在岛上发现的巫术让我觉得很像汤格、罗莎和我2月份到达神秘的皮库岛时的发现。米肖说："没有什么比岛屿更引人入胜的了。世界上没有任何东西,我向你们保证,比岛屿更像一片云。我们总情不自禁地被它俘虏。"

就这样,《厄瓜多尔》包含着许多与我们的亚速尔群岛之旅显著相似的神秘瞬间。我读着《厄瓜多尔》,一只候鸟或一股冰冷的风又把我带回从前,把我置于亚速尔群岛的记忆之中:几乎无时无刻不在发生的记忆现象。不仅如此,有时读到的米肖的句子甚至增强了汤格、罗莎和我之间——为向米肖致敬,让我们称之为——静脉般的联结:"在这个2月的最后一天,一股突如其来的风把我的思绪吹回了我在巴黎的家,在妻子和一个朋友的陪伴下我在那里度过了想象中的几个小时,然后原封不动地、猛然地回到了这个厄瓜多尔。"

虽然我们到亚速尔群岛是为了度假,但每个人还有各自的附加目的。我此行的另一个目的是看看塔布其在《皮姆湾的妇人》中写到的"运动"咖啡馆,汤格是因为一直以来对捕鲸人的生活都很好奇,而罗莎——起初她是唯一除了旅游以外没有特别目的的人——最终也找到了一个附加目的,她在里斯本机场买了一本某个名叫安东尼奥·卡亚多的人写的书,书的扉页上写着:"一位神秘的避世作家,朱利安·格拉克式写作风格,蛰居于亚速尔群岛的皮库岛上。"然后她被书中讲述的故事彻底吸引了,甚至计划去与这位"避世作家"见面,自荐当他的文学经纪人。

那个标题为《审美病人疗养院》的故事——卡亚多的小说标题总让我觉得很像日语——是这样的:一个来自维罗那的意大利人,自认为是"审美猎手",他到皮库岛是为了寻找一座完美的房子并在其中度过余生。然而他来到一家康复中心还是温泉疗养院之类的地方,那里住着一群奇怪的旅客,"所有人都在审美方面生了病"。

毋需多说,这个故事让我感觉很不舒服,我怀疑那实际上是文学病患者的翻版,把他们送到温泉疗养院治疗的想法实在是太可怕了。我不想冒险,不想走进那本小说。而汤格则出于不同的原因与我结盟,他也拒绝读那本书,也不愿去探访住在皮库岛上的那个卡亚多。汤格的情况与我正好相反,他只怕在书中找不到自己。

那天我们三人坐船从法亚尔岛到皮库岛的时候,强劲的风并没有以普鲁斯特的方式把我们吹到任何陌生的国家,却差点让我们四脚朝天地翻倒在甲板上。罗莎一路上心情愉快,也许是因为她坚信寻找皮库岛的"避世作家"是一场伟大的冒险。海水打在她的脸上,罗莎比以往任何时候都漂亮,我从来没有见过她那么漂亮的样子,尽管此时我正在心中不断谋划如何能够不去卡亚多的家或者说避难所。她容光焕发的样子让人惊奇,她就那样静静地待在那里,脸上沾满海水。"海洋啊,"米肖写道,"如果只有你的表面能够承载一个人——正如你那惊人的外表和牢固的外形时常显示的那样——人们将会把你变成何种漂亮的玩具。人们会在你的表面行走。在那些风暴到来的日子,人们将带着幻觉从你那令人眩晕的坡道上滑下。"

罗莎在海上显得十分愉快,疾风吹拂着她的头发,然后她的头发也飞驰了起来。我开心地看着她。然而我突然有一种很奇怪的感觉,不知道是不是因为美女与野兽、她的脸庞与汤格那阴暗的吸血鬼式相貌所形成的强烈反差。忽然,尽管处在风与海水的急速运动中,我看到的罗莎和海上风景却仿佛变成了一张静态的相片,变成一个凝固的、停滞的、缺乏自然美和生命力的场景。奇怪和可怕的感觉。周围的一切变得死寂,我们——罗莎、汤格和我——也变得死寂。今天,当我回想起那种感觉以及在横跨法亚尔岛和皮库岛之间的海峡时经历的糟糕天气,便觉得如果在那个奇怪的瞬间能听到米肖说的这些话,它们必定能让我感觉好些,甚至对我有所帮助:"因为那些痛心的经历,因为那些徒劳的进步,因为来自外界——来自我向自己许诺的外界成就——的拒绝,因为在四处狼狈跌倒,我在我的生命里挖了一道深深的海峡。"

因此,可以说,那种死寂的幻觉、那片汪洋大海,还有海峡中生命力和自然美的突然消失,这一切在我的内心挖了一道深深的海峡,那里既无出路,也无生机。汤格也觉察到了那死寂的风景,神秘兮兮地问我:"在天堂没有另一次死亡吗?"不仅如此,在渡轮渐渐靠近皮库岛的时候,岛上便开始散发出一种奇怪的感觉。我们在马达莱娜市镇的阴森港口登陆,那里几乎连个鬼影子都看不到。小镇一片荒芜,笼罩着巨大的寂静,只有在一阵风吹过或一只鸟飞过的时候,宁静才偶尔被打破。我感到不安和焦虑,仿佛来到了科马拉——胡安·鲁尔福的小说《佩德罗·巴拉莫》中的村庄,那里的居民全都死了。

悲伤和孤独的马达莱娜。为了摆脱焦虑,我问汤格我们来这里做什么。"来看安东尼奥·卡亚多。"罗莎插嘴说道。她差点没说出来:"我来皮库岛就是因为我听说这里住着一个蛰居的作家。"我们看着同行的四位乘客下了渡轮,他们提着袋子和篮子,带着墓穴般的沉寂。没过多久,他们就神奇地消失在马达莱娜的街道里,我们再也没有看见过他们。"为了来而来的皮库岛。"汤格说。我们在小镇上走了一圈,结果一个人也没有碰见;到回到港口的时候,我们看见了一个年老的出租车司机,他那破旧不堪的车停泊在市政府的小楼前。"这儿一个人都没有吗?"我们问他。"现在是狂欢节,在放假。"他答道。我们雇他带我们环岛游一圈,走了走马达莱娜和拉日什之间的那段公路,那是皮库岛上唯一的公路。罗莎问起卡亚多,司机拐弯抹角地说了一通后,告诉我们他住在通往拉日什的公路边一座小山丘上的房子里,但他从来没有在那里住过,岛上的人说其实他住在纽约。"看看也无妨。"汤格说。尽管我表示反对——也许是出于对这位蛰居作家的嫉妒——我说那是浪费时间,但最终二比一的投票结果决定了我们要去看卡亚多。我无法原谅汤格投的那一票,我狠狠地瞪了他一眼,只见他面容狰狞,比平时还吓人。然而我后来发现——当我们走在通往拉日什的阴暗公路上时——汤格的在场给了我一种莫名其妙的安全感。也许他让我感到的那种平和感,是我在瓦尔帕莱索的天台上本能地与他建立友谊的原因之一。汤格身上有怪物的那种热情性格。"很快地,"米肖写道,"(从我少年时起)有一件事变得确凿无疑——我生来就是要活在一群怪物中间的。"

皮库岛上那条唯一的公路——正如我在《蒙塔诺的文学病》中所描述的,不添加任何幻想成分——是沿着海岸延伸的一条狭窄小路,路线蜿蜒曲折,地面凹凸不平,旁边便是蔚蓝的、桀骜不驯的大西洋。从前公路旁全是大葡萄园和豪华的别墅,如今只见公路穿行在布满石头的荒地里,只有寥寥几座小房子坐落在被风刮得光秃秃的小山丘上。出租车司机跟我们说,当年他曾经在这些山丘上的其中一座房子里,坠入了爱河。而在另外一座房子里,居住着卡亚多。我们在距离蛰居作家的房子几米远的地方把车停了下来,汤格拒绝下车,理由是风大得把出租车都要吹翻了。"你们去吧,"汤格说,"但显然那个房子里一个人也没有。"他说得多么有道理！小山丘上的那座饱受强风摧残的小房子,看上去是锁着的。罗莎和我鼓足勇气向强风发起挑战,我们走下出租车,沿着小山坡往上走,步履蹒跚地来到了那座房子的门口。

我敲了敲门,仿佛那是失落时光之门。我们喊了三声,但是没有回应,只听见小山丘上那两棵干枯的树木在大风肆虐时发出的激烈声响。我们回到了出租车上,我想,失落的时光并不存在,有的只是——我对自己说——一座空落落的令人讨厌的房子。

我们回到了法亚尔岛,晚上去了"运动"咖啡馆,和一群老捕鲸人和船民喝金酒。这些奇怪的船民冬季穿越大西洋,然后停靠在"运动"咖啡馆,与捕鲸人聊天,交换着激动人心的冒险故事。在酒精的助兴下,我开始想象在皮库岛小山丘上的那座令人讨厌的空房子里,住着一个叫特谢拉的人物,他的工作是传授大笑疗法。这个人是新人类的写照,是未来的人,那个即将降临世界的反人类的人的化身——如果他现在还没出现的话。他必定住在山丘上面朝大海的那座房子里,他的家必定经地下通道秘密地连通到一个由鼹鼠和文学敌人组成的世界,他们就居住在火山的内部。

罗莎看见我专注在自己的思想里,然后突然问我,是不是发生什么了。"没什么,"我说,"我在想卡亚多,很遗憾没有见到

他。你觉得他存在吗?"罗莎看了看我,把金酒喝光了。"或许
他已经死了。"她说。于是我记起,在那著名的天堂里或许还有
死亡,另一次死亡。我举杯致敬皮库岛上所有死去的人,致敬
皮库岛上所有的灵魂,据岛上的人说,它们寄居在水井深处、庭
院中,它们的声音就是蟋蟀的叫声。我们碰杯后,几个在法亚
尔岛靠岸的水手和老捕鲸人自发地聚在一起,他们都喝得烂醉
如泥,突然扯着脖子唱起了我从没听过的一首瑞士近卫队的
歌。我被歌词吸引住了,于是把它们记在"运动"咖啡馆的一张
纸巾上:

      我们的生命是一场

      穿越冬夜的旅行,

      试图在漆黑的夜空

      留下我们的痕迹。①

    然后我们来到街上,身上一股金酒气味。弯月挂在夜空,大
风喃喃不止,海面浪涛汹涌。一只鸟飞过。我的目光跟随它。
生命是一场内在的旅行,就像米肖的旅行。生命是一场冬季之

------

① 在原文中歌词部分为法语。

旅,从生命走向死亡。那是一场旅行,正如路易·费迪南·塞利纳①全凭想象所说。正因如此,生命才有力量。现在我身处巴塞罗那,想着我的问题不在于患了蒙塔诺的文学病。应该说,在冬季之旅中走到今日,我的问题在于该怎样消失——"我们怎样才能消失?"布朗肖如是说——怎样才能像**穆齐尔,罗伯特**(克拉根福,1880—日内瓦,1942)的孪生兄弟一般,消融在自己编织的、永无止境的作品里。不久前,我曾说过自己既不希望这部日记没有终点,也不希望它只带着一种结尾走向死亡。现在我觉得,我真正希望的是自己消失在作品中。

帕韦泽,切萨雷②(圣斯泰法诺贝尔博,1908—都灵,1950)。我读《生活的本领》直至夜深,它是帕韦泽的个人日记,我读到了那个著名的结尾("自杀是胆怯的他杀……一切都让人恶心。没有言语。一个动作。我不再写作。")。当我合上书本时,我对自己说,文学不能教我们实用的方法,不能教我们该获得什么结果,只能教会我们态度。其余的事不应该在文学中学到:那些应该由生

---

① 路易·费迪南·塞利纳(Louis Ferdinand Céline,1894—1961),法国小说家、医生。
② 切萨雷·帕韦泽(Cesare Pavese,1908—1950),意大利诗人、小说家、文学评论家和翻译家,20世纪最重要的意大利诗人之一。1950年,帕韦泽自杀身亡,逝世后出版的日记《生活的本领》(1952)记录了作者借助对童年和乡土的怀念、爱情、社会生活都无法医治自己的"孤独的顽症"的悲观绝望的心情。

活教会我们。个人日记甚至于文学没怎么帮助帕韦泽活着,而活着并不是他最感兴趣的。那么,日记能够对他有所帮助吗?

我合上书,躺了下来。我想,在帕韦泽日记所属的年代,世界文化倾向于把存在的经验与历史的伦理结合在一起。在那个年代,帕韦泽的自杀似乎成为了编年史上的一个划时代事件。我还想,如果说帕韦泽的日记可悲地根植于生活,那么纪德和贡布罗维奇的日记——更接近我的感受——则根植于文学,后二者是一个自主的世界,是个人的现实,它与现实没有任何联系,因为它本身就是一种现实,是我的个人选择,而帕韦泽对此绝不会有共识。

我合上书,躺了下来。想着这些事情,我不由得佩服他,尽管没有与他产生共鸣。不久后我睡着了,看见在大雾笼罩的公路上,罗伯特·瓦尔泽正和穆齐尔对话。"离开这里,就是我的目标。"瓦尔泽说。"无论你怎么哭,也无法变成像我这样的真实的人。"穆齐尔说。"如果我不是真实的,那我根本无法哭。"瓦尔泽说。"但愿你别以为那些眼泪是真实的。"穆齐尔说。

然后他们离开了,或者应该说——我对他们嫉妒不已——他们消失了。我悠悠醒转,心里想着在我的梦里会不会有其他幽灵大胆地接过话匣子。"你在睡觉吗?"罗莎在客厅里问道,如同一个幽灵一般。我假装睡着,没有答话。没过多久,死去的帕韦泽走进了我的房间。我从很远的地方走来,他对我说,我沿着皮库岛那神秘的公路走来,手握一座废弃的空房子——那就是世界吗?"死去的人不会笑。"他对我说。"笑和生命相关。"他对我说。"死亡将要来临,带走你的眼睛。"我对他说。他变得严肃,沉默了一阵。他果真带来了一座空房子,从皮库岛的公路走来。"喷妥撒有何用。"最后他对我说。我从床上起来,抱住了他。于是死去的帕韦泽问我是不是罗伯特·瓦尔泽。"我就是。"我回答道。"我在死亡中一直等你,我将继续等你。"他对我说。他的声音跟我在想象中赋予特谢拉的声音一样,带着鼻音,不失性感,但稍有点笨。"还有什么吗?"我问道。死去的帕韦泽不说话了。"没有言语。"我说。然后我睡过去了,没有再梦见什么。

周六

绝望的朋友

我为昨天写**帕韦泽**词条时的失敬感到内疚,于是今天一整天都在试图往那个词条中添加几行有建设性的文字。然而我做不到,我不能修正类似"带着鼻音,不失性感,但稍有点笨"那样的话,那是我想象中的特谢拉的声音,并发现那其实是死去的帕韦泽的声音。我不能修正那些内容,因为那是我昨天的印象,那是事实。如果我产生了那样的印象,那么现在就不会掩饰和否定它,因为我没有忘记在这部词典的开头跪在现实的圣坛前发的誓言。我也不能否认自己看见他走在皮库岛的公路上,手握一座废弃的空房子。我看见他就是那个样子,这是绝对的事实。如果我看见了他就是那个样子,我还能怎样呢?为了做出补偿,特别是因为我昨天有点缺乏公正,我想今天可以对帕韦泽的日记做出更好的评价,并事不宜迟地在此提及这件往事:在他去世时,他的朋友们不得不逼迫自己走近他那本厚厚的日记(一部分是用打字机写的,一部分是手写的),不得不克服那种因恐惧而有所保留的感觉——恐惧那些文字、那段他们始终认为是苦涩和不满的秘密人生路、那位在大多数人眼中深陷绝望的朋友的文字将给他们所有人带来的某种启示。

伊塔洛·卡尔维诺①是首先打开图坦卡蒙②之墓的朋友之一,他读了帕韦泽的日记——这本可能把绝望传染给读者的危险日记。朋友们初看那些文字时的心情是热切而拘谨的。他们知道在那里找不到帕韦泽自杀的原因,要知道在那段时间,专栏作家们都试图从周报和日记中寻找这样的内容;他们知道一个举动的原因是无法以一个公式或一个事件来总结的,而是需要在整个人生中找寻答案,在由一系列不变的因素构成的、被帕韦

---

① 伊塔洛·卡尔维诺(Italo Calvino, 1923—1985),意大利著名作家,1923年生于古巴,曾隐居巴黎 15 年,1985 年在滨海别墅猝然离世,其主刀医生表示自己从未见过任何大脑构造像卡尔维诺的那般复杂精致。帕韦泽曾是卡尔维诺文学创作道路上的领路人。

② 图坦卡蒙(Tutankhamun,前 1341—前 1323),古埃及新王国时期第 18 王朝的法老。

泽称为命运的范畴中找寻答案——然而他并不是宿命论者。但他的朋友们感觉到,他们将会在那里找到帕韦泽灵魂的痛苦煎熬和秘密颤抖,那些他们永远猜测不到的颤抖;他们将会在那里找到他冷静克制的外表下,内心伤痛的痕迹。

卡尔维诺说,只要翻开日记的第一页,人们便能感受到摆在面前的是一篇令人动容的文章,里面有颤抖的文字,以及不时迸发的绝望的呼喊。"然而除此之外,我们还会发现那处于绝望和失败反面的东西:他通过工作,通过对艺术、自身与他人生命的最终原因的反思,带着耐心和坚韧的精神进行自我重建、内心净化和道德升华。"

昨天我写过,我赞赏他的日记但与他没有共鸣。而今天,我为这个说法感到羞愧。那是因为,如果说我在这日记中写下的文字隐隐地有所追求的话,那它追求的就是自我的创造和道德的升华,通过工作,通过对我的、他人的以及文学的——我的生存所依赖的文学,从这个世纪初开始遭到了反文学的敌人史无前例的猛烈袭击——生命的不稳定状态做出的反思。

我要到厨房喝一杯酸奶,带着那绝望的朋友——他一直跟随着我,他就是我自己,我为了不陷入绝望的魔爪写了这部日记,这是一个关于灵魂的故事,它通过争取文学的生存来自救;它变得强大和果敢后便蛰伏起来,以便日后通过工作和才智强化和调整自身,奋力与皮库岛的鼹鼠进行持久的斗争。现在我

蒙塔诺的文学病

问自己昨天怎么会说跟帕韦泽没有共鸣,他就是我的影子,是我,是我的读者,是那个总是伴随着我们这些终日与绝望和失败做斗争的文学病患者的绝望的朋友。

佩索阿,费尔南多(里斯本,1888—里斯本,1935)。他虚构了一个名叫伯纳多·索阿雷斯的人物,把写日记的任务指派给了他。正如安东尼奥·塔布其所说,"索阿雷斯是一个虚构的人,他在写作中采用了对自传进行精妙的文学虚构的手法。这部关于一个不存在的人物的、缺乏事实的自传,是佩索阿留给我们的唯一一部伟大的叙事作品:他的小说。"

佩索阿把这部作者署名为索阿雷斯的日记命名为《不安之书》①。他的这部作品的整体构想神秘而难以企及——仿佛他试图消融在无止境的自我虚构中——他称之为(不安之)"书",也许恰恰因为他想到了马拉美②的《书》③中那神秘的文本,那是马拉美终其一生的追求,是一部不可思议的作品,要想完成创作,或许总要服从于——即使别人做出同样的尝试,其结果也是一样——在同一个构思中发现另一个蕴含着文体解构萌芽的构

---

① 或译为《惶然录》。
② 全名斯特凡·马拉美(Stéphane Mallarmé, 1842—1898),法国象征主义诗人、散文家、文学评论家。
③ 斯特凡·马拉美在这部作品中提出了一个概念,即生活中发生的一切都是为了被写进书中。

思。《不安之书》,正如作品只能蕴含的唯一构思所示,是某天在一个木箱中被发现的,在那之前的五十年间它从未被发表:那个著名的木箱,装着两万三千本佩索阿作品。那本(不安之)"书",失眠的索阿雷斯的作品,就躺在那里。它的第一版于1982年面世,后来我的朋友曼努埃尔·埃米尼奥·蒙泰罗——他四处寻觅那个丢失的木箱子,并最终找到了它——的出版社出版了那位办公室职员索阿雷斯的日记的完整最终版。

什么是不安?根据助理会计师索阿雷斯所示,我们应该把不安理解为某种忧虑,特别是生活上的无力感。那种无力感就像一种病,在某个时刻他本人会让它显露无遗,并把它定义为"生活病"。不安很可能是那种病的一个表现。在他的那个不起眼的助理会计师办公室里,索阿雷斯每天谈论死亡、美、孤独和身份认同。还有街角的理发师。办公室职员索阿雷斯写下了这一切,在远离维也纳的沙龙、远离奢华的山地疗养院的地方,写下日常和普通、简单和正常的事物。总而言之,办公室职员索阿雷斯和他的日记看上去很真实。

索阿雷斯的目光——这目光透过一扇窗户扫过他每日生活中的不安和(不安之)"书"中的不安——通过被他感知之物以及感知内容的转化间那奇怪的联结得以清晰表达。外部世界变成了他的"我",也就是说,他的"我"将其身外的一切变成了他的。可以说,索阿雷斯活着,也没活着,他的存在介乎生命与对生命的意识之间。佩索阿成为了宏大的目光,因为索阿雷斯先生在替他观看。佩索阿活着,索阿雷斯病态地活着,索阿雷斯有一扇窗户,写着日记,他的不安是他生活病的表现。也许蒙塔诺的文学病只是索阿雷斯的生活病的一种变体。无论如何,这位来自里斯本的助理会计师,其奇妙世界的引人入胜之处,主要在于这种令人意想不到的、跳到自身之外进行观看的方式。现在我认为,能够以这种方式观看的人,不会被生命的物质性牵绊,他是一个游荡的幽灵。比如,罗萨里奥·吉隆多——我,而不是我的母亲——也是一个游荡的幽灵,漫游在此刻写下的文字之间,试图学习怎样读懂他人,试图跳到自身之外观看,因为他希望终有一天能像索阿雷斯一样观看,或者像佩索阿一样阅读。佩索阿从不屈从于任何一本他读过的书——除非是索阿雷斯的书;因为他的记忆——就像前天我读米肖时所发生的一样——总是打断他的叙事顺序:"几分钟过后,写作的人是我,写下的东西无处寻找。"这是表达他的"我"将其身外的一切变成"他的"的一种优雅方式。这是长久以来我的"我"试图模仿的。而我不缺窗户。

周三

我建议那些希望爱上葡萄牙的旅客,静静地沿着塔霍河走,首先看它如何庄严地流淌在卡斯蒂利亚的贫瘠土地上,然后看它如何流入葡萄牙的领土——卡斯蒂利亚境内惨淡的塔霍河就发源于葡萄牙——正如胡里奥·坎巴所写:"变得充满诗意,沿岸长满树木,河上满是半月形的船只,伴着欢歌笑语。"那完全是另一个世界。

葡萄牙看上去很真实,看起来像另一个世界。当我来到里斯本,走在城里的街道上,我感觉仿佛一直生活在这座城市里。我在 1968 年第一次到里斯本的时候,并没有这种感觉,那次我到里斯本,在一部詹姆斯·邦德系列电影中担任男配角,那是第一部没让肖恩·康纳利担纲的 007 电影。那次到里斯本时,年少气盛、厚颜无耻的我穿行于这座城市之中,就像佩索阿说的"在记忆大厅中游荡的幽灵"。那时我还什么都不懂,看不见里斯本,看不见任何东西。但到了 1989 年,我第二次到里斯本时,我感觉自己一直就生活在这座城市,每个街角都感觉曾经来过。什么时候?不知道。但早在我到那里之前,我已经到过那里了。

我到了里斯本,在宫殿广场①待了几个小时,在河边模仿索阿雷斯,徒劳地思考:"有时候,我在宫殿广场待上几个小时,在塔霍河边,徒劳地思考……河岸,午后,海的气息,全都进入了,

① 里斯本最著名的广场,位于塔霍河畔。

蒙塔诺的文学病

一起进入了，我的焦虑。"

灵魂毫无缘由地过度焦虑。我到了宫殿广场，然后照例走向马蒂尼奥·达·阿尔卡达咖啡馆①，在过去的日子，参加聚会的佩索阿的到来总是伤感而神圣、准时而有规律的。这位诗人每天下午都来这里，遵循着不知从何时开始的习惯，从那个阴郁的办公室到马蒂尼奥咖啡馆里偷闲，他在厚重的沉默中观察，敏捷地发出讽刺的攻击；然后从那里回家，在阴影之下悄悄溜走。

我到了里斯本，在黄昏到来时来到马蒂尼奥——我以我的方式成为了索阿雷斯——倾听从前和现在的茶话会上的谈话，因为时间已不起作用，我听着人们在茶话会上的谈话，那些"遗落在世界各地的咖啡馆中每个角落里的抽象理论，那么多偶然之人的偶然想法，那么多无名之辈的直观感受"。

当我到了里斯本，在拜沙区散步，像一个忧郁的孩子一样随着人流走在普拉塔大街、道拉多雷斯大街和弗朗克洛大街上时，我感觉明天我也将消失，像我的朋友埃米尼奥那样不再走过那些街道，从此，在我一直生活的这座城市的日常街道中，便少了一个过客："里斯本和它的/彩色房子，里斯本和它的/彩色房子，里斯本和它的/彩色房子……"

---

① 马蒂尼奥·达·阿尔卡达咖啡馆（Café Martinho da Arcada），1782 年在里斯本开业，是欧洲最古老的咖啡馆，佩索阿经常在这里与朋友进行文学讨论。

我在里斯本时,感觉像是回到了家里。"咱们又见面了,里斯本、塔霍河和一切。"但每当我在这座城市时,我便想去地狱之口①;当我在地狱之口时,我便想去里斯本。灵魂毫无缘由地过度焦虑。很多时候,当我身在巴塞罗那,我会希望自己身处地狱之口,因为那样我便会想去里斯本。但今天不一样,因为我身在里斯本,并且史无前例地只想在这里。

　　我来到这座城市,是为了在宫殿广场做徒劳的思考。现在我在这里,想着埃米尼奥;在河边,我看着海鸥在塔霍河与我之间振翅高飞,直到这一幕消散,我的目光回到这座城市,再次看到塔霍河及一切,再次看到一切,在这突然变得温和的天气里,我重又看到那位消失的朋友,也许是在做梦。我此刻正在宫殿广场上,我暂停了佩索阿词条的写作,以便来到里斯本,并这般活着,在自我的边界上,在这本日记里。待在巴塞罗那的书房中、沉浸在这部词典里的时候,我没有办法书写里斯本和佩索阿。

　　我在宫殿广场上,想着那位消失了的朋友。我整天都在抽烟。轻柔,十分轻柔,一股轻柔的风拂过。我在码头边上的一家咖啡馆里,身旁的宽敞落地窗将我和河流隔开。对何塞·卡多苏·皮雷而言,没有比我现在坐着的位置更好的了:靠岸的船,

---

① 葡萄牙海滨小镇凯斯凯什附近的一处景观奇特的海蚀洞。

　蒙塔诺的文学病

驶出的船，来来往往的人，靠着栏杆的人，而我坐在塔霍河的最上游处。

这个地方，这家阿提奈咖啡馆，是里斯本这座城市结束的地方，也是一本名为《里斯本》(副标题：船上日记)的书结束的地方，作者**何塞·卡多苏·皮雷**(佩索，下贝拉省，1925—里斯本，1998)是又一个日记作家——这本日记写的是航海日志——他帮助我在这部词典中完成身份的构建。

《里斯本》是这座城市的一部指南——梅尔维尔说，几乎所有文学，从某种意义上都是在指南的基础上创作的——同时也是一部船上日记，一部城市版的航海日志，作者眼中的里斯本就躺在塔霍河之上，看起来就像一条船，像一座航行中的城市。

这家阿提奈咖啡馆是陆地的终点，里斯本在这里结束，那本书——卡多苏·皮雷的日记——也在这里结束，这位作家的好朋友安东尼奥·塔布其说他有一只从不出错的眼睛："只需一个目光，就明白一切。"现在，我坐在卡多苏——朋友称呼他"泽"——完成这本书的那张桌子边上，背靠整座城市。拜沙区、希亚多区、人群、欧洲，一切都在我身后。"别跟我说，"泽写道，"这样待着，在桌子旁，在水上不是一种幸福。"明天我将回到巴塞罗那，回归那部词典，它在我的书桌上，而不是在码头旁咖啡馆里的桌子上。我将要回去，将要再次问自己怎样才能消失，才能消融在那本日记里。明天我将回到词典里，我可以确定，一只冰冷的手将继续掐住佩索阿的脖子，让他无法展现生命力。明天我将回去，但现在我在这里，让泽的目光和索阿雷斯的窗户指引我。我感觉自己停泊在这里，带着借来的那只从不出错的眼睛，在我明天即将离开的里斯本。我成为了那个明白一切的目光，那看上去很真实的目光。

某物在旧织布上闪光

这个嘈杂的地方突然静下来，我感觉连那些看不见的生灵都躲藏了起来。入夜时的神秘。不久，船上的人把喧闹带了回来。仿佛突然停下的夜幕，现在又更快地落下。我继续待在里斯本的阿提奈咖啡馆，想着埃米尼奥，那个消失了的朋友。我继续待在塔霍河上，在河上的桌子旁，在水上的桌子旁。拜沙区、希亚多区、人群、欧洲，一切都在我身后。我在陆地的终点，像死去的人一样摆脱了时间的束缚。一只海鸥飞过，我的目光跟随着它。这让我想起了泽巴尔德的一些观点，关于神秘，关于怪诞中的奇幻特质的影响，关于所谓的偶然和巧合，而如果我们拥有更强大的感知途径——然而在几百年前，在听到了天堂里的枪声后，我们的智力最终变得非常受限——这些偶然和巧合可能便不再是偶然和巧合："我更喜欢写那些非常怪诞的人，怪诞总带有奇幻的特质。除此以外，这样的事情也会发生在我们身上。

比如在我身上发生的一件事,最近我到伦敦的一个博物馆观摩两幅画作。我身后有一对夫妇,我觉得他们在用波兰语交谈。那是一位先生和一位女士,外表很奇怪,仿佛不属于我们的时代。然后到了下午,我要到伦敦——一座拥有一千五百万人口的城市——最外围的地铁站。那里一个人也没有。除了博物馆中那两个人。他们就在那里。"

泽巴尔德是博尔赫斯的忠实读者,他经常赞扬博尔赫斯很早便意识到从哲学中排除形而上学是一个错误。因为事实上,泽巴尔德说,有些东西我们无法轻易做出解释,而且,除去社会需求,与我们的祖先保持某种联系,早已成为人性的一部分。记住故去的人,是我们区别于动物的一个特点。

我是泽巴尔德隐秘而长期的读者,我读他罗伯特·瓦尔泽式的散步经历,读他对于亡者世界的探索,读他在怪咖领域展开的奇幻之旅。当提到在郊区地铁站碰到波兰人那件奇异的事情时,泽巴尔德说:"那不是偶然,而是在某个地方存在着某种联系,它会不时在一块旧织布上闪光。"

入夜时分,我在阿提奈咖啡馆这里,伴随着那些刚下船的乘客,再次提笔创作我的那部关于个人日记作家的词典,设法将它与《蒙塔诺的文学病》关联在一起,试着修补那块有关两种不同文本间联系的旧织布,试着让某物重新闪光,提醒我们曾经有过一块崭新的、完美的织布,它用平静的丝线和富有逻辑的语言织就,在那块织布上,巧合没有意义,因为一切都是明明白白的巧合。

另一只海鸥飞过,这次我的目光没有跟随着它。我沉浸在了泽巴尔德的世界里,他把另一个巧合带到我的脑海中,也许那也不是什么巧合——今年 2 月我在法亚尔岛上时,那件巧合的事让我陷入了沉思。那天晚上我们正从"运动"咖啡馆出来走到街上,我们刚刚为岛上死去的人干杯,为那个传说干杯,传说认为死者的灵魂寄居在水井深处和庭院中,它们的声音就是蟋蟀的叫声。泽巴尔德一定很乐意知道亚速尔群岛的这个传说。我追随他的脚步走在废墟和亡者的世界中。我追随的还有他与当代小说某种让人兴奋的潮流的接触,这种潮流正在散文、虚构小说和自传之间开辟出一块共有领地:在这条道路上,有克劳迪欧·马格里斯的《多瑙河之旅》,塞尔希奥·皮托尔的《逃亡的艺术》,等等。

在法亚尔岛的那个晚上,我们沿着海边,烂醉如泥地走回圣克鲁斯旅馆。我突然想到——在某种程度上,我就是为《蒙塔诺的文学病》设计情节的奴隶——让自己变成文学史的全部记忆,成为文学,使文学化身谦卑的我,从而使其免遭灭绝,免受皮库岛鼹鼠的侵害。我要做的只是将之写进我正在创作并亟需推进的虚构小说《蒙塔诺的文学病》中。在现实生活中我从未想过——我没有堂吉诃德那样强大的精神——变成文学的全部记忆,那只是一个服务于我正在创作的虚构小说的想法,这部小说和我的生活、我的旅行、我的个人日记同步展开。然而当我跟汤格和罗莎谈论这个想法的时候,他们没有理解我。他们全都没有理解我刚刚跟他们说的话,并且他们的反应很糟糕——无论喝得多醉也不应该有那样的反应——他们坦言对我所担忧的事毫不在意。

当我对他们说我将使文学具体化,且这就是我用来推进我正在创作的故事的方法时,汤格突然停下了他跟跟跄跄的步伐。罗莎也一样。我认为任何借口都不成立,绝不是因为他们喝得烂醉。他们不在乎文学的命运将会怎样,这就是纯粹和残酷的事实。此外,他们还对我抱有某种反感,正在等待时机斥责我。汤格那瞪着我的眼神告诉我,他对我已经忍无可忍。"操蛋去吧。"他对我说。我感到很困惑,尽管我应该尊重事实,事实上他的这句话长远来看对我很有用,他把《蒙塔诺的文学病》的结局端到了我面前。但在那一刻我感到很困惑、震惊,无法理解他为什么用那样厌恶的眼神看我。"你用文学的眼光来看一切,"罗莎责备我,"我看你都要和它融为一体了。"汤格则取笑我,说道:"我们的堂吉诃德在亚速尔群岛呢,真是够了。"他边说边向我投来愤怒而凶残的目光。而我,则带着厌恶和蔑视向他投以同样的目光。他就在那里,费里尼的大男星,此时烂醉如泥地穿着他那滑稽的海豹服装,像摆着蜻蜓姿势、在夜里出没的诺斯费拉图。"你像一个捕鲸人,"我对他说,"就差一个鱼叉了。""随便你怎么说。"汤格回答,再次向罗莎投去一个复杂的眼神。罗莎越来越像他的盟友,显然他们在之前的几个小时里一直在谈论我,批评我。"不管怎样,事实就是你只用文学的眼光来看待一切,这个情况越来越严重,现在已经无法跟你说话了。"罗莎说。汤格补充道:"现在你只差把我们变成文学史了,我们甚至可能走到那一步。""你已经变成了一本书。"罗莎又说。

《蒙塔诺的文学病》的情节要求它的叙述者——不应该将他和我混为一谈——必须化身为文学本身,但跟他们这两个在夜里烂醉如泥、没心没肺的人解释这一点也是徒劳。当我发现连我的妻子罗莎,以及我的吸血鬼好友都无法理解和赞同我创作小说时的某些想法时,当我发现他们全都不能与我分担对于文学未来的担忧时,我感到了深深的失望,我清楚地意识到我在这个世界上非常孤独。尽管我有妻子和吸血鬼朋友在旁,但我在亚速尔群岛这个天堂里感到无比孤独。

我对自己说亚速尔群岛是一个天堂,那是因为我需要在深陷忧虑之时,抱持某种让我感到舒适的想法。而正是在那个时候,发生了一件一直以来让我感到——至少是——奇怪的事情。那正是大约有某物在旧织布上闪光的时候。此时的汤格,仿佛醉酒或某种不可见的光亮让他读懂了我的想法,他突然用一种和解的语气说:

"你在天堂里感到非常孤独,是吗?"

事情已经过去很久,我几乎还是无法相信那件事。现在细想,我觉得事实上存在的思想联结比我们想象中的多,我们没有发现是因为原有的织布似乎已经太过破旧,只是偶尔才会有某物在上面闪光。我们看到的巧合必定可以解释,只是我们没有找到方法。我们在人生路上,对许多东西还没有正确地理解。"存在某种误解,而那误解将使我们毁灭。"卡夫卡说。

那块旧织布也许在某个天堂里,而在从前的某一天,语言织布上赋予生命意义的逻辑之线,死在了来自另一个世界的一束光线下。那是更好的时代。但在那个天堂里,有人惹恼了语言的发明者,于是织布开始变旧,我们的生活开始变得荒唐,失去了原本的秩序和意义。如今已难以辨认织布的真实面貌,它也许就是泽巴尔德预感到的那一块织布,尽管破旧,但仍然存在;它存在着,尽管只有那些闪光出现在我们面前,它们总是短暂却又不可思议,也许是在向我们证明,我们无法确切知道会发生什么以及哪些是我们的误解,但毫无疑问,在某个天堂曾经响起过枪声,或者无论如何,"一定发生过什么,这一点毫无疑问。"这句话出自塞尔希奥·皮托尔之口,当时我给他看了一些文件,它们揭示了穿插在我们生命中的一个离奇巧合,也揭露了旧织布上的一丝闪光。

皮托尔,塞尔希奥(墨西哥,普埃布拉,1933[①])。在这部词典里的所有日记作家中,他是花最多时间协助我构建自己微弱身份的人。我生命中的关键人物。他的出现神秘且正合时宜,犹如旧织布上最理智的一根丝线的奇怪使者,他在我生命中最具奇幻色彩的时刻出现了。我于1973年在华沙认识了他,我到那个城市的目的是跟他谈谈读完他的故事后的感受,顺便结识他。结果我在他的家里待了整整一个月,皮托尔成为了我的师父。那时我渴望成为作家,但不确定我是否做得到,那时我还不叫罗萨里奥·吉隆多。他已经是几本故事集和一部小说的作者,在墨西哥驻波兰大使馆担任文化参赞。在那时没有一个作家像他那样愿意和我谈文学,在那段寄居在他家的日子里,在饭后闲聊时。那是驱使我下定决心从事写作的关键,那些日子改变了我的命运,酝酿了我的"蒙塔诺主义"。

1973年8月23日,我离开华沙,皮托尔送了我一本他的小说《笛声》,用英语给我写了几句赠言,当中提及了普罗旺斯。那是我收到的第一本带赠言的书,那些赠言多年以来我一直回味,时常翻看,已经烂熟于心。那些年里我们没有通过电话或书信,却巧合地在不同地方碰上过许多次。比如在布哈拉,在的里雅斯特,在委内瑞拉的梅里达,在北京,在维拉克鲁斯,在巴黎,在

---

① 塞尔希奥·皮托尔于本书出版16年后的2018年去世。

蒙塔诺的文学病

布拉格，在莫哈卡尔。有一天，那是1993年8月23日，他决定从巴西利亚给我寄一封信，那是他生平给我寄出的第一封信。我收到信后，便立即意识到华沙的赠言与巴西的来信刚好相隔二十年。我复印了这些文件，希望某天拿给塞尔希奥看，看看他面对如此神秘和惊人的巧合，会做何反应。最终我得到了这个机会，正好在赠言中提及的普罗旺斯。塞尔希奥和我在艾克斯①的一位共同作家朋友的纪念活动上碰见了。一个晚上，在那个城市，我突然拿出那两份文件给他看，期待着他的反应。塞尔希奥仔细地看了那些复印件，摘下眼镜，稍稍露出笑容，然后又戴上眼镜，略微紧张地微笑着，接着又看了看那些复印件，抬起头，挑起眉，又低下头，最后说："一定发生过什么，这一点毫无疑问。"

我理解他没什么别的话可以说了，他说得已经很多。他宁可节制谨慎，而不是做徒劳的猜测。但无论如何，显然在某个照进了另一个世界的光的地方，那个偶尔有某物在旧织布上闪光的地方，"一定发生过什么"。

今天早上，我在一本杂志上读到泽巴尔德，他承认曾在多个场合向漫步者罗伯特·瓦尔泽——尽管没有指名道姓——致敬。作为卡夫卡的先行者，瓦尔泽在瑞士的一家疗养院里住过

---

① 艾克斯位于普罗旺斯，是一座著名的中世纪古城，天才画家塞尚的故乡。

很多年，只为要在雪地上做长途跋涉才离开了这一幽居之地。1956年12月25日，午饭过后，他穿着一件红色外套出门，走进疗养院周边雪后的清澈阳光中。这位要寻找山的精神的孤独漫步者，深深地吸了一口冬日的清新空气。他走了许久，直至头晕眼花，倒在雪地里死去。两个踩着木雪橇滑雪下山的孩子发现了他。

当他被问到为什么对漫步者瓦尔泽致敬时，泽巴尔德说，实际上那与自身经历有关："瓦尔泽和我的外公在同一天去世，我在外公身边长大，这一点一直让我的内心难以平静。除此以外，他们俩在外形上十分相似，都是长途漫步的爱好者，他们的死也很类似，我的外公也是独自在雪地里漫步时去世的。瓦尔泽漫步的地点距离我外公家只有一百公里，在韦尔塔赫。"

此刻在阿提奈咖啡馆这里正在发生着什么，这一点毫无疑问。我想着埃米尼奥，过早地消失了的朋友。我听见身旁的一些声音，别的桌传来的声音，他们用葡萄牙语进行讨论和闲谈；我听见了所有人的声音，每个人的不安，包括活着的人和死去的人。我想起了佩索阿，以及遗落在世界各地的咖啡馆中每个角落里的抽象理论，那么多偶然之人的偶然想法，那么多无名之辈的直观感受。

列那尔，儒勒（马耶讷省沙隆市，1864—巴黎，1910）。在他那部著名日记里,他为自己塑造了这样一个形象:一个长久地待在载有最硬文学毒品的车厢中的最硬卧铺上的男人。这句话就是一个例子:"写作是一种不会被打断的说话方式。"我正在看一张他的家庭照,照片中的他带着一副可怕的生气表情:典型的慢性文学病患者。照片是在室外拍的,天气非常怡人。孩子们,他的两个儿子,看起来活泼可爱。他的妻子,容光焕发。然而他的心情极其糟糕,仿佛有人在他说话时打断了他。可以看出,他显现出禁欲的症状,觉得早该回到书房去。

"写作,"洛博·安图内斯①说,"就像吸毒,起初是为了快感,最后你会像瘾君子一样,围绕着这个恶习安排你的生活。"那就是我的生活。我甚至像精神分裂者一样因为活着而受折磨:一般人忍受着折磨,而作家则思考着如何把这些折磨用于他的作品。

像儒勒·列那尔这样伟大的、患着如此严重的文学病的日记作家,绝不可不出现在这部词典里。他去世的时候,并不知道自己将因为那些他没打算发表的日记而被载入文学历史,也不知道人们将背叛他,在他死后发表那些日记。那些日记将启发一位名叫何塞普·普拉的加泰罗尼亚农夫写出一部与众不同的

---

① 全名安东尼奥·洛博·安图内斯(António Lobo Antenies,1942—),葡萄牙作家,是继若泽·萨拉马戈之后,在国际文坛声誉最高的葡萄牙作家,近年来诺贝尔文学奖的热门人选之一。

个人日记《灰色笔记本》，更将启发安德烈·纪德把列那尔擅长的这种文体——"自我心理剖析"日记，这个形容词是佩索阿发明的——变成一部有意面向特定读者的文学作品。

列那尔的文学病十分严重，以至于何塞普·马索①在该日记西班牙语版本的序言中，也坦诚地谈到了这个问题："日记里的精彩文字，除了是残酷的见证者……还反映了一位患有文学病的作家永无止境的焦虑。"

只有病得很严重，只有病入膏肓——借用另一位伟大的加泰罗尼亚日记作家海梅·吉尔·德别德马的话来说——只有患上严重的文学病，才能与临终前的列那尔有同样的想法，在生命尽头的那些病重的日子里，他对自己说只有写作才能使他痊愈："我再次失去了平衡。我触到了底部。要是能工作，我马上就能痊愈。"其后不久，在他死后发表的这部日记中，他这样定义自己："一个没有心肝、只对文学抱有热情的人。"

他在日记的结尾写道："今晚我想从床上起来。好累。一条腿垂在外面。接着有一滴水沿着腿滑落下去。等它到达脚后跟时，我才能下定决心。床单会把它吸干，像我还是胡萝卜须②时

---

① 何塞普·马索（Josep Massot，1941—　），出生于西班牙的马略卡岛，是一位本笃会修士、语言学家、历史学家和散文家。
② 《胡萝卜须》（*Poil de Carotte*）是儒勒·列那尔于1894年发表的一部小说，由许多独立成篇的故事组成，记述了主人公"胡萝卜须"在家里饱受虐待的故事。他在生活中没有爱，没有温暖，受尽折磨。他的头发是棕红色的，所以他的母亲给他取了这个别号。

那样。"

胡萝卜须是他笔下的一个人物,也许就是童年时的他。列那尔死于文学,死于他自己的文学,死后变成了自己创作的人物之一,变成了那个乡村的孩子,他这辈子一直都是那个孩子。这就解释了为什么,尤其是在他生命中的最后几年,他要假装自己是在巴黎写作,而实际上却是——像何塞普·普拉那样——待在乡村,待在他的家乡,待在胡萝卜须的世界里,胡萝卜头上一脸天真,写着文学病患者的文字,还像未来的穆齐尔那样,对日记的作用表示怀疑:"这些日记本有什么用? 没有人说实话,连写日记的人也不说实话。"

也许因为我刚从里斯本回来,我想起了佩索阿,或者应该说是他的异名者阿尔瓦罗·德坎波斯①写的:"今天我被打败了,仿佛我知道了真相。"

事实上,列那尔的那句"没有人说实话"很快便成为肥沃的土壤,滋养了虚构日记、安德烈·纪德的"思维的活力"、稍晚一些贡布罗维奇提出的"自我构建",甚至是(代表着我的)碎片身份计划——我连续数天沉浸在这部词典里,试图尽可能忠于事实,提供所有关于我的真实信息,虽然并未完全做到,因为在很多时候,我发现自己已经被不可能的事实打败,只求像一个没有

---

① 佩索阿使用的众多笔名之一。

个性的人一样消融在正在书写的日记里。

今天,巴塞罗那的下午朦朦胧胧。一只鸟飞过,我的目光没有跟随它。在里斯本的短暂停留后,我回到了我的书房,带着过分的服从和可怕的坚定,不由自主地越来越屈从于我的蒙塔诺文学病。我在工作间里,搭着披肩,孤独地、几乎一言不发地写作。今天早上罗莎摆了一束鲜花在我的工作间里,整个房子逐渐变成了一家想象中的医院。一只鸟飞过,我的目光还是没有跟随它。就在刚才,我的思绪困在了保尔·瓦雷里——另一个著名而且极端的文学病患者——的记忆里面,他曾试图编纂一部奇怪却又不只是奇怪的词典,但是失败了。"这个人,我的父亲,"他的儿子写着关于父亲的往事,"天还没亮就起床,穿着睡衣,搭着披肩,指间夹着香烟,双眼盯着一个烟囱上的风向标,看着天色渐亮,然后带着一种可怕的坚定,投身于一个孤独的仪式,即创造他自己的语言,重新编写一部供他个人使用的词典:二百五十个旧得发黑的本子,里面有评注、提纲、格言、计划和图画,三万页用打字机写就的文档。"

胡安·比略罗①刚刚打来电话,这位朋友将于8月偕家人移居巴塞罗那,现在正在城里奔波,为搬家做准备。罗莎先跟他说了一会,然后把电话递给我。我们的对话如往常一样漫无边际、

---

① 胡安·比略罗(Juan Villoro, 1956—),墨西哥作家、记者。

热情高昂,不知道是因为哪个我们正在谈论的话题,他引用了利希滕贝格①——又一个伟大的日记作家——的一句格言:"人有了病,就有了个人见解。"我什么也没说,但是默默地记下了这句话,我觉得这句话跟文学病患者的话题有某种程度的关联。

我放下电话后,感到浑身充满了个人见解。正是那个朦朦胧胧的下午,把我带到了麦克白夫人的文学病里,让我想起了——那个下午就像是戏剧里的提词员——莎士比亚对我们说,当国王不在的时候,只见麦克白夫人从床上起来,披上一件白衬衣,展开书桌,拿出一张纸,把纸对折,在上面写了几行字,读了读,把它封起来,然后回到床上,这一切都是她在熟睡中完成的。

这是麦克白夫人奇怪的做梦方式。如果宫廷的医生听说此事,他一定会对他的病人和作家——一个缺乏耐性的作家——以及文学活动和文学病做这样的评价:"那是自然的一种伟大的紊乱,让人既享受到睡觉的益处,也不失熬夜的效用。"

显然这位医生也就是莎士比亚,他也生病了。

泰斯特先生(塞特,1871—巴黎,1945)。保尔·瓦雷里的第

---

① 利希滕贝格(Lichtenberg,1742—1799),德国科学家、讽刺作家、格言家,德国首个专攻实验物理学的科学家。他最出名的作品是在他死后出版的笔记,他本人称之为"Sudelbücher",由英文中的簿记术语"scrapbooks"(剪贴簿)一词演变而来。

二自我，代表了最冷酷和尖锐的智慧，把"灵魂最可怕的约束"推向了极致。除去所有差别——汤格不会思考那么多——这位泰斯特先生就是瓦雷里的汤格，很多时候几乎与汤格一模一样，是一位好友，而在其他时候，他是一只怪物。

瓦雷里把头脑中的活动像流水账一样记录下来，自 1894 年到他去世，从早上开始记下自己的感受和思想。确切来说那不是日记，而是不带任何自白或趣闻的笔记。因此它很像穆齐尔的日记，后者同样没有任何外部世界发生的事件或个人事件。瓦雷里试图从一觉醒来便开始捕捉和记录自己的思想，察看自己的梦，以及它们和意识活动的关系。

在这些笔记——仿佛获得生命的头脑画面——中出现了泰斯特，他只根据他的思想活动来生活。瓦雷里是把思想付诸行动——即写作——的泰斯特，他写下这种精神日记，来反映一个写不来小说的头脑的生活。因为据他所说，小说中的宏大场景，譬如霍乱、苦难、悲剧时刻，丝毫不能使他激动，那些对他而言只是微弱的光亮，是不成熟的状态，其中充斥着各式愚昧，人类简单到愚蠢，在处境的河流中只会窒息，而不是畅泳。

他与罗伯特·穆齐尔一样信奉反小说主义，后者曾谈及"叙事的恶心"，并说了一些对这部个人词典——某种程度上由他人的疯狂构成——来说再合适不过的话："我们的存在只是无数人的错乱。"穆齐尔在《没有个性的人》中忽略了繁殖，通篇都是没有儿子的儿子,忽略了俄狄浦斯式的延续和重复,他把这些置诸脑后,没有后代,因此消除了小说中所有可叙述的内容。正如马格里斯对此的评论:"可叙述的内容以生命和生命的意义为前提;生命这部史诗,建立在世界与个人相联合的基础上,建立在某种意义和某种价值所启发和引导的复合性的基础上。"

对穆齐尔而言,故事消融在象征和变异的游戏中,它们相互反映且不遵循任何意义。在合为一体的不同变异背后,故事已经消失;在水面上不停颤抖的阳光背后,什么都没有。我经常想,就像贡戈拉会说的那样,一切终结于"泥土、烟雾、尘埃、影子、虚无"。许多时候我感觉自己离穆齐尔和乌尔里希很近,后者是《没有个性的人》的主人公,此刻——在巴塞罗那的这个平淡的下午——他在我面前表现出对蒙塔诺的文学病满怀热情的模样,因为我刚刚记起了他在某个时候说过的一些话:"我们的生活应该全是且仅是文学。"为乌尔里希鼓掌。我自问为什么会那么愚蠢,在很长的一段时间里认为应当根除我的蒙塔诺病症,而它却是我所拥有的唯一有价值和真正给人安慰的东西。我还自问为什么我应该为如此痴迷于文学而道歉,在我们这个如此可悲的时代,文学正是唯一能够拯救灵魂的东西。我的生命应该——彻彻底底地——全是且仅是文学。

作为乌尔里希的近亲,泰斯特先生说,他想以同样的方式书写某套理论的生命,而在这之前他已书写过太多次某种热情(譬如睡觉)的生命。如果泰斯特到过布达佩斯,他也许会写——就像我的母亲大人一样——某种布达佩斯理论,从中我们或许"终于能够睁大双眼看到事物或视野的极限"。

泰斯特的探险总是在"自我"的边缘展开。他在这条地平线上书写有关思维活动的日记,而这条地平线只能是精神的,不可能是其他的。如果泰斯特跟穆齐尔一样写不来小说,那么他会更写不来与之同处一个时代的那种个人日记,那种日记至今仍在以一种陈腐的方式不断繁衍,里面充满了痛苦的内省——如果他们在那儿什么都听不见,那又为何要这么做?——或是关于他人行为的令人厌烦的描述,将之伪装成日记甚至是小说。

在自传成为共识的时代,在关于"我"的小说占主导的年代,一位叫泰斯特的先生,在天亮前起了床,穿着睡衣,搭着披肩,写道:"正是我身上的陌生部分,让我成为了我。"

我回到"叙事的恶心",发现自己无法对可叙述内容持坚定的反对立场,实际上我与博尔赫斯有某种同感,他说在故事中,有些东西是经久不衰的,他认为人们永远不会对听故事和讲故事感到厌倦。我回想起博尔赫斯的这句话,从中可以推断出他终究对小说的未来产生了一定程度的怀疑;因为在将来最可能发生的是,一种其他形式的叙事艺术将会诞生,尽管——无可否认的是——故事仍将继续存在。崭新的形式将会繁荣发展,也许是固有的、不超越理性范畴的形式。无论如何,我还想象不出那是些什么样的形式。幸好如此,我觉得。新的人类,也就是特谢拉,也许正在皮库岛上他的空房子里想象着。我觉得幸好我想象不出那些形式,这样更好,我相信我们没有必要知道,我们只需要像迄今为止所做的这样,继续试着变革小说艺术,已经足够。我知道有成千上万种变革方式,我必须找到属于我自己的那种,事实上我正在寻找。

瓦雷里,保尔(塞特,1871—巴黎,1945)。罗萨里奥·吉隆多青年时期热爱的作家,根据他的秘密日记,他希望有朝一日能变得像瓦雷里一样聪明。"愚蠢不是我的强项。"瓦雷里在《泰斯特先生》的开篇告诉我们。我将这句话读了几遍,然后问自己,这个下午、这虚假的光线、这虚假的今天、这几页纸、此刻我所感知到的一切,我问自己,没错,这个下午和昨天下午有什么不同。

我很清楚今天是新的一天,但除了知道,我什么都做不了。这是智慧吗? 瓦雷里真的拥有智慧吗? 曾有人拥有过吗? 阿尔贝托·萨维尼奥①常说,完全、均衡、多产的智慧是罕见的。他还说:"人们为提升智力所做出的努力是多么痛苦和绝望……不完全的智慧所带来的伤害,比坦诚而温顺的愚蠢可能带来的伤害要大得多。"

我们应该对如此被渴求的智慧的用处及实际价值存疑,被渴求也许是因为它实际上并不存在。我们——不是所有人,只

---

① 阿尔贝托·萨维尼奥(Alberto Savinio,1891—1952),意大利作家、画家、音乐家、记者、剧作家、作曲家。

是有些人——在寻求智慧的行为本身不断向我们提供证据,证明智慧其实不是天然的,不是人类固有的,不是属于这个世界的。从这个角度看,同时别忘了它的强大韧性所提供的相关结果,瓦雷里就跟其他人类一样,也不是那么有智慧。"智慧,"萨维尼奥说,"是人们热切渴望的东西,然而愚蠢——那灰姑娘般的、可怜的、卑微的、被轻视的、被鄙弃的愚蠢——却是人们真实的、自发的、恒久的爱所最终转化成的东西。"对萨维尼奥而言,甚至在形而上学中,人们将喜爱也划分为聪明(情人,热切渴望的东西)和愚蠢(妻子,或者应该说是"共命运的人"①,从词源上看表达得再贴切不过了)。在智慧带来了那些失望之后,是它——美好而又大度的愚蠢——给我们的心底带来安慰。

愚蠢是忠诚而持久的,我们从远古时便认识它,它在甜蜜的家中百依百顺地等候着与我们分担那因为无法拥有智慧而感到的巨大不幸。

唉,瓦雷里。

---

① 在西班牙语中,consorte 意为"配偶、共命运的人",从词源上看该词由 con(共同)和 sorte(命运,运气)组成。

蒙塔诺的文学病

第三章　布达佩斯理论

在布达佩斯禁食

女士们、先生们，尊敬的匈牙利听众们，我已在布达佩斯这座忧伤而美丽的城市待了几天，我之所以提前了过量的时间到这里，是为了**在原地**①为要在国际论坛上发表的主题为"日记作为叙事形式"的这场演讲做准备。

直至几个小时前，在组织方听闻我已经到达，于是请我搬到卡坎尼亚大酒店（说真的，我拒绝了在那里洗澡和吃饭）以前，我过得像乞丐一样，住在布达佩斯一家糟糕透顶的旅馆，几乎没有吃过一口饭。在那里我一有时间——有时候你们也会看见我的即兴发挥，我喜欢冒险，在公众面前剑走偏锋——就为今晚的发言做准备。

首先，我想向我敬爱的伊姆雷·凯尔泰斯②先生问好，今天他就坐在我们中间，在布达佩斯文学博物馆这个充满历史气息的大厅里,他的到场对我而言是莫大的荣幸和重大的责任。我还想向坐在第一排的汤格先生问好,现在他正抬起眉毛。汤格先生是来自匈牙利的流浪汉,是泰斯特先生的远亲,但也是匈牙利人贝拉·卢戈西的远亲。一定有人已经发现他了,注意到了他那寒酸的衣着,吸血鬼般恐怖的脸,简直是德拉库拉伯爵的生动肖像,是他的亲戚卢戈西和茂瑙③镜头下的诺斯费拉图的奇怪混合。他是流浪汉,但也是演员,他有活的时候就干活,在影片制作人们忘了他喜欢过穷日子的时候。他曾在费里尼的一部电影中饰演一个摆着蜻蜓姿势的男人。他还在电影中演绎过贝拉·卢戈西的人生。在这里我向汤格先生,我的第二自我,送上一个热烈的拥抱。还要向他身旁的女乞丐——同我一样过着艰辛乞讨生活的罗莎——送上问候。然后在演讲开始之前,我提醒各位,我饿了,非常饿。

饥饿。

我在布达佩斯艰苦地禁食了几天,一个星期只吃了两个夹肉面包,喝了七杯果汁和水。但我想事先声明的是,我挨饿是因

---

① 原文为拉丁语:in situ。

② 伊姆雷·凯尔泰斯(Imre Kertész, 1929—2016),原名凯尔泰斯·伊姆雷,文中使用的是西方国家惯用的姓名顺序。匈牙利犹太作家,2002 年诺贝尔文学奖获得者;14 岁被纳粹投入集中营,1945 年获救;代表作为《无命运的人生》。

③ 全名 F. W. 茂瑙(F. W. Murnau, 1888—1931),德国著名默片导演,代表作之一是拍摄于 1922 年的《诺斯费拉图》(*Nosferatu*)。

为我想如此，所以我拒绝了在卡坎尼亚大酒店吃饭。

在布达佩斯完全出于个人意志而禁食，是为了让自己以脆弱的面貌于今天出现在大家面前，且明显地失去对自己思想的控制，尽管并非完全失去，其程度仅足够让各位在现场实时地见证一位饥饿的作家如何在公众面前构建他的个人日记，如何心满意足地在悬崖边上发言，在公众面前剑走偏锋，冒着某种风险就"日记作为叙事形式"的话题发表夜间谈话，并始终置身于那个悬崖的边缘，在艰难的平衡中抓紧它。

因此我不感到放松

我感到随时可能倒下——事实上，那种没有一丝松懈的紧张感，让我完成了最好的几场演讲——就在今天，在诸位面前，因饥饿而死去。因为要来布达佩斯文学博物馆，我在巴塞罗那不得不中断了一部小说的写作，那正是关于作家的个人日记这个主题的，我认为告知诸位这一点具有导向意义。那部小说同时也是一本日记，是作为一个患有文学病的作家的我的日记。今天在布达佩斯，因为饥饿，因为禁食艺术家的饥饿，我的文学病加倍严重了。

为了今天来这里与大家见面，我中断了小说的写作，小说停在了谈及瓦雷里的笔记本的某个段落，在那些笔记本或类似个人日记的文字里,跳跃出泰斯特先生的知识分子形象,他那纤长的影子——就仿佛是今天坐在这里的令人反感的汤格先生——投射在这个充满历史感的大厅里。日记在那个段落中断了,但我想以今天在这里发生的、在这个演讲过程中发生的事继续写下去。所以诸位是我的小说式日记中的人物,应该对发生的事情和所做的一切保持关注和警觉,因为它们可能随时在你们的生活中产生影响。因此我不感到放松;如果尊敬的在座各位也处于同样的状态,并记着约翰·邓恩①的那句"在开往断头台的车上,没人能睡着",那你们将会做得不错。

其他人都已死去

并非所有人都知道,女乞丐罗莎,那位坐在第一排的怪物旁边的漂亮女乞丐,是个不幸的女人。不仅如此,今天在这个大厅里,她的在场还可以代表——我不是在开玩笑——日记这种文学类型耸人听闻的宿命。

没错,女士们、先生们,我没有忘记本届论坛要求谈论的主题是"日记作为叙事形式",我没有忘记,所以现在我要针对它做第一次阐述——我作为乞丐的责任以及职业上的责任在于将自

---

① 约翰·邓恩(John Donne, 1572—1631),17 世纪英国玄学派诗人、教士,代表作为《歌与十四行诗》。

蒙塔诺的文学病

己限定在论坛的主题里——我要走近宿命这一问题,它包含在所有个人日记中,还包含在罗莎身上和《歧途》①里面,《歧途》是我不幸在布达佩斯看了的电影。

我刚才说了个人日记耸人听闻的宿命。是的,艾伦·保罗用"耸人听闻"来评判经常发生的一种情况,即只要发现一本日记("因为日记从不主动出现:人们找到它,被绊倒或跌倒在它上面,甚至在这之前就在绝望地寻觅它"),那么它旁边就会出现一具尸体,而且尸体通常会把日记弄脏。

于是我们看到了一种戏剧性的惯例,那就是宿命。我们可以在《光辉》②第一卷的序言里找到那个乔装成轶事的惯例。《光辉》是恩斯特·荣格所写的关于第二次世界大战的日记,那桩轶事向我们讲述了 1663 年七名海员在北冰洋的圣毛里西奥岛上度过严冬的故事:"荷兰格陵兰岛协会为了开展北冰洋冬季和极地天文学调研,在征得他们同意后,将他们留在了那里。1664 年夏天,捕鲸船队回来时发现了那本日记和七具尸体。"对保罗而言,这个场景可以成为另一版《怪形》③——克里斯蒂安·奈比的

---

① 原名 Detour,由埃德加·G. 乌默执导的黑色电影,改编自马丁·戈德史密斯的同名小说(1939)。

② 《光辉》(Radiance,1949),德国作家恩斯特·荣格的作品,与《和平》(1948)、《占领的岁月》(1958)组成了主要由日记整理而成的三部曲,记录了 20 世纪处于战乱和经济动荡时期的德国和欧洲。

③ 《怪形》(The Thing,1951),美国科幻恐怖片,由克里斯蒂安·奈比(Christian Nyby,1913—1993)执导。

经典 B 级恐怖电影——的开篇:"在一块遥远且冰封的土地上,一群尸体出现了,它们一个接一个,不带任何暴力迹象地从基地的不同位置冒出来,仿佛石化在一瞬间,肢体保持着最后一个随意的动作,周围散落着上锁的日记、用暴力打开的箱子,还有那只曾翻开破旧封面并急切地寻找最后几行记录的颤抖的手。"

最后一名海员的临终记录是这样的:"我不知能不能在这里记下所发生的一切,但我是唯一能做这件事的人了。其他人都已死去。"

在常规的日记里,作者的死亡几乎是肯定的;但在那些为这一文体带来创新的日记里——即虚构日记或像文学创作一样构思的日记——则可能没那么肯定了。当然,根据生命的规律,作者的尸体无论如何最终总会出现。这也是迟早会发生在这部日记里的事,即此时此刻我在现场用声音为诸位创作的日记。如果我继续挨饿的话,那就更可能发生了。但我们继续吧,现在还是接着说下去。只要我还活着,就有希望到达这场演讲的结尾,然后拿到报酬,还清我欠汤格先生的那些恶心的铜板。

我们已经进入正题,已经开始触及"日记作为叙事形式"这一主题,已经开始现场展示一场演讲如何变得庄重或仅仅——就像这场演讲——获得极大的自由。在这场演讲中交织着各式各样的语言风格,有某种叙事形式,有散文的沉思式幻想,还有一种自传式声音。现在我再次采用最后一种风格,也就是自传式声音,来讲述我欠汤格先生两张电影票,以及其他一些东西的事,是他坚持要求我和罗莎,就在我们到达布达佩斯并探访那个他称为"茅屋"的家的那天,陪他去看埃德加·G.乌默的一部电影。

我从来没听说过乌默,那个在四十年代生活在好莱坞的维也纳导演。那部电影叫《歧途》,拍摄于1945年。那是一部很怪的电影,非常奇怪和不幸,给所有人都带来了坏运气,只消看看今天汤格先生的样子便知道了。

起初我拒绝去看那部电影,因为我不能把用来支付给布达佩斯旅馆的那一点钱花在电影院里。我们到访汤格先生——他比女乞丐罗莎和我更早到达布达佩斯——称之为他的"茅屋"的地方,于是我们开始争论,他说我可以请三个人去看电影,要是我有钱付旅馆的住宿费,那么也应该有钱买电影票。我发自内心地惧怕流浪汉之间愚蠢的、缺乏理智的争论,更恐惧他们居住的地方。这位先生的茅屋事实上是一间简陋的小屋,门板已被拆走用作柴火。小屋破烂不堪,那窗户刚掉了玻璃,屋顶有几处塌了。一切都让人感到恶心。举个例子,汤格先生在一堆马粪上画了一颗被箭穿过的心。在地板上的几只红酒瓶之间——那是唯一属于他的东西——有一份凯姆尼策电影院的放映单。那份放映单以及他对乌默的可笑的推崇——仅仅因为这位维也纳导演曾经与卢戈西合作拍了一部名叫《黑猫》的电影,这又是一个兆头不好的名字——让他变得很烦人,最终,我们因为旅途的奔波和激烈的争吵而疲惫不堪,并且已经看烦了那堆恶心的马粪,于是同意去看那部电影,况且这位先生表示可以想想办法请我们看。不过最后他还是说,我可以在挣到这场演讲的报酬后连利息一起还给他。

我不该让他请我,我不该去看那部电影,随着电影而来的是宿命,这个宿命可能哪天就降临在我们身上,正因为我们走错了一步,转错了方向,在某条公路上误入了歧途。

约翰·契弗①日记节选

"成熟里蕴含神秘,蕴含困惑。我在此刻感受最深的是孤独。可见世界的美似乎已经毁灭了,没错,包括爱。我觉得我走错了一步,转错了方向,误入了歧途,但我不知道那是什么时候发生的,也没指望能找到答案。"

身份

我在巴塞罗那中断并在这里接着写的这部日记有点像临床报告,它似乎只关注了一种病,也就是我的文学病的隐秘的

---

① 约翰·契弗(John Cheever, 1912—1982),美国小说大师,尤以短篇小说著称,被誉为"郊区的契诃夫""20世纪最重要的短篇小说作家",而且除了短篇小说以外,其长篇小说创作同样成就斐然。

表达能力。我在日记中对这种病的演化做了细致的观察。与其他日记作者一样，我写作不是为了知道我是谁，而是为了知道我正变成谁，为了知道灾难正把我卷往哪个不可预测的方向——最理想的结果或许是消失，或许不是。因此，我的日记寻求的不是揭示某种事实，而是对一种变异做逼真的、临床的描述。在开始写日记时，我是一个希望成为文学批评家的叙述者，然后我逐渐构建出日记作家的人格，这得益于我钟爱的一些日记作家——为了这场演讲，我预留了另外一些日记作家，比如契弗或巴纳布斯①，还预留了一些自传式片段——现在我看见自己自愿变成了一个饿汉，一个名副其实的流浪汉，我看着他远去，看着他被不安主宰，或者更确切地说，是被一种未必为他所有但在某种程度上他也参与其中的不安主宰。谁知道呢，女士们、先生们，尊敬的匈牙利听众们，也许是我自己的不安控制了他。

奇异的无助感

在《歧途》里，一个叫艾尔的平庸的男人，因为每天能给女友弹钢琴而感到幸福不已，他的女友是纽约一个酒吧里的歌手。

---

① 法国作家瓦雷里·拉尔博(Valery Larbaud，1881—1957)的异名，瓦雷里曾于 1908 年以巴纳布斯(Barnabooth)之名发表了《富有的爱好者的诗歌》(*Poèmes par un riche amateur*)。

当女友觉得应该拥抱更大的野心并搬到洛杉矶时,可怜的艾尔,那个毫无特点的人,陷入了崩溃和忧伤,他不知道,那是命运最黑暗的力量使然。有一天,他打电话给洛杉矶的女友,女友让他去看她,于是我们的钢琴师靠着搭顺风车,展开了前往西海岸的漫长旅程。一个叫哈斯凯尔的家伙——开着敞篷车的虚伪有钱人——让他上了车,并答应把他带到洛杉矶。对艾尔来说,这就是天上掉的馅饼,然而当他们步入了歧途,偏离公路前往一个加油站休息时,那个转向将是——在当时几乎是难以察觉的——一系列没完没了的不幸的开端,那一系列噩梦般的不幸事件将改变艾尔这个不起眼的人的生活。再一次停车时,哈斯凯尔将因为心脏病身亡,艾尔不得不用他的身份继续上路。他将掉入一个搭顺风车的女人的魔爪,那是个恶毒、疯狂的蛇蝎美人,她认识失踪了的敞篷车主人,于是敲诈那可怜的艾尔。当她也意外死去后——尽管警察一直认定她是被艾尔杀害的——她终于放过了我们那个平庸的、不起眼的、经历了两宗离奇命案的家伙。他成了警察通缉的逃犯,成了一个没有真实身份的人,一个在迷途之中游荡的路人。

离开电影院后,我脑海中有一个念头挥之不去,哈斯凯尔的扮演者和汤格先生有一些相似点,后者有时自认为拥有——尽管事实上一穷二白——那么一点东西:"茅屋"、红酒、对电影的热爱和一点点钱。同样挥之不去的是那个疯狂的女人和罗

蒙塔诺的文学病

莎之间的某些共同点。更挥之不去的是,我就像那个没有身份的、不起眼的男人,那个没有个性的、最终游荡在迷途之中的男人。

那部奇怪的电影,绝对是我一生中看过的最奇怪和最好的电影,但我很快就发现它带来了宿命和奇异的无助感,我今天晚上感受到的无助感,我身处人生的迷途之中,饥寒交迫。

最后的宿命:扮演艾尔的演员汤姆·尼尔在结束这部电影的拍摄后,发现命运开始背弃他。因为对一个女人——芭芭拉·佩顿——的爱,他与法兰奇·汤恩闹翻,在好莱坞走到了头。他被逐出洛杉矶,被逐出了生活,被遗弃在阴冷的命运公路上,并于1965年谋杀了他的第三任妻子。他在监狱里蹲了多年,出狱后过着潦倒的流浪汉生活。有一天,在波士顿南部,他被发现倒毙在一条迷途之中。

一位新婚诗人的日记

罗莎就在那儿,女士们、先生们,尊敬的匈牙利听众们,她就在那儿,冷漠地坐在第一排,在我称她为红颜祸水时竟无动于衷。我不想效仿可怜的汤姆·尼尔而把她杀掉。无论如何,我的妻子,虽秉持魅惑特质——仅仅在这个方面与她那位同坐第一排的吸血鬼伙伴构成绝配——但早已放弃六十年代末常用的腐化手段，那时她致力于引诱自己遇到的青年诗人实施自杀，或者说，只要发现他们没有走上自杀的道路，她就在创造力上扼杀他们。我从来没有见过对诗歌有如此仇恨的人。今天的罗莎是个平和的乞丐，平静地坐在这个大厅的第一排；但在我刚认识她那会儿，她正在毁灭诗人。她与"灾星简"①——来自美国中西部的那位传奇般的带来灾难的女人——相比有过之而无不及。罗莎力图置诗歌和诗人于死地，她认为诗歌应该以散文的形式书写；自从文字被创造出来，也就是荷马时代后不久，诗歌就没有了存在的理由。她时常引用莱奥帕尔迪②的话："荷马时代后，一切都进步了，除了诗歌。"对罗莎而言，这个世界只存在散文，诗歌只能愚弄无知的人，它实际上是带有自负气质的散文。当她看见诗人，尤其是年轻诗人时，便会竭尽所能地羞辱他，只要有机会就摧毁他。最好的结果，是把他毫发无损地送回散文世界。她摧毁了不止一个，不止一个脆弱的诗人——那些歌颂月亮和墓地的诗人。她把所有诗人幽禁在一个黑暗、色情的私密空间里，质问他们是不是来自那些甜蜜诗人居住的国度，如果他们，

①　本名为玛莎·简·加纳利-伯克（Martha Jane Canary-Burke, 1852—1903），美国历史上的传奇西部女性，为了维持家庭生计，她加入美国西部大开发的队伍，因杀害大量印第安人而被称为"灾星"。

②　全名贾科莫·莱奥帕尔迪（Giacomo Leopardi, 1798—1837），19世纪意大利著名浪漫主义诗人、散文作家、哲学家，著有《致意大利》《但丁纪念碑》《无限》等作品。

那些可怜的纯朴的灵魂,掉入了陷阱,承认他们是甜蜜的,承认他们是诗人,那么罗莎就会像甩鞭子一样说出这句狠话:"你们都是诗人,而我则站在死亡这一边。"

罗莎在很长的一段时间里对诗人进行道德谋杀。她想超越诗歌,超越这种文体的特权——她被诗歌激怒了,她发自内心地认为诗歌是庸俗的,尤其是投机的,它是平庸者的庇护所。罗莎让那些年轻诗人爱上她,令他们神魂颠倒,然后威胁他们:如果他们继续相信诗歌,或者不把诗歌带上末路——换言之,如果他们不站到死亡那一边,她就要离开他们。不止一个诗人最终陷入了绝望和崩溃,有些诗人甚至自杀了。

"你是诗人吗?"我们认识的那天晚上,她问我。那时我已经是一名小说家,尽管还没有发表过作品;但我也是诗人,尽管是秘密诗人,那是为了表达对母亲的尊敬和怀念,她一辈子都在写诗,但从来没有公开承认过。那段日子,我悄悄地写了一些关于月亮和星辰的诗歌。但我没有告诉罗莎。幸好。作为一个秘密诗人,我感觉很好。我没有对罗莎说什么,那时更不知道她如此憎恨诗歌。我只告诉她,我是小说家,或许那救了我一命。几个月后我们开始同居,尽管没有一纸婚书,但我们感觉好像已经结婚了。我的诗歌继续被藏起来,直到现在,直至今天我才把这个秘密告诉罗莎。我们在同居后不久到威尼斯旅行,我们一直将它视为新婚旅行。在那时的西班牙文学圈子,人们正热烈讨论一种他们称之为威尼斯诗歌的诗歌,即新世代诗歌,谈论我们这一代诗人。但幸好我在那次旅行中没有触及那个话题,也没有想起提及我深藏着的对诗歌的热爱,我把这个秘密严实地保守到今天晚上。如果当年我表现出对与自己同时代的诗人的兴趣,或者万一罗莎知道了她正跟一个小说家兼新婚诗人旅行,我不知道她会怎么想。实际上我是那样的,是一个仍不知道罗莎憎恨诗歌的幸福男人——然而我即将在那次旅行中知道这一点。我是在一个满月的夜晚知道的,那是一个充满诗意的晚上。那时我们正坐船顺着大运河下游逆流而上,途经火车站和特隆凯托岛,朝着大海的方向。罗莎喝了许多格拉巴酒,想必是在酒精的作用下,她开始跟我讲述——包括当中那些阴险的细节——她如何残忍地断送了不止一个诗人的诗歌生涯,甚至是生涯本身。那时我们正在大运河下游,我震惊至极,甚至无法说出一个字。在我哑口无言之际,罗莎却突然大笑起来,这让人不寒而栗,彻底根除了我在未来公开我的诗歌的念想。

"小可怜,都怪你,我们迷路了!"我假装开玩笑地对她说。这是我能跟她说的仅有的话。那时我知道,除了告诉她我写诗,我应该跟她说点什么,于是我说了那句话,但没有接着说下去,因为我怕面对充满戏剧性的海洋,我会写出一首威尼斯的赞美诗。

那时的我是多么地脆弱,我想知道为什么。

蝙蝠的独白

　　罗莎在上述简介中并不讨好,而汤格先生也别指望有个好形象。在布达佩斯,他为自己的蝙蝠式人生选择了一种困苦的生活。他是吸血鬼卢戈西的可怕影子,今晚汤格先生出现在我们之中,想必会让大家感到毛骨悚然。我不准备浪费太多精力说他的不是,因此我只在这场演讲-戏剧中,重现我们的这位吸血鬼今天说过的那段悲惨的独白,就在他决定离开那座"茅屋",由我付钱——他得逞了——让他住进卡坎尼亚大酒店的时候。

　　"这些天我在这里吃,"他说,带着乞丐的夸张口气,仿佛要模仿贝克特笔下的人物,"在这里喝,在这里穿衣和脱衣,在这个中等大小、面朝布达佩斯西北部的笼子里;从这个笼子又能欣赏到由众多中等大小、面朝布达佩斯西南部的笼子构成的绝妙景观。但很快我就要重新安排我的生活,因为这个景观命中注定要被摧毁。很快我会打包我的行李,开始在卡坎尼亚大酒店吃、喝、穿衣和脱衣。和你在一起,我的主人。我将成为你一直以来希望我成为的桑丘·潘沙,邀请我去卡坎尼亚吧,罗萨里奥。你的随从无家可归了。我已一无所有,只有一堆马粪、红酒和这双能够睁开闭上的眼睛,这双拥有中欧血统的眼睛,我已一无所有,除了舌头和双眼,舌头能让我说话:当那些恶心的流浪汉不再谈论我时,我将谈论我自己,尽管实际上到那时我也不会谈论自己,因为那没有意义,我内心追求的是不再说话,是住进卡坎尼亚,成为你的随从,你的先生。"

吸血鬼的转变

想必各位都在想,是时候告诉你们事实上罗莎和那位先生都不在了,没有人坐在第一排;如果罗莎和那位先生坐在那儿,那愤怒的他们早就阻止我往下说了。

请告诉我们——想必各位都在想——这两个人不存在,然后老实地说,其实您并没有挨饿,毕竟他们今天在卡坎尼亚大酒店已为您举行过一场宴会。

好吧,女士们、先生们,尊敬的匈牙利听众们,现在我准备做一个大改变——一个吸血鬼的转变。跟你们撒了一个小谎后,我现在准备说实话。我一点也不饿,确实也没有人坐在第一排,这里唯一长得像吸血鬼的人——我知道我的样子会让人想到克里斯托弗·李——是我。但这不意味着罗莎和那位先生不存在,不意味着他们不在布达佩斯,不意味着他们没有因为昨晚的醉酒而在卡坎尼亚大酒店的各自房间里休息。

也许在座的某个人已经认同了汤格先生的存在,而且正在想,他和我是不是在外表上很相像。答案是:我们毫无疑问看起来像一家人。每当汤格先生被人断定拥有吸血鬼的嗜血传统时，他都会很不高兴。那位先生不喜欢人们将他与那个以恐怖为乐趣的凶狠伯爵联系在一起，但我却以吸血为荣。比如，很多年里我都是文学领域不折不扣的寄生虫。后来，我逐渐摆脱了他人作品血液的吸引，甚至在其协助之下，创作出个性鲜明的作品：得体、文雅、半神秘、也许怪诞，但它属于我，它已远离像整齐划一的现代军队一样的千篇一律。尽管如此，在某些时期我又会稍微重操吸血鬼的旧业。不用说远，就在今天，我作为寄生虫，在这场演讲-戏剧中盗用了汤格先生的想法，因为正是他设计了剧本，为我今天晚上的发言准备了精彩的文字稿。

理论的生命

汤格先生诞生于偶然。就像泰斯特先生。就像世界上所有人。他给我设计的这场演讲完全脱离常规，我向你们讲述的故事里的人物同样怪诞，包括红颜祸水女乞丐、饥肠辘辘男话唠——正是我本人，以及理论上的流浪汉：这些漂泊不定的人提前几天到达布达佩斯，去看了《歧途》，随即陷入不幸——那部极其怪诞的电影给它的观众带来了不幸。

我按照那位先生的指示，虚构了这三个人物的流浪特性。根据他对演讲的设计，必须有虚构的成分——这对于常规的演讲而言不是很典型——并且可以在戏剧的名义下，与散文的成分融合在一起。

汤格先生对我的演讲的最初建议有两点，是他认为最根本的两点：(1)不要忽视对他与我之间关系的强调，不要忘记德拉库拉——与浮士德、堂吉诃德、唐璜和鲁滨孙一道——是构建当代人类意识的传说之一，他没有结婚或与女人保持一种稳定持久的关系，与上述其他人物一样，他有一名男性随从或同伙，这显示着他强烈的自我中心主义。(2)我的演讲必须是我正在巴塞罗那创作的作品的微缩版，因此它要结合散文、个人记忆、日记、游记和虚构故事。甚至还要模仿它的结构，从虚构到现实，但始终不要忘记文学是一种创造；同时，正如纳博科夫①所说，"虚构就是虚构，以真实性来评定一个故事是对艺术和真实的侮辱，所有伟大的作家都是伟大的骗子"。

汤格先生确实是贝拉·卢戈西的远亲。他来自一个流亡到智利的犹太裔匈牙利家庭。他来布达佩斯是为了寻根。别告诉我这不让人感动……另一方面，汤格先生为这场演讲的理论赋予了生命。几天前，我与罗莎刚到达这座城市，还没有为今晚的演讲做任何准备，对此感到困惑的他对我说："那你准备干什么？只字不说？在沉默的宝藏中发声吧。"

---

① 全名弗拉基米尔·纳博科夫(Vladimir Nabokov, 1899—1977)，20 世纪俄罗斯杰出小说家和文体家，著有代表作《洛丽塔》《微暗的火》等。

我要发声。我还要发表理论,告诉各位我与那位先生有着同一个想法,即世界已经无法像在从前的小说里那样被重构,也就是说,从作者的单一视角来重构。那位先生和我认为世界处于分裂状态,只有敢于展示这种分裂状态,才有可能描画出它的某些真实面貌。

我要发声,我要宣布,因为那位先生的缘故,很久以前我和罗莎的关系已经变得不稳定。同样因为那位先生,现在各位看着我时,也许正想着浮士德、德拉库拉或者堂吉诃德。我不知道他的主意是好是坏,不知道是否应该因此感谢他。

但在发声和发表演讲-戏剧的同时,在那位先生的想法的指引下一步步往前走的同时,我看到那个理论,在我的内心深处——带着节奏和神秘感——以自己的方式独自构建起来。

汤格先生的日记

如果那位先生有记日记的习惯,那我会对它极感兴趣,因为罗莎和我无疑会在日记中频繁出现。如果他有记日记的习惯,那我会趁他不注意的时候,毫不犹豫地偷过来读几个小时,阅读他保存下来的想法,那一定十分精彩,因为我很清楚汤格先生是一个敏锐的观察者和杰出的思考者。他还是,也许你们想象不到,世界上最丑的人。你们没有听错。然而,这对他来说并不是一个问题，从来也不是，他认为他的智慧使他美丽。尽管我不想欺骗你们：他长得真糟糕，他是世界上最可怕、最丑的人。

那位先生喜欢像瓦雷里一样思考，他想续写穆齐尔的作品，因此有时候我们会看见他在大街小巷中迷路，为了寻找穆齐尔。他走在卡坎尼亚大酒店的过道上时倒不会走丢，我想他现在应该不是在走路，而是正处于宿醉状态，不过谁知道呢，也许他已经缓过来了，正在往这里走，或者正在着笔写一篇个人日记。如果他已经开始写了，我会很快把它偷过来。尽管——细想一下——这很荒唐。我已经能想象出他日记的内容了，还有什么必要偷呢："罗莎喜欢罗萨里奥，因为那可怜的男人长得像年轻的德拉库拉。更合理的情况是，她被我吸引，因为我是众多版本的德拉库拉中最经典的那一个，尽管我非常反感人们将我和吸血鬼联系在一起。"

总之，女士们、先生们，尊敬的匈牙利听众们，我认为所有人都应该带着他人的日记。这是一种非常有益的锻炼。

低级的激情

各位已经发现我偶尔会即兴发言，我让自己区别于汤格先生编排的那些角色，因此现在我将突破那些框框，向你们讲述在二十一世纪之初，也就是今年的 2 月份，罗莎、那位先生和我到亚速尔群岛旅行的经历。我们在智利认识了他,在瓦尔帕莱索,在那里我们亲眼看见他残忍地把一只苍蝇泡在干马天尼里让它窒息而死。一只鸟飞过,我们的目光跟随着它,我们推断它要飞去亚速尔群岛,两个月后,我们三人计划前往那里。在皮库岛,在它宏伟的火山内部,我觉得我看见了一些不知疲倦的鼹鼠,它们夜以继日地工作,效力于文学的敌人。我觉得我看见了它们,我想象它们存在,我怀疑它们在那里,我确实看见了它们……现在已难以确切地说实际上发生了什么,可以确定的是,我为当时和现在正在书写的虚构日记抓住了一个宝贵的画面。那个画面,也许是幻觉,或只是直觉,也可能是事实,让我深陷其中。我的思想好像被绑架了,我无法摆脱一个念头,即文学受到了威胁,它正陷入灭绝的危机,那个关于鼹鼠的幻觉深深地影响着我。

它仍然影响着我。请允许我跟你们说,真正的文学总是严肃地发展,力求成为永恒的经典。相反,对于皮库岛上鼹鼠的主人们来说,文学则全然是表面功夫,那是假装作家的动物创作的文学,那种文学只是在写作者的喧闹和叫喊中走过场,每年将上千部作品投入市场,尽管到年尾人们就会奇怪地问,它们去哪了?如此短暂和喧嚣的名声是怎么来的?实际上,那种文学如过眼云烟,而真正的文学则不一样,它是永恒的,尽管在当今的时代,真正的文学需要付出越来越多的努力来对抗来自那些鼹鼠的主人的攻击。

那天天气不好,我们坐渡轮从法亚尔岛前往皮库岛。我没有想到我的想法——即真正的文学受到了威胁——会如此激怒他,他认为这个观点有夸张的倾向。我是这样意识到他被激怒的:我们在皮库岛马达莱娜镇的港口下船,罗莎走在了我们后面,当我对他说,连个鬼影子都见不着的马达莱娜看上去是那么悲惨、寂静和荒凉,仿佛文学之死的隐喻时——我承认这种说法有点不合时宜——他十分粗暴地回答了我。他大发雷霆,像发了疯一样。我永远忘不了他的反应,尤其因为他在片刻之后对我说的一些话让我震惊不已,我脑中一闪而过的第一直觉是,他和罗莎之间可能有一些隐瞒着我的事。

那是一个奇怪的瞬间。仿佛他突然间坦承了我的文学病或者说我对文学病态般的着迷让他深感愤怒,还暴露了他和罗莎之间的过分亲近。实际上,那只是在布达佩斯这里爆发的事件的前奏,在这里,我们的关系遇到了一件类似宿命的事情,它或许源于踏空的一步、错误的转向、误入的歧途。现在已经无法确知这歧途是如何踏上的,但毫无疑问,它发生了,且充满了戏剧性。

我说马达莱娜镇上寂静和荒凉的景色仿佛文学之死的隐喻,然后汤格先生对我说,如果我还是那样沉迷于我写的东西,沉迷于文学之死的想法,而不去享受旅途和风光,那么他只能跟罗莎说,我把写作和现实弄混了,把自己当成了亚速尔群岛的堂吉诃德——当时的罗莎听不见我们的对话。

就在那时,罗莎赶上了我们,于是我们沉默了。不久后,我们坐出租车——我们在整个马达莱娜看见的唯一的人就是那个出租车司机——穿过拉热什小镇上阴暗而孤独的公路,那条路把我们引向一座离小岛火山不远的小山丘,那里有一个避世作家的房子。那位作家隐藏得无迹可寻,却帮助我创造了一个邪恶的人物——就在他的房子前,我看见了或者说我认为自己看见了那些不知疲倦的鼹鼠——那天晚上,我在法亚尔岛将他写进了我的日记。从皮库岛回来后,我们喝了许多金酒,我得出了结论,带着脑海中仍然回响着的、那位先生关于堂吉诃德的评语,我决定在我的虚构日记中立即化身文学本身,使其免于消亡,它在这个世纪之初受到了前所未有的严重威胁。

那天晚上我们从"运动"咖啡馆出来后,我跟罗莎和那位先生说,我在皮库岛看见了一群不知疲倦的鼹鼠,它们效力于人类最低级的激情。汤格先生的反应一反平常。"哪一种才算最低级的激情?"他下流而淫荡地问,满脸蠢相,醉得比我还要厉害,那双拥有中欧血统的眼睛让他看起来活像个老色鬼。

我陷入了思考。我看着月亮,听着大海的呢喃,想到了这个时代人类思考之缺乏。贫瘠的文化让思想窒息,我想。酒精也是,看看那位先生就知道了。我不会跟他谈性,那是他所期待的,我要用文学敌人的危险性来击溃他。

我想到那些推销虚无的商贩和使者,以及文学的其他敌人。

"金钱的臭味,它自豪的臭气,"我回答道,"它们催生出的文化贫瘠,这种贫瘠违背了生活,违背了真实的生活。"

起初他们没有回话,只是一脸惊讶。我接着对他们说,关于我的书我有个想法,我要化身文学的全部记忆。这让他们勃然大怒。汤格先生愤怒地看着我。"操蛋去吧。"他对我说。"你用文学的眼光来看一切,我看你都要和它融为一体了。"罗莎责备我说。我试图跟他们解释,说我只是在虚构文学中希望自己化身文学。但他们醉得太厉害,无法进行这样精细的思考。最困扰我的是,他们没能和我分担我对真正文学之未来的担忧。我本想告诉他们,我已准备好组织一场全球性的抵抗活动,抵制皮库岛上那些鼹鼠的主人,然而考虑到形势,那几乎是在玩命。我开始明白,我在那座岛上是孤独的,对我而言唯一的安慰是想想自己正身处天堂。我这么想是为了避免对一切事情都感到气馁。但他们不和我站在同一阵线,这让我感到很愤怒,我无法控制自己,于是对他们说,如果他们不改变态度,我就把他们留在岛上。他们的第一反应是惊愕,接着又紧张地笑起来。那是属于尾声的经典开头。"在二十一世纪之初,我孤身一人,在一条迷途之中失去了方向。"我用斥责的语气说着,想试试看会发生什么。于是出现了接下来的这一幕。他们先是含蓄地笑,然后放声大笑,笑到失去平衡,踉踉跄跄,最后上气不接下气地靠在一艘船上，头还在船上磕了几下。那就是他们最夸张的反应，尤其当大笑停止后，我发现那位先生——面对着我的惊讶——读懂了我的想法。

诺斯费拉图的女友

我讨厌现今的读者们仍然要求小说讲述的那些爱情故事。据说，那些可爱的读者如果看见他们买的小说里没有出现爱情故事，他们就会抱怨不已。在座的许多读者可能也要求他们读到或者听到的作品中包含爱情故事，因此今天晚上我来到这里，带来了汤格先生给我的一个任务，也就是不回避爱情故事。

"终有一天，"昨天那位先生对我说，"那些冰冷的思想会降临未来人类的头脑中，那些人不在乎从前那些浪漫故事的温度，那种温度在他们看来甚至仿佛是天外之物。然而那一天还没有到来，所以明天在听众面前你最好稍做让步，在你的布达佩斯理论中加入一个爱情故事。比如流浪汉之间的爱情故事。"

罗莎和我来到这座城市，到那位先生的茅屋探望了他，然后去电影院，看了《歧途》。从电影院出来时，我发现罗莎看了他很多眼，于是我意识到我们构成了一种类似于刚看的电影——那部充满宿命的电影——中的糟糕的三角关系。直觉让我感到害怕，那部奇怪的电影里的任何一件倒霉事都可能轻易地发生在我们身上。从走进电影院起,我逐渐确认了一个事实,罗莎的双眼似乎离不开那位可怕的先生。直至昨天我已对此深信不疑,于是矛盾爆发了。昨晚我们走遍了这座城市的所有酒吧,喝得酩酊大醉,尤其是他们俩。我看着他们,心里想:"那些将死之人的笑是多么地奇怪。"我想杀掉他们,没错,但我不是杀手,我是作家,是演讲者,是走在迷途之中的可怜流浪汉。

我们走遍了布达佩斯的所有酒吧,最后一站是"新市区"酒吧。几个吉卜赛人在那里弹奏《匈牙利进行曲》,以此送别客人。我不否认表演相当感人。罗莎没有意识到——但那简直是诗意的一刻——吉卜赛人用钹奏出的激昂音调,给这夜的尽头营造了一种特别的、诗意的戏剧性……

而汤格先生捕捉到了那诗意的音调。"我们仨也是吉卜赛人,我们是流浪者,你被嫉妒冲昏了头脑,明天你在发表演讲时应该讲述这一点。"他对我说。

就在那一瞬间,《匈牙利进行曲》停止了。

在演讲的这一刻,按照那位先生写的剧本,我应该喝一杯水,这是在同类场合里的一种惯常动作。但我不感到饿,不感到渴,我有一种预感,一个理论,即布达佩斯理论:就在这一刻,罗莎和那位先生拿准了我正在这里演讲,所以他们睡在了一起。

有些狂妄的人,尽管不幸的遭遇在内心摧毁了他,但表面上看不出来。但我不是那样的人,你们一眼便能看出我戴了绿帽子。但你们不必惊慌，女士们、先生们，我不会大呼小叫、痛哭失声，也不会倒在这张书桌上——像电影《蓝天使》中的垃圾教授那样，更不会毁掉今晚这场演讲的剩余部分。一种奇怪的专业精神告诉我，我应该继续完成我的发言。于是我这么做了。我继续发言。我知道我应当继续，而不是大哭，我应该观察生活如何继续，观看夜晚的月光如何照耀着对面那些历史建筑的静默外墙。我知道我不应该忘记，我在心底里一直渴望与生活中和小说里的爱情说再见。然后继续。我在生活中所做的唯一的事就是继续。我读完一本书就接着读另一本，总是继续。什么都可能失去，除了孤独。保持沉着，保持尊严，不能哭泣；在死之前用一部优秀的作品证明自己，过着一个受骗男人的完美无瑕的不幸福生活。

百万富翁巴纳布斯的日记

今天早上，我凭直觉清晰地感到他们俩之间的爱情故事。我清楚地看到了她和他，在卡坎尼亚大酒店的各自房间里，他们的宿醉——或者说他们声称的宿醉——使他们头痛欲裂。我一整天都非常紧张，并感觉天堂里的某个人准许我这么做。我不知道自己能否完成这场演讲。我有小丑演员般过人的忍耐力，在面对一个悲惨的消息时，仍能走上马戏表演的舞台展现自己的技艺;但我不知道在深深地感到受骗后,我还会不会自欺欺人地以为我能够在听众面前很好地处理这件事。现在看来我处理得不错,但无论如何我不感到轻松。自从今早,我独自吃早餐时意识到罗莎和那位先生已经计划好了在我来做这场演讲时就睡在一起,我就感到不轻松。可怕的全景。我觉得那顿早餐或许是我独自吃早餐的漫长生涯的开端。

与此同时,我感受到了前一天晚上做的梦的影响,在梦里,一群吉卜赛人在一个豪华酒店的天台上弹奏《匈牙利进行曲》,那嗡嗡的乐声无情地让我陷入茫然。我从来没有像今早在卡坎尼亚大酒店时那样被紧张所吞噬,尤其是在我看见服务员端上的那两只煎蛋时——那是对我即将戴上绿帽子这一处境的一种不祥的隐喻——它们在盘子里死死地盯着我,我在其中看到了智利百万富翁巴纳布斯,即法国作家瓦雷里·拉尔博创造的那个才华横溢的异名作者。那个幻觉只持续了一瞬间。巴纳布斯看了看我并对我微笑,然后就消失在了煎蛋里。但那是事实,他在那里出现了一秒钟,对此我再肯定不过了。我想说,我坚信在煎蛋里毫无疑问地存在着那位智利百万富翁的灵魂。

我渴望进行报复,而当我意识到汤格先生也是智利人的时候,我已经以我的方式报复了。因为汤格先生与年轻富有的爱好者巴纳布斯相比可谓望尘莫及,后者创作了一部精彩的个人日记、一个幸福的旅行者的游记,他乘坐豪华列车,在夜间穿越两次世界大战之间灯火通明的欧洲；"借我你辽阔的喧嚣/你如此甜美而辽阔的游行/你在灯火通明的欧洲夜行/噢，豪华列车！/还有苦恼的音乐在你金色的过道响起……"

苦恼的音乐让我想起昨晚梦中的吉卜赛人歌曲。我在好几部小说中都解释过，不过在座许多听众大概不知道，我在这里再讲一遍：从三十年前起，我就经常做一个梦，梦见我一直住在一个豪华酒店里，但我从来没有结过账，久而久之账单的金额越来越大，现在已经是天文数字。前台服务员多次想要将那张巨额账单递给我，于是我——意识到欠债金额之巨——就从车库斜坡逃出去，我很熟悉那里，它就在一个只存在于我的梦游幻想中的货用电梯旁。这个梦经常出现，但它不总是一样的，它有许多个略有差别的版本。在我昨晚的梦中，酒店的一个门童，一个叫蒙塔诺的年轻人，悄悄地把我带到斜坡，让我从那里逃走。那个门童仿佛是从百万富翁巴纳布斯的首版日记插图中走出来的。

昨晚，当我从斜坡逃出来并走到了街上，门童蒙塔诺突然来到我身边，他模仿莎士比亚的语气，在我耳边轻声说道："再一次生存，这是个问题。"然后他回到酒店，好像要去帮我支付那笔巨款一样，像一个乖巧的儿子会做的那样。"蒙塔诺！"我喊道。"稍等一会，我正在找罗马教皇。"这个奇怪的门童回答道。"可是，蒙塔诺！"我对他说。罗莎——不知道是醒着还是睡着——小声嘟囔："别烦蒙塔诺了。"

在座的部分听众也许在怀疑巴纳布斯并非真的来自智利。好吧,应该这么说,一直以来他都被认为是来自南美的百万富翁,具体国籍不详。但我们可以认为他是智利人,因为在被创造出来——即被拉尔博"写出来"——的那一刻,他的出生地属于智利,因此可以说,属于汤格先生的祖国,尽管事实上巴纳布斯属于所有地方,那是他的幸运,他没有国籍但也是智利人,因为他诞生于 1883 年,"在坎帕门托,阿雷基帕省,隶属如今的智利,当时秘鲁、智利和玻利维亚正因该地归属问题陷入纷争"。

复仇,哈姆雷特。

各位不知道在谈论这位无国籍的百万富翁时我的感觉有多好,他的境界比汤格先生的鬼魂高出不知有多少。

巴纳布斯创作了一部优雅的私密日记,它始于佛罗伦萨的卡尔顿酒店,结束于伦敦,他从那里离开欧洲,并决定了结这部日记:"我将告别这些文字,这本书。明天下午,我会在巴黎给它画上句号,它将在那里出版,我不在乎如何出版、何时出版。这是我的最后一回任性。"

事实上,巴纳布斯希望那本日记出版,从而使他看不见它,摆脱它。他说那本日记进入书店的那天,他将放弃写作。就是那样。他不想再知道任何关于写作的事,更不想知道那本日记的情况,他说:"它完结了,我开始了。你们不要在文字中寻找我,我在其他地方,我在坎帕门托,我在南美洲。"

巴纳布斯的境界比汤格先生实在高出太多！复仇,哈姆雷特。再见,汤格先生。我利用巴纳布斯——他跟你一样是智利人——将你送去智利的巴塔哥尼亚,让你再也无法回来。再见,先生。我不再按照你的构想来进行这场演讲。我选择了一条自己的路,这是一个如此严肃的决定,而事实上它又是琐碎的,因为继续遵循与拒绝遵循那位先生的构想之间的区别,等同于复述你家小狗说的话与带它出去散步之间的区别。

宝血①修道院日记

再见,罗莎,再见。我早知道,终有一天要与你分别并将之记在这里。再见,罗莎。你将会怀念我们一起用餐的那些早上,那时我总看着你温柔地给我端上的、那些在盘中死死地盯着我的煎蛋,尽管有时候它们还会掉到地上并挑衅地看着我:你把煎蛋朝我的脑袋扔过来,说你因为缺乏亲密感而喘不过气来,说你想独处一段时间,盘子也摔碎了。再见,罗莎,再见。现在你的所有时间都可用来享受那宝贵的亲密感。毕竟,汤格先生是一个老色鬼,他的一只脚踏进了地狱,从智利来的慢车即将抵达并将他轧死。很快,罗莎,你便会用世界上的所有时间来怀念那些美妙的早上——彼时煎蛋在我俩之间扮演着重要角色。很快你

---

① 原文是 preciosa sangre,字面意思为"宝贵的血"。

就会想念那个早上，那次你在早餐中流了血。那时我问你能否给我烤一片吐司，你让我等到烤完你的那一份，说完没多久你就哭了起来。我说，我究竟做了什么遭到这样的报应，然后你骂我王八蛋，我说你别哭了，我的天，你别再哭了，我只想烤一片吐司，我说，只是一片配煎蛋吃的吐司，然后你叫我用水给自己煮一个蛋，还叫我下地狱，因为我毁了你的一天。我对你说我不想要水煮蛋，我说那场争吵很可笑。然后你把你的盘子朝我的脑袋扔过来，然后又哭了起来。你弯下腰捡盘子的碎片，最后划破了手，你那宝贵的血流了出来。

这就是我想说的。我想说宝贵的血，它让我想到智利，想起圣地亚哥的宝血修道院，美丽的女作家特蕾莎·威尔姆斯·蒙特①——她被迫进入修道院——在这里写下了她个人日记的一部分，现在，这部日记以"宝血修道院日记"的名字为人所知。

特蕾莎十分伟大，而你，罗莎，永远无法变得伟大。复仇，哈姆雷特。特蕾莎是一位真正的女性，而你只不过是我这部悲剧性的人生小说中一个有血有肉的人物。

特蕾莎 1893 年出生于比尼亚德尔马②，她所接受的教育是

---

① 特蕾莎·威尔姆斯·蒙特（Teresa Wilms Montt，1893—1921），智利作家，诗人，无政府主义女性主义者。
② 原文是 Vi・a del Mar，字面意思为"海边葡萄园"，智利中部太平洋沿岸城市，广种花木，以"花园城"闻名。

为了让她融入婚姻和上流社会的派对,但这位家庭出身良好的年轻人自小就表现出叛逆的倾向。她与生命中遇见的第一位男子古斯塔沃·巴尔马塞达结婚,他俩对歌剧有着同样的热爱。这对夫妇——当时她只有十七岁——不得不离开比尼亚德尔马封闭的社交圈,移居圣地亚哥。在那里,特蕾莎患上了文学病,而她的丈夫则患上了嫉妒病并终日酗酒。叫喊,争吵,打架。他们又搬到伊基克,特蕾莎开始加入工会和女权主义者的行列,在那里她强化了自己的共济会和无政府主义思想,于是他们的关系进一步恶化。

特蕾莎在婚后育有两个女儿,然而她丈夫在发现她不忠后粗暴地把她与两个女儿分开了。他把她关进了圣地亚哥的宝血修道院,特蕾莎在那里开始写她那痛苦、可怕和血腥的日记:"愚蠢的钟,走得太糟了!你的黑色指针像乌鸦的翅膀,在每一分钟停留,没完没了。我有一股冲动,想要把你扔得远远的,把你砸坏!对于那些受折磨的人,你是讽刺、尖刻、冷酷的敌人,你毫无怜悯之心!当你看见我们快乐,你就变得轻盈,你的分针走得飞快……你是魔鬼犯下的邪恶罪行!"

在她被幽禁的痛苦日子里,她牢牢地抓住她的日记,仿佛她听说过约翰·契弗的那句话:"除了文学,我们不拥有其他意识,文学一直都是罪人的救赎,它启发和引领了热爱它的人,战胜了绝望,或许还可能拯救了世界。"

特蕾莎从那座修道院逃跑了,她与维森特·维多夫罗①逃到了布宜诺斯艾利斯,她在那里加入了文学圈子,成为了那座城市中罕有的、经常过着放浪不羁的波希米亚式生活的女性之一。在定居阿根廷的那段日子里,维多夫罗留下了这些日后将变成不朽赞歌的文字:"特蕾莎·威尔姆斯是美洲最伟大的女性。她面容姣好,身姿绰约,气质优雅,极有教养,聪慧过人,内心强大,天资出众。"

然而特蕾莎·威尔姆斯从布宜诺斯艾利斯再一次逃跑:"我离开了阿根廷,因为我的命运是流浪。"纽约、塞维利亚、巴黎、伦敦,还有巴列-因克兰——他以特蕾莎为灵感缪斯——的马德里。经过,然后离开。特蕾莎逃离她到过的所有城市。最终她还要逃离自己,她开始禁食,使用各种镇静剂,以平息她那奔放的情感。她坚持流浪生活,坚持走在迷途中,坚持她的命运,直到生命尽头。她在二十八岁时服用过量的巴比妥自杀。她的文字让我想起阿莱杭德娜·皮扎尼克,因此也让我想起我的母亲。特蕾莎·威尔姆斯自杀了,她在日记中留下了这样的句子:"我赤裸裸地离开了,像出生时那样,我对世上的一切如此无知。我曾备受折磨,那是我带上通往遗忘的船的唯一行李。"

---

① 维森特·维多夫罗(Vicente Huidobro,1893—1948),智利诗人。

对于正在毕恭毕敬地静静观看我这部冗长的个人戏剧的在座各位,如果我说特蕾莎的境界罗莎望尘莫及,你们一定不会感到惊讶。复仇,哈姆雷特。对我来说,一位智利的百万富翁和一位来自那个国家的女诗人就足以击败那位先生和罗莎。谢谢你,智利。谢谢你,哈姆雷特。再见,罗莎,再见。今晚对我来说你是一只蟾蜍,那位先生也是。再见,二位。现在我不会说,像你这样的蟾蜍,是另一只蟾蜍即那位先生的真面目。我不会那样说,罗莎,但我会说,失去一只蟾蜍是幸事,失去两只更是如此。

通往悲伤的转折

约翰·契弗是一位孜孜不倦的个人日记作家,在长达四十年的时间里几乎没有休过假。在此期间他试图解释他与生活的复杂冲突,因为归根结底,在表象底下,生活本身才是问题,正如他的儿子本杰明·契弗在日记的序言中说的:"一个简单的心灵会认为,他的问题的根本在于双性恋取向。但不是这样的。也不是酗酒。他坦承了他的双性恋取向。他戒了酒。但他的生活依然是个问题。"

他的日记中有一段记录,我在想象中将它缝在所有裤子的左侧口袋里随身带着:"后半夜的倾盆大雨。狂风大作。我在 3 点钟醒来。飓风离得很近。没有下雨和刮风的迹象。于是我突然觉得我能行——给我的价值清单找到某种意义并重新审视它：勇气、理智、诚实、对抗生命中自然危害的能力。"

自从我读了他日记中的这段话，我就一直把它带在身上，它是我生命中具有决定性意义的一个价值清单。我没有其他信仰，但我一直带着它，它使我永远不会失去方向。比如，就在这个晚上，它让我在处理我的问题时表现得很好，避免在座各位听见受伤动物不堪入耳的叫喊、让人讨厌的绝望抗议。

问题始终在那里，这让契弗——这是事件的积极方面——写出了日记中的精彩部分，比如我揣在口袋里的这段话，现在我读给你们听："当自我毁灭进入了内心，起初它只像一粒沙。它就像偏头痛，像轻微的消化不良，一根感染了的手指；但你错过了 8 点 20 分的火车，迟到了以至于无法申请提高信用额度。相约吃饭的老朋友突然让你失去耐性，你为了表现友善而喝了三杯酒，但这一天已经失去了形式、感觉和意义。为了在某种程度上恢复意图和美感，你在聚会中喝太多酒，你调戏别人的妻子，到头来只是做了一件猥琐的蠢事，到了第二天早上你只想去死。但当你试图回顾把你引向这一深渊的那条路，你能找到的只有一粒沙子。"

今天晚上，尊敬的听众们，我独自一人，在布达佩斯孤独而迷惘。正是你们参与了我与他人分离的悲惨过程。这让我陷入了一种混乱的境地，它让我更接近契弗的世界。他的日记的开篇总是一段悲伤的文字，他谈及孤独，谈及可见世界的美如何在他面前倒塌，甚至连爱也破灭了。契弗在开篇的文字中还谈到他在某个时候走出的错误的一步，谈到那错误的转折，他感觉自己选择了一个错误的分岔口：与我今天在布达佩斯这里的感觉如出一辙，那是看了《歧途》后产生的步入歧途的感觉。我不应该走进那个电影院，世界之美在我面前倒塌了，命运使我变得残破、孤独，让我在迷途之中流浪。

"此刻我感受最深的是孤独。"契弗的日记总是这样开篇，而我也应该这样展开我这个受骗男人的日记，因为在向你们讲述我通往悲伤的转折故事后，我的日记变成了受骗男人的日记。命中注定我要在布达佩斯遭遇悲伤，我在这里无疑走出了错误的一步，仿佛契弗的孤独留在了我心里，他的日记开篇总让我想起鲁滨孙·克鲁索①的日记："现在我不得不开始忧伤地讲述我孤独的生活……"

我不会在诸位面前继续沉沦了，接下来我只管完成这个伪饿汉的表演，随着演讲的持续，他正转变成一个受骗男人，各位

---

① 英国作家丹尼尔·笛福代表作《鲁宾孙漂流记》主人公。

蒙塔诺的文学病

直接参与了他的日记创作,日记在演讲结束后仍将继续,在各位的视线以外延续它的走向,它将像契弗那样反思孤独,反思绝望和失意的重量,反思无名焦虑的痛苦侵袭,反思爱与恨,反思作家是否必须是赋予文字特殊重要性的人、在文字中如鱼得水的人,甚至是在人类中左右逢源的人:他们废黜文字,以便把它们置于更有利的位置,感受它们、质问它们、轻抚它们,甚至给它们涂上不可能的颜色;最后,在与它们如此亲密共处后,他们还懂得隐藏自己以示尊重。

苏联人的日记

我的日记追求的不是披露事实,而是记录我的持续变化。我的日记在多年前就存在,但仅在几个月前——也就是去年11月我到南特并想象自己在探望一个虚构的儿子时——它才开始变成小说。我开始把我的日记变成一部小说,我是叙述者但假装成文学批评家,然后我又开始构建一部假传记,它建立在我最喜爱的日记作家的生活或作品片段的基础上。我发现加布里埃尔·费拉特① 1956 年写给海梅·吉尔·德别德马的一封信里的话非常有道理:“你发现了吗? 很奇怪,我们这些文学热爱者是

---

① 加布里埃尔·费拉特(Gabriel Ferrater,1922—1972),加泰罗尼亚诗人、翻译家、语言学家。

蒙塔诺的文学病

多么地没有个性，或许更好的说法是，我们的个性是何等的缺乏私密性。"

　　总之，我为自己构建了一部微型传记；再往后，在布达佩斯这里，我变成一个饥饿的演讲者；而此刻的我，看见自己——在一次新的变化后，由于妻子的背叛——变成了一个孤独的男人，一个在迷途之中流浪的人，一个初次成为受骗男人的步行者。

　　我以往各个角色的共同点在于都是文学病患者，都需要牢牢抓住文学以生存。这个正在诸位面前踱步的受骗的吸血鬼，是所有角色中最依赖文学以生存的人。之所以会这样也许是因为他刚在虚构作品中找到了一种生命伦理。

　　对这个受骗的吸血鬼来说，这本日记正在变成苏联人的日记，自从他看到它与另一部日记的相通之处，那是皮埃尔·德里厄·拉罗谢勒①的日记，日记的标题正是《一个受骗男人的日记》。这个男人，也就是这个吸血鬼，清楚地记得反共分子德里厄·拉罗谢勒日记中的一个段落。由于他与纳粹合作，他的同胞为了不用亲手枪杀他而请求他自杀，当时他不安地写下这两个句子："据说苏联人已经不知嫉妒为何物。我是苏联人。"

　　我转变成的受骗男人是个苏联人，他已经不知道嫉妒为何物。因此他不会在这里发出痛苦和恐惧的呼喊。但我感到愤怒

-----

① 皮埃尔·德里厄·拉罗谢勒（Pierre Drieu La Rochelle，1893—1945），法国小说家、短篇小说家、政论家和影视编剧。

和无尽的仇恨，我无法隐藏。我想毁灭这个世界。我害怕从现在开始我写的将是一个受到欺骗、心怀怨恨、复仇心重的男人的日记。生活待我太糟糕。没有人喜欢被欺骗。我说我是苏联人并且感受不到嫉妒，并非在欺骗你们，但我想把精神炸弹放在所有这些人的家里：他们是正在破坏文学的无耻之徒、出版图书的商人、部门主管、市场领导者、不断寻求新平衡的市场营销员以及经济学学士。我将去找他们，我已经在皮库岛侦察到他们的奴仆的藏身之处，我现在就去找他们。他们的所作所为缺乏精神和优雅。我越来越像《歧途》的主角，在电影的结尾，我们看见这个人物在黄昏的公路上，迷失和孤独，失去了方向：他拥有的抽象自由对他基本没用或者说完全没用，除了让他消失，或隐藏，或消融在世界的最后一个角落里。

　　我想进入非现实的深处，我想逃离众多面目可憎的幽灵，逃离众多虚伪和做作，逃离这个已经失去意义的现实。"人不会在一个下午变老。"约翰·契弗在他的日记中写道，这是在谈论他的短篇小说《游泳者》时说的，小说的主人公在泳池里游了几个小时，然后变成几个月，最后变成几年，回到家里时他已经变成一个老头。"但是，好吧，让我们玩一会吧。"我记得契弗这样补充道。然而，各位看到了，在一场关于日记作为叙事形式的演讲期间变老是完全可能的。各位见证了我那令人反感的变化，应该知道我的坏心情是合乎情理的。我离开这座文学博物馆后将会老二十岁,我已经成为马塞多尼奥·费尔南德斯在他的一些笔记中谈论的那些可怕和危险至极的老人之一。

乔治·桑①已经谈过在众目睽睽之下霍然变老的现象。在她的一部长篇小说中,她谈到自己在法国的一个客厅中观察那些古老贵族的姿态和表情,看着那些旧贵族就在客厅中老去。马塞尔·普鲁斯特在他的《追忆似水年华》中利用了这个想法。现在则应该说那个想法利用了我,因为在座各位可以清楚地看见——它构成了这场演讲的精髓——今晚我就在这里老去,在大家面前。

我为大家感到难过,各位为了听这场演讲来到了这个博物馆,最后却观看了一个戴绿帽的可怜人在一个小时内变老二十年的表演。事实上,我从来没有想过我在离开这里时会变得这么老、这么危险,会变成一个充满仇恨的人,会加入一群富有想象力的老人、一群清醒的怪物——尽管他们几乎都患有咳疾,几乎都驼着背,几乎都嗜毒成瘾,几乎都孤身一人,几乎都没有儿女,几乎都住在奇怪的疗养院,几乎都双目失明,几乎都是模仿者和话剧演员;他们所有人,每一个人,都受到了欺骗。

---

① 乔治·桑(George Sand,1804—1876),法国巴尔扎克时代最具风情、最另类的小说家,她凭借发表的第一部长篇小说《安蒂亚娜》(1832)而一举成名,雨果曾称颂她"在我们这个时代具有独一无二的地位。其他伟人都是男子,惟独她是伟大的女性"。

第四章 受骗男人的日记

9 月 25 日

　　二十一世纪之初，我的脚仿佛踏着文学史最前沿的节奏，孤独且漫无目地走在一条迷途之上，于黄昏中，无可避免地走向忧郁。我对于旧时代文学的发展缓慢、无处不在、愈演愈烈的怀念与黄昏的雾气融为一体。我觉得自己是个彻头彻尾的受骗男人。在生活中。也在艺术上。在艺术上，我发觉自己身边到处是讨厌的谎言、赝品、伪装和欺诈。此外，我感到非常孤独。抬眼望去，我能够看到的东西只有一样：垂死挣扎的二十一世纪初文学。直觉告诉我，正如遇难的克鲁索在日记开头写的，"对一种孤独人生进行忧郁性描述"的时刻即将来到我的面前。我在迷途之上漫无目地走着。雾气变得愈发浓郁和神秘。我可能会遇到穆齐尔，我对自己说。逐渐没落的文学，犹如白昼一般，褪色，消亡。我想与人谈论此事，但迷途之上空无一人。我往前走了很久,夜幕降临了。突然,我看见一座空房子旁边有一个影子在移动。那是艾米莉·狄金森。她身穿白色晨衣,正在遛狗。我向她打听穆齐尔,她惊讶地看着我。那就像世界的尽头,陆地的尽头。"雾。"她对我说。我继续往前走,整晚都能听见鸟儿飞过,我跟着它们一起飞。黎明时,我离开了迷途,看见穆齐尔站在悬崖边上。他穿着白衬衣,领子敞开;套着一件黑大衣,垂至脚边;头戴一顶红色宽檐帽。他看着地面陷入沉思。他抬起头来看我。我们面前空空荡荡。"这就是时间的模样。"我对他说。他望向模糊的地平线。"我们不要顺从地将自己奉献给这个时代,正如它所期待的那样。"他对我说。

去年11月去南特的时候,我还没有像在布达佩斯那样一个下午突然变老二十岁。彼时文学的境况不容乐观,但还不至于像现在这样,并不是说它也变老了许多,而是说它就像是急速衰亡中的奥匈帝国。

我到南特的时候仍然年轻。十个月后,撰写这本日记的手已属于一个在布达佩斯遭受欺骗的老头。

两个星期前,11日的星期六,曼哈顿遭到袭击。那条新闻震撼了我,但它的影响仍然不及我在刚过去的六月的某天下午,于布达佩斯发表演讲时突然变老二十岁那件事。自然,在匈牙利的那个下午没有给我留下美好的回忆。最坏的事情发生在最后，我在变老二十岁后意识到，随着时间的流逝，如果我在演讲的尾声拖延太久，那我就没法活着走出会场了。问题在于我不知道该如何结束那场演讲，它已逐渐变成了类似《埃特纳的小说博物馆》①一样的东西，那是马塞多尼奥·费尔南德斯一直无法为其画上句号的一本书。

我不知道如何结束，只能想到请求听众将我独自留在会场，沉默地认可这个沦陷在布达佩斯的老作家，然后离开。我最后就是这么做的，我恳求听众们将我独自留在大厅里。

他们没有离开。

"难道你们没看见我变老了二十岁吗？求求你们了，请你们都离开，都消失，我现在不为任何人存在，演讲已经进入尾声，我们应该避免让它变成《埃特纳的小说博物馆》。"

"我们怎样才能消失？"布朗肖问。我不知道答案，但我知道听众们可以走了，可以消失了，而这或许会是一个圆满的结局。

他们开始离场。

最初的疑问得到解答后，他们开始鱼贯而出，所有人都走了，会场空了下来。最后离开的是作家伊姆雷·凯尔泰斯。他

---

① 阿根廷作家马塞多尼奥·费尔南德斯于死后发表的一部实验主义小说，是一部"反传统小说"。小说的创作过程从 1925 年一直延续到作家去世。

蒙塔诺的文学病

在离开前似乎想跟我说点什么,但我说了两句奇怪的话,足以让他皱起眉头并打消向我走来的念头:"我想一个人待着,我的朋友凯尔泰斯。因为我想知道,当我独自一人的时候,我是否并非独自一人。"

终于只剩下我一个人了,还有半瓶水,以及几张记着该死的汤格说的话的纸。我在演讲时始终以先生称呼他,仿佛想把他变成属于我个人的泰斯特先生。我独自待在会场里,我对自己说,在戏剧世界里——或者在跟我今天这场一样带有戏剧腔调的讲座世界里——有一个保守得很严密的秘密:当一切结束时,作者,那些台词的负责人,会继续活在那里,他们会留在戏剧中,而他们创作的台词也会在说过之后继续活下去。

所有人都走了,有那么一小会儿,我继续活在那里,并体验到一种奇怪且非常矛盾的感觉:一方面,我感觉自己活在文学博物馆里,而另一方面,当我独自一人之后,我并非独自一人。正是在那些孤独的、活着的瞬间——并不孤独,但却活着——面对着那一刻的荒诞现实,我决定深入非现实世界。

刚做完这个决定,博物馆的管理员就突然出现了,在那个瞬间,我被拉回到受骗男人的境地,拉回到那个粗野、可疑、混乱、可憎和没有意义的现实。

"吉隆多先生,您的夫人在前厅等您。"她说。

他们把你抛弃了,但却对你说并不是这样的,那绝不是事实。

"汤格?不是吧,拜托……他只是朋友,如果你觉得我跟一只蜻蜓①睡了,那你真的是疯了。"罗莎跟你说。

于是你决定要成为那个抛弃别人的人,但不是在布达佩斯,你要以忍耐武装自己,等待回到巴塞罗那的时刻。

一天早上,你突然离开,未留只言片语。你没有带走任何东西,除了你的私人日记。你穿着深色外套,冒着雨走在加泰罗尼亚的街道上:树木,人行道,零星路人。你来到一个广场,看见一辆公交车。你加快脚步,跑着穿过马路,跟随其他乘客上了公交车。公交车出发了。你坐在后排,以便更好地看清人类的全貌。你观赏玻璃窗上的雨水。几个小时后,你穿越塞纳河,同样是在公交车上,经过奥斯特里茨桥②,观察每一站上车的乘客。到达奥利③的时候,你通过了简单的警方检查,你没有带随身行李,只带了你的私人日记。你登上一架飞机,飞机腾空而起,降落在智利首都圣地亚哥。你上了一辆出租车,去往瓦尔帕莱索,到那以后,你奔跑着来到布莱顿酒店的天台,你感觉很快就会下雨,无论如何,你不至于傻到问自己正在那里干什么,同样地,你也没

---

① 前文提到汤格曾在费里尼的电影中饰演一个摆着蜻蜓姿势的男人。
② 位于法国巴黎塞纳河上的一座石造拱桥,为纪念第三次反法同盟战争期间的奥斯特里茨战役而建。
③ 法国北部城镇。

　蒙塔诺的文学病

有问自己是否要把你的围巾放在房间里的暖气片上烘干,如果你有——而你并没有——围巾、暖气片和房间。

　　然后,你想起了汤格,就在那个天台,去年,他用酒淹死苍蝇的可怕闹剧,还有在那个天台上举行的世纪末的派对;而今天这里却一片荒凉,空空荡荡,一个人也没有。酒店似乎关门了。看见一个在你想象中如此热闹的地方在现实世界里却如此死寂,让你惊讶不已。但这还不是感到惊讶的时候。毕竟这天台上的巨大孤独——尽管从前的它充满欢乐——是你自找的。现在无论抱怨什么都会很荒谬。正当你这样想着,一名服务员突然出现了。你感到有些失望,你刚刚喜欢上独自在这里散步的想法——这里是你在日记中提及的、现实和想象两个疆域的核心地点之一。不过,为了弥补失望,你意识到在你的面前展现了一些有趣的可能性,包括点一杯皮斯科酸酒,于是你点了一杯。过了不久,酒被端上来的时候,你思考着生活,然后为自己感到自豪,你自问,逃跑之后自己成为了什么样的人。你自答:我是一个闲人,一个梦游者,一名隐士。你自娱自乐,快活非常,这是逃跑者的幸福。世界的喧闹留在远方:罗莎,不切实际的计划,朋友们。你把一切抛诸身后。你心想,你做了自己唯一能做的事,为了使一切更完美,你只需彻底地消失,真正地消失。那并不简单,你想。你望向瓦尔帕莱索的海湾。你问自己,我怎样才能消失。你没有找到答案,于是换了话题,你告诉自己有许多关于抛

弃的诗歌,你记起某天在听见街上有人说出这句话时你的嫉妒
心情:"他让一切都去见鬼,然后头也不回地走了。"你听过那句
话以后,念念不忘想要逃走,你终于这么做了,你可以感到圆满
了,尽管你在这个曾经有人相伴的地方感到十分孤独。当你听
到太平洋那浑厚的战场般的咆哮时,你再次想,有许多关于抛弃
的诗歌。你记起菲利普·拉金①的几句诗,诗中说,所有人在心
底里都憎恶家园,却又不得不待在其中,我们都厌恶自己的房
间,那里有专门为我们挑选的生活器具,连同书籍带来的小美
好、枕头带来的幸福感和我们井然有序的生活。

喝酒吧!(你想道,)你们就留在那里,混蛋们,留在你们温
馨的小房子里,听着地中海温顺、卑微的声响,皮斯科酸酒好喝
极了。

黄昏时分,今天是 9 月 25 日。在写这篇日记时,我看了一眼
昨天买的罗伯特·瓦尔泽的《散步》,我惊喜地发现了几行文字,
让我知道这位瑞士作家也曾在雾气之中、迷途之上游荡:"有时
我在雾中游荡,在无数个犹豫和困惑中游荡,我常常感到被抛弃
(……)在心灵深处,唯一能给灵魂带来骄傲和喜悦的,是凭借勇
气克服的磨难,还有依靠忍耐承受的折磨。"我想这是我与瓦尔

----

① 菲利普·拉金(Philip Larkin, 1922—1985),20 世纪最重要的英语诗人之
一,诗体优雅,用词凝练奇趣,开创了一代诗风。

泽心灵相通的合适时机。毕竟我的外公,我母亲的父亲,与瓦尔泽很像,他的儿子们,吉隆多家的孩子们,我母亲的三个兄弟,也与瓦尔泽有着某种精神上的相似之处。他们凭借勇气克服了生活中的困难,默默地承受了人生中不断涌现的折磨,他们承受折磨却毫无怨言,这一点一直让我敬佩不已。这就是我们所理解的蒙福的心灵,他们有时仿佛自动运转的木头人(就像福楼拜笔下的女佣菲丽希特①),拥有着令人羡慕的单纯,在这里我举个例子,来说明他们如何看待这个世界。他们看着大海,会想到大海深不见底,是一幅无限的景象,来到海边需要时刻秉持长远眼光,看海的时候要说:"好多水啊! 好多水啊!"他们谨慎、谦逊、简单、善良,当我得以和吉隆多家族心灵相通时,我感到既伤心又平和,仿佛回到了自己当初离开的土地。他们清楚地知道哪些事物永远美好:斗争,享受勇敢克服磨难之后的喜悦。斗争,成为——譬如说——文学本身,为文学本身而战,在它行将就木之际将其化为己身,背负受骗男人这一可爱身份,是美好的。斗争,挑战虚空面前的深渊,寻找穆齐尔,是美好的。

你确实是两手空空走的,穿着深色套装,带着私人日记。你来到布莱顿酒店那维多利亚风格的天台上,你曾经来过这里,身

---

① 福楼拜的短篇小说《一颗简单的心》的女主人公,该作品收录于短篇小说集《三故事》(1877)。

边有朋友相伴;而今天你在这里感到无比孤独,在你看来,现实和虚构在这里浑然一体。你什么都没带就离开了,不过,没错,在你的深色外套里——这不是凑巧——有一张信用卡。因为是星期天,你要等到明天才能去买新衣、袜子、内裤、牙膏和拖鞋,那些庸俗的东西破坏了你这场浪漫的逃跑,你变成了一个带着信用卡和穿着深色套装的孤独可怜虫。于是你更正了想法,你想着,你的孤独并不似刚才想象的那么令人愉悦。但你不应该气馁。幸好你有你的日记,它可以填补那危险的虚空——那里安放着你这个受骗男人的生活。你突然微笑了,出于单纯的快乐;因为你想到自己终究是躲开了许多朋友——你一辈子崇尚友谊,现在却抛开了那一切——你避开了那些朋友,在你选择的崭新和孤独的生活方式中感觉到一种奇怪的快乐,你想起了瓦尔泽的话,他说,自己在确定某人有点避世时,会感到一种堕落的窃喜,而这种窃喜是奇怪的。

你有你的日记,可以用它填补一个受骗男人危险的虚空。你又点了一杯皮斯科酸酒,并且问服务员记不记得你,记不记得去年底来这里的那个加泰罗尼亚人。"我刚来瓦尔帕莱索。"服务员态度恶劣地跟你说。也许除了你在日记中的记录,再也没有任何来自人类的证据可以证明你曾经来过这里,并且过得很快乐。

面对着不友好的服务员，在他端上第二杯皮斯科酸酒时，你问他是否备了一只苍蝇，用来折磨和淹死的苍蝇。

"马天尼酒的殉难者。"你对他说。

他以为你疯了或喝醉了，于是转身就走。你再次变成孤身一人，拿着你的日记，于是你决定在日记中反思正发生在你身上的事情，你决定变得诚恳和现实，直至你想起这与那些你厌恶的反艺术的日记作家所做的事有些类似。然后你又想起，面对你所处时代的没有意义的现实，你曾经决定深入非现实世界。你想起了这一切，于是从口袋里拿出日记本，你打算摒弃愚蠢的诚恳，转而描述图像和情景，就像意大利抽象绘画中的景色，其笔法十分清晰、精确、合理，同时又十分虚幻。但最终你很快放弃了成为某种抽象画家，就如同你放弃成为愚蠢和诚恳的日记作家。最后你写道："我觉得从前来过这个豪华的空中花园，但说不出是在什么时候。我的脚下是瓦尔帕莱索的海湾，我想我或许应该将这本日记往前翻，试着找出我何时来过这里，假设我真的来过这座城市，这座拥有各种风和缆车的城市，这个海关官员鲁文·达里奥①写下《蓝》的地方……"

你停了下来，你正在写的东西让你觉得文学得愚蠢，也虚伪

---

① 鲁文·达里奥(Rubén Darío, 1867—1916)，尼加拉瓜著名诗人，拉丁美洲现代主义诗歌最重要的代表人物，被誉为"现代主义之父"。达里奥曾在智利做过海关官员。

得愚蠢。为此你或许更应该忠于现实,真实地叙述你在瓦尔帕莱索的异常处境,也就是说,叙述你十分孤独,不知道自己的人生将会怎样,不明白自己在布莱顿酒店天台做什么,这天台距离你巴塞罗那的家是那么遥远,尽管你也确实成功地钻研了一种关于抛弃和逃跑的诗学,你的确完美地让一切都去见了鬼,而且无论如何,你能做的最好的事就是不气馁,你必须感觉并且处于非常完整的状态,才能献身于你已加入的那场斗争的美好,以及你将文学化为己身从而将其从深渊旁的绝望境地中拯救出来这一行为的美好。

你是一个闲人,一个梦游者,一名隐士。

你是文学本身,今天下午你将它化为这座天台。你对自己的新生感到自豪。

你已将一切诚恳逐出日记,还逐出了任何让你变得诗意或进行文学创作的诱惑。于是你发现,除了这部日记在布莱顿酒店给你提供的选项(反思现实,深入非现实,变得诚恳并坦言你的苦恼,等等),除了那些传统选项,在你面前出现了一条极具吸引力的新路径,它丝毫不失传统性,尽管你在此之前从未关注过它:将此时在这座荒凉的天台上你希望发生在自己身上的事情搬到日记里。而你希望发生的事情是极其温柔、简单、纯粹的子女之爱:希望你的母亲活过来,此刻待在你身边,陪伴孤独的你。

你想道:将特权赋予没有发生的事情也是写日记的一种方式。于是你写道,你故去的母亲正在你的身边,就在这个天台上,双眼望向虚空,与活着的时候很不一样;写下这些的时候,那只属于受骗男人的苍老的手没有颤抖。

现在你或许会问母亲,死后的生活是怎样的,你或许会问她的,如果不是因为你在自己的小说中已经反复问过那些死去的人,而他们毫无例外都会回答,死后的生活就像是夜间遨游在潘帕斯草原。

现在,为了避免从她那里得到同样的答案,你决定稍微调整一下这个问题,你感兴趣的是她过得怎样,也就是说,不要向她提到"死后"这个词语,因此你只是这么问道:

"妈妈,你过得怎样?"

"还能怎样? 不好,儿子。所以你过得也不好,而且或许更糟,你看着吧。"

"我会看到什么?"

"你会看到,他们将你唤作'永恒',他们也这么称呼我。"

你的母亲开始抽泣,你感觉她那粗糙的声调就像是刘易斯·卡罗尔①笔下的毛毛虫在哭泣。尽管风开始刮起来,你并没

---

① 刘易斯·卡罗尔(Lewis Carroll, 1832—1898),英国著名童话作家,代表作有《爱丽丝漫游奇境记》《爱丽丝镜中世界奇遇记》,毛毛虫是其笔下的一个角色。

有去想它能否帮你最终得以消失,彻底消失,正如你一直以来所追求的那样。你没有去想那些,因为毕竟你现在过得很好,你不愿意去想任何事情,只想就这样端着你的皮斯科酸酒,待在"永恒"·吉隆多身边,你那故去的母亲身边。

你指着海让她看,就像一个自动运转的木头人。当你说出下面的话时,你深感自己就是吉隆多家族的人:

"很多的水,很多的水。"

她表示同意,风吹得更猛了,像这样被头脑中的生活牵着走,让你感觉越来越好。

你离开瓦尔帕莱索的时候比刚到的时候感觉更孤独了,你在全世界逛了几圈,到过几个大陆上的奇怪城市,最后回到了欧洲。你坐上从慕尼黑开出的火车到达布达佩斯,到达后的第一个冲动是——你仿佛是狄更斯笔下愚蠢幽灵中的一员,尽管它们能够支配全部且无尽的空间,却总想回到它们遭遇不幸的地方——到这个城市的文学博物馆,在那座大厅里面走一走,两个月前你在这里做了一场讲座。但你在最后关头抑制住了这个冲动,你想起自己正身处一个在你的时代堪称"咖啡之城"的地方,于是你躲到了"克鲁迪"①,那是一个文学咖啡馆,你模仿起科斯

---

① 该咖啡馆名源于作家克鲁迪·玖洛(Krúdy Gyula, 1878—1933)的名字,他是 20 世纪匈牙利现代文学的重要奠基人,对后世的匈牙利文学影响深远。

托拉尼①,那位伟大的匈牙利作家,严重的文学病患者,在昔日的"天狼星"咖啡馆中,向服务员要的不是咖啡,而是墨水。

"服务员,"他说,"墨水,谢谢。"

你坐在"克鲁迪",在你的日记中写下你希望发生在现在的事情,你写道,你刚想起纳博科夫说过,灵魂只是一种存在方式,并非恒定状态,任何灵魂都可以变成你的,只要你能跟上它的波动,写下这些时,那只属于受骗男人的苍老的手没有颤抖。你想起他还说过,死后的生活——关于这一点,你的母亲"永恒"似乎知道很多——也许取决于在选中的灵魂中有意识地生活的能力,被选中的灵魂无论数量多寡,全都意识不到自己无尽的负担。

当你写下后面这些时,你那只苍老的手同样没有颤抖:"克鲁迪"咖啡馆里的黑暗慢慢汇聚成一种灰色的云,室外的雪逐渐透过咖啡馆的窗户模糊地显现,你感觉自己拥有了罗伯特·瓦尔泽的灵魂——那是个在雾和雪中的永恒漫步者——同时你觉得在咖啡馆外看见了罗伯特·穆齐尔,他手拿一只盛着咖啡的热水瓶,穿着冶金工人的工作服,那行头怎么看都不足以为他抵御严寒,你不禁用指头敲了敲玻璃窗,邀请他走进"克鲁迪"。

---

① 全名科斯托拉尼·德若(Kosztolányi Dezsö, 1885—1936),20 世纪匈牙利现代文学先锋和旗帜人物,对后世作家影响巨大。

穆齐尔进来了,你向他伸出手。

"我叫罗伯特·瓦尔泽,"你说,"我希望你放下热水瓶,我请你喝一杯好咖啡。"

"我更想吃点干的,比如一块好牛排,"穆齐尔对你说,"所以您叫罗伯特·瓦尔泽,跟那个作家一样?这太奇怪了。还有,您知道您甚至长得也像他吗?尽管,说实话,还有一点德拉库拉的味道。"

那是穆齐尔,所以你原谅了他善意的挖苦,然后你问他为什么穿得那样可怕,为什么要装扮成冶金工人。

"第一卷,第二十章。在我未完成的书里。您记得那一章的主题是与现实的一次接触吗?"

你认为自己大致理解了他想要向你传达的意思,你喊来服务员,给你的客人点了一份牛排。你问他:在外面穿成工人的样子与现实接触,不是很冷和很饿吗?

"我,"他回答道,"已经在雪地上不停地走了三天三夜。最后我终于来到了自己想要到达的地方,布达佩斯。然而,刚踏入这座城市,我就确信这是个不能到达的地方。于是我停下来思考,就在这里,穿着工作服,在'克鲁迪'的门前。我想,如果这是我一直寻觅的地方,也就是说,如果我这么容易就到达了这座城市,那么我就是一个无足轻重的人。或者说这不可能是对的地方。也许,我现在想,这就是对的地方,但可能我还没到达这里。"

蒙塔诺的文学病

"您的想法,请允许我对您说,有点卡夫卡的味道。"你对他说,为德拉库拉那句话向他报复。

他仿佛没有听见你的话,接着像卡夫卡那样说道:

"又或许是因为这里一个人都没有,而我则属于这里,且来到了这里。而没有人可以到达这里。"

在你面前坐着一位伟大的作家,这是你自始至终没有忘记的。你知道在当前这样的几乎没有伟大作家的时代,在你面前有这样的一个人是多么不寻常的事。你突然想起多年前读过的海明威的小说《非洲的青山》[1]。在小说里,作者身处棕榈林中,在狮子和犀牛的脚印之间,突然想到了詹姆斯·乔伊斯,想起那些在巴黎与他相聚的日子,于是写道:"像我们这样生活在一个缺少伟大作家的时代,偶尔看见乔伊斯,一个伟大的作家,是多么愉快的事。"

"您刚才说卡夫卡怎么了?"他突然问你。

"哦,没什么。"

"正好今天我想了许多关于他的事。如果卡夫卡还在布拉格,我一定到那个城市,请求他加入'平行行动'[2],我正在考虑把

---

[1] 《非洲的青山》是海明威根据自己 1933 年的东非之旅创作的纪实性小说,以细腻而饱满的笔触再现了作家在非洲原始森林里狩猎的经过。

[2] 这个名称出自罗伯特·穆齐尔的小说《没有个性的人》。主人公乌尔里希参与了一个名为"平行行动"的委员会,其目的是筹备 1918 年举行的奥皇弗朗茨·约瑟夫一世继位 70 周年庆典。取名为"平行行动"的原因是在同一年,德国也将庆祝德皇威廉二世继位 30 周年。

我那些抵抗者朋友聚集到世界上的某个地方。"

你立刻想到亚速尔群岛的法亚尔岛,可以作为集会的理想场所。但你没有告诉他,因为你及时意识到,你不知道他正在谈论的是哪类抵抗者,也不知道"平行行动"可能指的是什么。

穆齐尔似乎猜到了你在琢磨的问题。

"抵抗者,"他对你说,"指的是做文字工作的人和地下墓穴中的人。是反对破坏文学的斗士。我想把他们聚集到某个地方,并在那里开始向那些虚伪的作家、那些把控文化产业的流氓、那些宣扬虚无的使者、那些唯利是图的人扔思想炸弹。"

你带着巨大的热情,本能地想着你将小心翼翼地在某些唯利是图的人,即文学之敌的据点放置思想炸弹。接着,幻想着文学的胜利,让你的这一天变得快乐。但你没有告诉穆齐尔这些,你害怕他认为你过于天真或者是幼稚的破坏者,你宁可把主动权让给他,让他主动提出——很快你将知道他不会这么做——让你加入"平行行动"。

牛排端上来的时候,你决定搞清楚他之前对你说的一些话,于是你问他所理解的与现实接触究竟是什么意思。

穆齐尔盯着你看了好久,最后说:

"现在您看到的,就是我所理解的与现实接触。那么您现在看到的是什么? 您看到的是一位穿着工作服的先生,正准备吃一块牛排。为了非现实,我的朋友瓦尔泽,为了虚构,比如,今天正在下雪,今天是1913年8月的一个美好的日子,为了叙述或虚构这些,我亲爱的朋友,我们有太多时间,您不觉得吗?"

然后,穆齐尔很快地把牛排吃掉了。

第二天你离开了布达佩斯,你甚至没有走近那个你曾经揭露自己绿帽子丑闻的博物馆,也没有回到那个让你的生活拐进一条迷途的电影院的放映厅,你离开了布达佩斯,穆齐尔已经不在,他在盖勒特酒店的洗手间消失了。你离开了布达佩斯,几乎没有想过这两个月罗莎过得怎么样——目前为止你偶尔会想想,自娱自乐地想象着她以为你在一条迷途的水沟里死去了——你离开布达佩斯,乘船经过多瑙河到了维也纳,你想起威尼斯的水上巴士。你到了维也纳,从那里坐上出租车,去往基尔林,那里有一座带夹层的两层楼房——从前是疗养院,卡夫卡在那里去世。

你到了那座不起眼的房子,位于克洛斯特新堡附近的基尔林小镇豪普特街187号。1924年6月3日,卡夫卡在这个当时属于霍夫曼医生的疗养院中去世。现在这里是民宅,你轻易地找到了它,这得益于你在《多瑙河之旅》中找到它的确切地址,这个地方与马格里斯在八十年代探寻这里以后所描述的几乎一样。卡夫卡的房间朝向花园,在房子的一层。那个房间摆满了鲜花。在房子的一层,就在卡夫卡死去的那个位置,一位非常和善的老妇人让你进入了她的住宅,让你从阳台上看一看楼下的花园。那位妇人身穿一件白色且装饰有象牙的长衬衫,如此打扮几乎像是为了迎接你。如今的花园里,有一座小木屋,里面放满了手推车和镰刀。从前,卡夫卡坐在摇椅里观赏这个花园,那是他看过的最后一个花园。邻居的一条狗在吠,你试图想象这里冬天的景观,灰色的冰冷天空,白雪的痕迹。你感到有点震撼,你身处卡夫卡离开这个世界的准确位置。你认为你可以看见他在生命尾声所看见的。"他看见,"马格里斯写道,"那正逃离他的绿色,或者说繁华,季节,纸反过来从他体内吸走的汁液,在一种纯粹而令人生畏的荒芜感中将他吸干。"

"要跟我喝杯茶吗,瓦尔泽先生?"和善的妇人向你提议道。

你对她说,当然,你说她的热情让你感到愉快。卡夫卡就是在这里死去的,你想着。你还想,如果你跟妇人提起这事,她会说她也想在这里死去。你想起马格里斯说的关于这个房间的另外一句话:"事实上我们所有人都已经在这里死去,就像在那些中世纪的宗教表演中一样。"

她给你端上茶的时候,你问她有没有读过卡夫卡。你还想问她住在卡夫卡死去的地方是什么感觉,但你觉得第二个问题有点不合时宜。

"我不读书,瓦尔泽先生。"她回答道。

"啊,不读书吗?"

"我没有那个习惯,我需要做手工活儿,总是很忙,你明白吗?那些书会让我的手停下来。不,我没有读过卡夫卡。"

"您什么都不读吗?"

"什么都不读,尽管我很崇拜史蒂芬·霍金①,我仰慕他,我在电视和电台里听他说过一些棒极了的话,"她指着一台五十年代的马可尼牌老机器,"他是一个非同一般的、让人感动的人。他说的那些话把我迷倒了:我们住在一个有上亿个星系的宇宙里,这些星系又包含上亿个不知道长什么样的其他星系,这让一切变得无穷无尽……还有所有那些关于上帝的观点。您相信我,我非常崇拜霍金,他是一个非常棒的人,就像上帝。有一天我听他说到了迦勒底的吾珥②。您听过迦勒底的吾珥吗,瓦尔泽先生?"

"不得不说,我没听说过。"

"霍金说,在吾珥,人们早就知道立方根和我也不懂的什么四次方根。您没听错,瓦尔泽先生。是四次方根!吾珥的人们早就知道。亚伯拉罕和他的人已经知道它。这不是很震撼吗?"

你问她谁是亚伯拉罕,你记得在中学里学过他,但你已经什

----

① 史蒂芬·霍金(Stephen Hawking,1942—2018),出生于英国牛津,英国剑桥大学著名物理学家,现代最伟大的物理学家之一,20 世纪享有国际盛誉的伟人之一。
② 古希伯来民族和阿拉伯民族的共同祖先亚伯拉罕及其妻子萨拉的出生地。这个地名曾在《圣经》中出现过 4 次。

么都不记得了。她露出惊讶的神色,你竟然不知道亚伯拉罕,在向你解释他是谁的时候,她很快心生疑惑,似乎她自己也并不了解很多:

"他是现代以色列人的祖先,或者说是犹太人的上帝,我现在不知道该怎么确切地告诉你。他是亚伯拉罕,你一定听说过他。话说回来,我崇拜霍金以及他说的所有话,当你看见他怀着钢铁一般的信仰,克服所有身体上的问题时,会发现他是一个能够激发你的生活热情的人物!"

你发现这位和善的老妇人跟你不一样,她离蒙塔诺的文学病非常远。你想,在这里多待一阵子也没有关系,你们的交谈很愉快,茶非常可口。你确定,没过几天你就不再是文学病的重度患者了。尽管,当然了,你突然想到,自己或许不该逃避那场以墓穴战士的身份与文学之敌做斗争的兵役,你没有忘记这一点,即使只是出于对穆齐尔的忠诚,他认为最可能发生的事情是你最终加入了"平行行动",他认为人不应该逃避他所坚信的东西,他认为你几乎有义务与那些向阻止文学胜利的人发动战争的同伴并肩作战。

你又看了看卡夫卡见过的最后一个花园,然后听那位老妇人说:

"我们活着不是为了活着,瓦尔泽先生,而是为了已经活过,已经死去。"

你问自己她这么说想表达什么。你觉得这一切都不可思议,你现在身处这个房间,这里有一台马可尼收音机、四件小资产阶级风格的家具,从前它是疗养院的一个房间,一个摆满鲜花的房间,垂死的卡夫卡在这里偶尔说些胡话:我已经不读书了,我只赏玩,我会打开它们,翻动它们,看一看然后合上,带着与旧日同样的快乐。根据彼得罗·西塔提①所述,卡夫卡在读完他最后一本书的最后几版校样后,眼泪夺眶而出,这是从来没有在他身上发生过的。他为什么哭?因为死亡?因为他已经成为的作家?也许他在那最后的火焰中,依稀看见了他本可成为的那种作家?他推崇红酒和啤酒,并且邀别人大口大口地喝,喝那些他无法咽下的液体——啤酒、红酒、水、茶、果汁。

你觉得这一切都不可思议:现在你所身处的房间里那仅有的一只花瓶,在昔日插满了鲜花,那时还有一个医生和一个护士,卡夫卡在这里去世。你想着,如果现在这个房间里再次摆满鲜花,用全世界的鲜花来装点它,会发生什么。你觉得那样的话你将几乎无法呼吸,就像卡夫卡在这里、在这个世界上的最后几个小时那样。

卡夫卡,在他活在世上的最后一分钟,做了一个对他而言粗鲁的、不寻常的举动,他命令护士出去。这一切就发生在这里。

"再来一点茶?"那位妇人对你说。

---

① 彼得罗·西塔提(Pietro Citati, 1930—   ),意大利作家、文学批评家,为包括卡夫卡在内的多位著名作家写过传记。

这一切就发生在这里。卡夫卡发出那个命令后,使劲拔出插在他身上的管子,把它扔到房间中央,他说他已经受了太多折磨。当医生清洗注射器,要离开病床片刻时,卡夫卡对他说:"请您别走。"医生对他说:"不,我不走。"用一种深沉的声音,卡夫卡回答道:"我要走了。"

1917 年是卡夫卡生命中忙碌的一年。1 月,他在《猎人格拉胡斯》的创作中开始了那一年,那是他最好的一个故事,在书中他写了一句完美的话,让他不得不在那句话的地方结束了故事,那不是因为他想不出故事的结尾,而是因为结尾就在那句完美的、可怕的、冰冷的话里。里瓦市长问野蛮的猎人格拉胡斯想不想跟他们留在镇上。猎人刚坐着自己的船到达这里,他出于礼节把手放在市长的膝盖上,对他说:"我不想,我在这里,别的我不知道;我做不了其他事情。我的船没有舵,它只能随着在死亡的最底层吹的风行驶。"①

那年 3 月,他写了《中国长城修建时》,同时开始迷失在神秘小道构成的迷宫里,他终其一生在迷宫里朝圣,始终未能找到一个出口,尽管他已永远拥有猎人格拉胡斯那完美的最后一句话。

7 月,他与菲莉斯·鲍威尔第二次订婚。8 月,他突然吐血。

---

① 《猎人格拉胡斯》的最后一句话。

9月4日,他被确诊为肺结核,12日,他开始休病假。10月,他在日记中比较狄更斯和罗伯特·瓦尔泽,他说这二人都在感情充沛的风格背后藏着自己的不近人情。

那是卡夫卡天才般的直觉,直至今天,许多卓越的头脑仍然很难接受这一点,他们信仰温情的文化,把狄更斯视为所谓"活力现实主义"的创始人,认为他对可怜的人类充满怜悯,而事实上他跟瓦尔泽一样,拥有一种冷静且带有破坏性的智慧,这让他在关上门后——对于所有跟他打交道的人而言——变成了一个可怕的人和秘密的不近人情之人,只因那个时代的愚蠢形势所迫,不得不四处散布虚假和美好的情感。

11月10日,卡夫卡在日记中写道:"时至今日我还没记录下症结所在,仍继续流淌在两股支流中。等待我完成的工作是浩大的。"11月底,他高声朗读着瓦尔泽的文字,闯进了马克斯·勃罗德的家,读后便大笑起来。"你来看看,听听这个人一本正经说的话。"他对勃罗德说。12月,他与菲莉斯·鲍威尔的第二次订婚解除。

最后。今天也许该结束了,现在已经夜深,9月25日这一天马上进入尾声,而我——请你们叫我瓦尔泽——将与今日道别,与卡夫卡人生中这一年的回忆道别,这段回忆已经让我离题了,我原本叙述的是我在迷途之上的流浪足迹。我也许应该停下来,可我还要再说几句,我将继续叙述我那最小限度的心灵逃亡故事,继续踏上未曾走出家门却又同时走在迷途之上的旅程。

　　　　　　　　　"你不应该说你理解我。"

　　　　　　　　——摘自卡夫卡写给马克斯·勃罗德的信

　　在探访那座位于基尔林的民宅的两天后,经里斯本转机,你到达了亚速尔群岛中的法亚尔岛。在"运动"咖啡馆写出如下文字的时候,你那衰老的左手上的脉搏没有颤抖:你再次来到最喜爱的酒吧,面朝皮库岛的火山,与你最喜欢的个人日记作家热烈地聚会。所有人都在场,除了穆齐尔和卡夫卡,这两股正处在陌生之地的力量,仿佛正在执行秘密任务,也许他们有所保留,为免他们的密谋在法亚尔岛遭遇什么不测。无论如何,穆齐尔和卡夫卡没有出现在那次会议中,你们在那次会上部署了阻挡皮库岛的鼹鼠前进的初步战略。你们自称"中国长城的密谋者",以纪念卡夫卡在那个故事中谈及的一座长城,一座由遍布在中国最多样的地域上的建筑者和工人修筑起来的伟大工程:那个故事在本质上会让人想起卡夫卡自己的工程,它跟长城有相似之处,跟"运动"咖啡馆里这些日记作家的密谋也有相似之处,其上分布着空洞和裂缝,成为其他族群试图占据的空白。

　　你在"运动"咖啡馆,在你最喜爱的咖啡馆,你是长城内密谋组织的先锋者之一,你非常关注敌人的一举一动,尽管你不想在无人知晓的传说里等待着鞑靼人的到来。你将与你的同伴一样发起行动，就在明天，事不宜迟，在迅速和坚定的集会后分头作战。终有一天，你用衰老的手所写的这部日记中蕴含的隐秘力量，也将像你们一样分头作战。

"运动"咖啡馆似乎有一个无尽的地下通道，像卡夫卡的所有作品一样，像他的中国长城一样。那些仍处于威胁中的地下通道——卡夫卡作品中的、"运动"咖啡馆中的——完美地连接在一起，成为了抵御时间的破坏和损耗的屏障，对于这场密谋而言，它们还肩负起抵御文学在二十一世纪初遭遇破坏的任务。

现在你们在这里集会，明天你们将各奔东西，然后你们将召集其他同伴，你们之间依靠一个对于"中国长城的密谋者"而言简单的暗号相互辨认——它就在卡夫卡的作品中——现在你们在世界的任何一个地方都能从同谋者的口中听见，那是一个简单的暗号，曾经的马克斯·勃罗德并不理解，你只需这么说即可：

"你不应该说你理解我。"

你离开了法亚尔岛和最喜爱的酒吧，回到了里斯本。你在上城和下城梦游般地行走，然后到了"英国"酒吧。你像亚历山大·奥尼尔①那样想——只是没有弄乱头发——"我们在干什

①　亚历山大·奥尼尔（Alexandre O'Neill，1924—1986），葡萄牙作家和诗人。

么,里斯本,我们俩在这里/在我们出生和我出生的土地上。""打发时间。"当里斯本人无所事事时会这么说。酒吧是打发时间的理想地方,尽管,正如卡多苏·皮雷所说,许多时候死寂的时间消失在酒吧那鲜活的时间里,甚至等待的感觉也消失了:"事实上,只有那些毫无思想准备的酒客认为自己欺骗了时间,而实际上许多时候是时间欺骗了我们,它那确凿而坚定的步伐,标示着意义远超于数字的时间。"

你在"英国"酒吧,那里的挂钟反方向走,报时非常准确。你就在那个挂钟下喝酒,它反着方向走;你也认为你欺骗了时间和日子。忽然间,完全出乎意料地,阿方索·杜博特碰巧来到了"英国"酒吧,那是巴塞罗那的一个朋友,他非常惊讶在那里碰见你,因为在你的城市你被认为失踪了,谁知道他们有没有当你死了。

杜博特问你来这里是不是为了参加明天要举行的纪念曼努埃尔·埃米尼奥·蒙泰罗的活动。你对那个活动一无所知,你迷惘地走在天地之间,无止境地逃跑,你在"英国"酒吧只是为了"打发时间"。你跟他说了这些,然后你突然感到在你被发现以后,生活中的一切从现在开始将会变得不同,仿佛未来的时钟的指针也正在倒着走,它愚蠢地、分秒不差地回到了你逃跑前的生活。

也许你犯了逃到离巴塞罗那太近的地方的错误。他们在里斯本看见了你,于是逃跑进入了一个不同的阶段,也许正在走向它的尾声。你掩饰着不快所引起的坏脾气,对杜博特说明天在活动上见。9月10日下午,你走到举办那场纪念活动的里斯本论坛附近,你拥抱了你亲爱的朋友曼努埃拉·科雷亚,埃米尼奥的妻子。然后你参加了那个集合了音乐、诗歌和图片展示的朗诵会,女演员热尔马纳·坦吉尔①以阿尔瓦罗·德坎波斯的《纪念日》为它揭开了序幕:"在我们庆祝我的生日那天/我感到快乐,没有人死亡。"

第二天中午,你在珍尼拉斯·维迪斯大道上的一家餐厅里——那里没有电视,自然而然地让人感到愉悦——与曼努埃拉·科雷亚和你的朋友杜博特共进午餐。在杜博特的手机响起、你们得知曼哈顿遭遇袭击之前的一分钟,一群丑陋而嘈杂的人走了进来,你们三人沉默不语,感到毛骨悚然。杜博特对刚进来的野蛮人评论道:

"这世界不会变。"

你明白他想说的是这世界没救。这世界不会变,这世界就是这样,巴罗哈②说。然而,也许正好相反呢,这个世界呈现着一连串让人头晕目眩的景象,它正在变化。正当你在思考的时候,

---

① 热尔马纳·坦吉尔(Germana Tanger,1920—2018),葡萄牙女演员。
② 全名皮奥·巴罗哈(Pio Baroja,1872—1956),西班牙小说家,其小说有浓重的悲观主义色彩。

杜博特的手机响了起来,在巴塞罗那的人奇怪你们竟然还不知道曼哈顿遭遇袭击,第三次世界大战爆发了。

当你们结束午餐,走到美丽而宁静的珍尼拉斯·维迪斯大道时,你们觉得第三次世界大战爆发的想法很奇怪。在里斯本的微风和阳光的雪白中,一切灰色也变成了青绿,这个沉浸在时间的河流中的世界看起来完美无瑕。

一辆红色敞篷车的广播突然打破了街道的宁静,情绪激动的播音员再现着那超越了好莱坞任何科幻片的惊人场面。

你想到了弗朗茨·卡夫卡。

你们在一个酒吧的电视上看到袭击的画面,你又想到了卡夫卡,他也想象出了同样改变了世界的一些东西:一个办公室职员变成了一只甲虫。如果他看见了曼哈顿的飞机和大火的场景,他会怎么想?

卡夫卡是一个彻头彻尾的视觉型的人,他无法忍受电影,因为高速的运动和让人头晕目眩的一系列图像,会让他持续困在一种肤浅的视觉里。他说,在电影中,从来不是眼睛捕捉图像,而是它们捕捉眼睛。

他们在里斯本看见了你,你生活的时钟倒退着走。在某种意义上,你踏上了回巴塞罗那的路。太遗憾了。你本想带着被海风灼热的肺部,在被极端天气晒得黝黑后才回去;你想在回到你的城市之前,游很多泳,割高高的草丛,捕猎狮子,尤其是抽史上最多的烟,喝像沸腾的金属般的烈酒;你还想在回去时带着钢铁般的四肢、黝黑的皮肤和愤怒的眼睛,就像二十一世纪的兰波;你想在回去时,因为你的面具,所有人都认为你来自一个强壮的种族,带着许多黄金,许多许多黄金,你变成了一个游手好闲的野蛮人,女人们热情地照顾着你,因为女人们喜欢照顾那些从炎热国度回来的、凶狠的残废人。但事实完全是另一回事,你回去时并没带着钢铁般的四肢、黝黑的皮肤或愤怒的眼睛,而是穿着黑色套装,拿着信用卡。

你问自己,卡夫卡——他无法忍受电影——看了曼哈顿遭遇袭击的视觉画面后会怎么想呢?这时你在塞维利亚,就在 11 日当天的晚上。这时你正打开卡夫卡在 1911 年 9 月 11 日写的日记,也就是说,刚好在双子大厦遭遇袭击的九十年前。你在安东尼奥·莫利纳·弗洛雷斯的位于阿拉梅达街区的家里。今天你将睡在他家的沙发上,等待明天做出是否回巴塞罗那的决定。

你打开卡夫卡在九十年前同一天的日记,你看见他在那一天决定用大量细节描写汽车与三轮车的碰撞。那是卡夫卡那天在巴黎街头目睹的一起轻微的碰撞。

你在莫利纳·弗洛雷斯的家中,在入睡前,躲藏在卡夫卡的日记里。1911 年 9 月 11 日那天,他记录了三轮车与汽车的碰撞事件："面包店的员工直至那时仍然毫无防备地踩着脚踏板,只见那辆三轮车——那是公司的财产——晃晃悠悠;然后他跳了下来,走向汽车司机——司机也下了车——开始对他加以指责,指责的语气时而因为对汽车司机的尊重而被弱化,时而出于对他上司的恐惧而加强。"

那种"毫无防备地踩着脚踏板"的样子让你想起那些纽约人,今天早上他们在两架飞机撞击双子大厦之前毫无防备。你接着读下去。

骑车的人和汽车司机争论起来。人们开始——这正预示着居伊·德波①的《景观社会》——聚集在这位司机和面包店的员工周围。他们焦急地想知道碰撞可能引发的后果,许多人走到骑车的人身边,细致入微地观察他一直强调的划痕。卡夫卡向我们讲述道,那位汽车司机不认为刚才发生在三轮车那个变形的前轮上的事情有多严重,尽管他这么想,但他并不满足于粗略地看看三轮车,而是绕着车从上到下仔细地观察了一遍。

"一大批新的观众出现了,"卡夫卡接着说,"他们围观那个固执的人发表长篇大论,享受着这巨大而廉价的乐趣。"一个警察介入现场,他记下了当事人的姓名和面包店的地址,以至围观的人群逐渐壮大起来。在现场聚集的大量人群中,卡夫卡读到

---

① 居伊·德波(Guy Debord,1931—1994),法国哲学家。

了"在场所有人对于警察不偏不倚地迅速解决问题抱着无意识的、热切的希望"。

读完卡夫卡的这句话,你想,一切似乎都在表明,你现在正处于这种无意识的、热切的希望中。与世界上的许多人一样,你渴望马上知道谁是敌人,希望美国联邦调查局澄清一些事情,不偏不倚地解决曼哈顿的事情。你与莫利纳·弗洛雷斯分享了这个感觉,你说你感觉突然住进了《鞑靼人沙漠》中的那个军营里,迪诺·布扎蒂①的那本小说描述了一位军官终其一生都在侦查敌人是谁。

你想着,"中国长城的密谋者"至少已经识别出他们的敌人,甚至能喊出他们的名字。

你困惑了,你无法否认这一点。一方面你惊愕于纽约发生的事情,另一方面,在绝对的个人领域,你感到像穆齐尔和卡夫卡一样,身处陌生之地的感觉结束了。你逐渐靠近你的城市以及你那被发现了的旧住处。他们看见你在"英国"酒吧的挂钟下,在那里一切都结束了。一切?是的,一切。但你想想,那并不是很严重,别忘了,到最后,正如阿玛利亚唱的,这一切只是命运,这一切都是法多②。

---

① 迪诺·布扎蒂(Dino Buzzati,1906—1972),意大利作家,有"意大利卡夫卡"的美誉,《鞑靼人沙漠》是其巅峰之作。
② 法多(Fado),葡萄牙的一种民谣,多表达哀怨、失落和伤痛的情怀。在葡萄牙语中,Fado 一词的本意是命运。

世界变成了一个异国，再没有必要逃走或回家。

——彼得·汉德克①，《缓慢的归乡》②

　　发现了你的人比你想象中的多。胡里奥·艾华德从巴塞罗那打电话来告诉你，几天前你的出版社就收到关于你的消息。西班牙驻布达佩斯大使馆的人在"克鲁迪"咖啡馆看见了你，于是通风报信。你在那里的消息似乎是公开的，也许是众所周知的，因此你回来并不奇怪。似乎一切都在促使你回去，甚至汤格先生窒闷的声音——有人说这是内心的声音——也在建议你回去。12日早上，你试图忘记这件事，在吉拉达附近散步。那天风和日丽，你与莫利纳·弗洛雷斯交谈甚欢，你们正一同去往慈善医院③，传说来自塞维利亚的风流浪子唐璜就埋葬在那里。

　　你们看见堂米格尔·德马尼亚拉的墓，这个忏悔的罪人对于许多人而言就是现实生活中的唐璜——西班牙的天才作家蒂尔索·德莫利纳④虚构的人物——的化身。"这里埋着世上存在过的最坏的人。"马尼亚拉授意在他的墓志铭上这样写道，他的

---

① 彼得·汉德克（Peter Handke，1942—　），奥地利著名小说家、剧作家。
② 《缓慢的归乡》是彼得·汉德克的代表作，作家在小说中展开了一场自我反思和自我发现的旅程。
③ 慈善医院（Hospital de la Santa Caridad）建于1647年，位于西班牙城市塞维利亚，是西班牙巴洛克艺术的建筑高峰，出资者马尼亚拉据说是唐璜的原型。它同时也是一座教堂。
④ 蒂尔索·德莫利纳（Tirso de Molina，1571—1648），西班牙著名剧作家。

墓就在医院的入口处。所有进入医院的人都不得不走过他的墓，以至于践踏它，这正是这位忏悔的花花公子在墓碑上提出的要求。

在教堂内部，你看见巴尔德斯·莱亚尔①的一幅画，它按照米格尔·德马尼亚拉的指示创作，主题是死亡的戏剧性呈现。这幅十七世纪的关于死亡的画作题为《眨眼之间》。拉丁语的标题呈圈状雕刻在画作上部的一支蜡烛周围。一个骷髅占据着画作中的突出位置，它携着自己的棺材和镰刀，同时伸出另一只手去扑灭蜡烛——生命的明显象征。

莫利纳·弗洛雷斯从来没有听说过汤格，他突然评论道，这个携着棺材走的骷髅，是茂瑙的电影中的诺斯费拉图在十七世纪的前身。这天你感到很高兴，因为你无意中发现了坏蛋汤格的骷髅被画了下来，同时感到你正身处唐璜死去的地方。

特诺里奥②在这里死去，你想。与在卡夫卡去世的地方时相比，你在这里时的感觉没有那么震撼。身处这位风流浪子死去的地方，你感到更放松。莫利纳·弗洛雷斯觉察到了，他问你为什么突然笑了。汤格在这里死去，你告诉他。他一头雾水地望着你，并问你汤格是谁。"智利的诺斯费拉图，"你回答道，"踏足过这个世界的人中最坏和最丑的，我不想见到他，甚至在画中也

---

① 巴尔德斯·莱亚尔（Valdés Leal，1622—1690），西班牙画家。
② 即唐璜，他的全名为唐璜·特诺里奥（Don Juan Tenorio）。

不愿意看见他,你瞧现在我在哪看见他了,就在这个教堂里,可怜的、差劲版唐璜,他的脸就像一列空荡荡的火车。"

两天后的晚上你到达巴塞罗那,你去了胡里奥·艾华德的家里。他答应不告诉任何人你回到了你的城市,今天让你住在他家里,等待你决定接下来的生活要怎么过。

你在胡里奥·艾华德的家里,你将睡在这个让人产生幽闭恐惧的客厅。客厅里挂着大量爱德华·霍普的画的复制品,画中的主角在艾华德看来,仿佛都刚从一个荒诞故事中回来。你也一样,你刚降落到你的城市,像一个刚从荒诞故事里逃出来的人物。他不带恶意地问你,他问你来自哪个荒诞故事。他没有让你感到惊讶,相反如果你跟他谈及你的朋友们,"中国长城的密谋者",那你准能给他一个大惊喜。那场密谋是秘密进行的。于是你没有说别的,只是问他有没有卡夫卡的日记,你想在关灯之前、在跟霍普的人物一起淹没在黑暗中之前,读一会儿卡夫卡的日记。

他有卡夫卡的日记,于是把它递给了你,然后说明天见。你查找卡夫卡在 1912 年 9 月 11 日——即他在巴黎目击汽车和三轮车碰撞事件的整整一年后——做了什么。

那天,这位作家做梦了。他身处一块用方石铺就的、延伸到海洋里的狭长的土地上。起初,他不知道自己身在何处,只是偶然从他坐着的地方站起来时，看见了身体左前方和右后方出现的、与陆地明显相接的广阔海洋，整齐排列的军舰稳稳地停泊在那里。正在做梦的作家，产生幻觉的卡夫卡说道："左边看见的是纽约，我们在纽约的海港里。"

你醒来的时候，一种你很熟悉的黄色的阳光从粗糙的窗帘布间照进来。你听着床头柜上闹钟的滴答声，以及在身边熟睡的罗莎的均匀呼吸声。你迅速地把一条腿伸到床沿外。从昨天开始，你又回到家中，你再次进入家里，在此之前你在街上观察了它很久。你想起了韦克菲尔德，那个霍桑故事中的人物，他在消失二十年后——人们以为他失踪或死去了，尽管事实上他仍然住在街区里——感觉想回到妻子身边，于是在他的老房子前驻足良久，最后回到他的家，好像从来没有从那里离开过一样。

昨天你也有同样的经历，当你站在街上思考着回到自己家中，恢复作家的身份，以及重拾你的稿纸、书本、装点书架的花瓶、甜蜜的床铺、你那完美的稳定生活的可能性时，你感到你也有跟韦克菲尔德同样的感受。昨天你花了很长时间决定是否回去，从街上看着你的房子，直至突然掉下了几滴水，天下起了雨，甚至感到了闪电般的寒风掠过，你觉得前面就是你的家，站在那里淋雨很荒唐。于是你迈着沉重的脚步爬着楼梯，打开了门，罗莎看见了你，她没有指责你不按门铃，只是说：

蒙塔诺的文学病

"我整个下午都在等你。"

可以说,逃跑结束了,但你在家里继续行走,在迷途之上。

世界对你来说变成了——在你漫长的回归过程中——一个已没有必要逃离或归来的异国。

在世界成为异国之前,文学曾经是一场旅行,一场长途旅行。长途旅行有两种,一种是经典的,从荷马到詹姆斯·乔伊斯的保守史诗,人物带着重新确认的身份归来,尽管在穿越世界的旅程中遇到了各种困难,在路上遇到了各种障碍:奥德修斯①,事实上他回到了伊萨卡②,而利奥波德·布卢姆③,乔伊斯笔下的人物,也完成了一场俄狄浦斯式重复的循环旅行;另一种长途旅行属于穆齐尔笔下的没有个性的人,他与尤利西斯相反,踏上了一条没有回头路的长途旅行,人物义无反顾地往前走,再也没有回家,一往无前,持续地失去自己,不断改变自己的身份而不是重新确认它,在穆齐尔称为"众人的胡言乱语"中逐渐分解它。

现在你在异国,在双重的长途旅行中;你在其中一条迷途之上,行走在黄昏的雾里,寻找着穆齐尔。你有时看见艾米莉·狄金森,她正在逃离什么东西,带着她的狗散步时,轻声念叨着

---

① 《奥德赛》中的主人公。
② 伊萨卡是奥德修斯的故乡。
③ 《尤利西斯》中的主人公。

"雾"这个字。有时你看不见她,因为她在家中做针线活,她是保守史诗中的珀涅罗珀①。

你往前走,不断地失去自己,改变了你的身份而不是重新确认它,你在迷途之上众人的胡言乱语中逐渐自我消解,在你家的客厅里,在迷雾之中,在云雾之下,眼前的电视开着,但没有声音,因此有时你抬起视线,感知到一幅图像但没有记住它,在一种持续的视觉传送带中,成为了一种背景,正如音乐在以前充当背景声音一样。

我和家中最喜爱的花瓶在一起,面向着悬崖,在一个失去方向的当下,就像这部日记的文字,如此矛盾地关注着日历。9月26日的清晨。世界在烈火之中,举起武器站了起来。在二十一世纪之初,我的脚步仿佛踏着文学史最新发展的节奏,我孤独地走在一条迷途之上,失去了方向,在黄昏中,无可避免地走向忧郁。我对以往时代文学的一种缓慢的、无处不在的、越发深厚的怀念情绪与黄昏的雾融为一体。

在二十一世纪之初,我的脚步仿佛踏着"中国长城的密谋者"的节奏,我在房子里感受着这个时段以及这个时代的惯常的寒冷,我打开火炉,披上披肩,闭上眼在脑海里天马行空,思考着

---

① 《奥德赛》中奥德修斯的妻子。

我身上的未知部分。我在家中，但也在迷途之上。我和家中的花瓶在一起，但面向着悬崖。请叫我瓦尔泽。

10 月 25 日

我用手按着太阳穴，因为我不能让那些鼹鼠也在我的大脑内工作，给我注入泰斯特（拉丁词源为"头部"）之病，那是一种尖锐的、愤怒的、恐慌的疼痛，是由在我的头脑中开凿地下通道引起的：一个用炙热的金属铸造的、90 摄氏度高温的摇篮，钉在了头部的一侧。摇篮是那些占领了我的城市的文学敌人的艺术作品：傲慢的文盲，出版社的总经理，他们逐渐勾画出虚无的黑暗深渊。然而抵御泰斯特之病的部队已经出发，力量不容小觑。它已经在这里，在双重的长途旅行中的异国——在这里，密谋组织的同伴让我变得强大；它已经在"平行行动"中，已经在中国同伴修筑的长城上。我将顽强抵抗，我需要文学才能生存，如果需要，我将让它化身为我——如果此时我还没有这样做的话。"折磨，就是在某个事物上投入了极高的注意力，而我有点属于这类人。"这是我们在《泰斯特先生》中读到的。我对文学、对蒙塔诺的文学病所投入的极高的注意力，让我饱受折磨，让我承受着泰斯特之痛。然而这是值得的，因为"平行行动"、长城和我现在正把所有注意力都投放在那些鼹鼠和它们的头儿身上。那些鼹鼠和它们的头儿,它们一个个都错了,它们以后会知道的。

11 月 25 日

凌晨 4 点,我仍然未眠。家里很冷,我打开火炉,披上披肩,我想起从前我喜欢在夜里的这段寂静时间写作,然后决定重拾一个月前放下的这本日记,回顾最近这"群山连绵"的三天,我觉得可以说,这几天不停地吹着来自各种山的微风。

前天下午我不得不去格拉纳达。我照常在早上 8 点起床,当刺耳的闹钟如常响起时,我站了起来,罗莎跟平时没两样地拍了一下闹钟,把它关掉了。

重重的一拍。

我们的早餐有咖啡、饼干和橙汁。9 点时,罗莎出门上班。她的第一个会面是和一个日记作家,他大胆地发表了,比如,文字总是让他颤抖、在他眼前变得模糊不清,很多时候他感到一切将在他的身体内部停止。这显然是愚蠢的,或者说是对一位神经错乱的德国作家的拙劣模仿;最糟糕的是,他写这些东西是因为他认为这会让他显得有趣,助他事业有成,提升社会地位,披上"痛苦的作家"的紫袍。

我同情罗莎,她即将会见那个让人讨厌的人,皮库岛鼹鼠的朋友,一个傲慢的文盲。像他这样的一小撮作家为了让人们开始厌弃文学做出了不少贡献。我同情罗莎,但她并不感谢我,反而生气了。"他是一个客户。"她说。有些人生气时变得很有意思,罗莎是其中之一。我和她在没有足够了解之前就住在了一起,那不是因为我不理智、从来没有留意过蛛丝马迹,事实是没有任何迹象能预示她的背叛。

我收拾了行李,尽管还有几个小时才去格拉纳达。我重读了何塞普·普拉的《灰色笔记本》。我将要在格拉纳达大学讲授个人日记,尤其是我的个人日记,因此我决定重新看一遍普拉的。那些"群山连绵"的时刻甚至全天正在靠近,但在打开普拉的日记时你无法预感到这一点。日记中写道:"我认为,无可否认地,山是很好的存在。如果有人不同意……那他说什么就是什么好了。有的人从来都不会感到满意。"

中午打开电脑时,我看见了一封邮件,他们再次邀请我——这次提前了相当多时间——参加每年 6 月在瑞士马茨山顶举行的文学节:露天朗诵会,所有活动都在晚上 12 点开始,也许会有蒂罗尔民歌表演。经过一段乘坐飞机、火车、汽车和缆车的旅途,到达马茨山顶,沉浸在一年一度德语作家在山顶上营造的氛围中。"您将是唯一的外国人,有趣的体验,也许您可以就此写点什么。感受马茨山在精神和心灵上给予的启发。"我的那个瑞士德语区的出版社在邮件中说——这次用的是正确的西班牙语。

在下楼查收今天的信件时,我想到托马斯·曼的《魔山》,以及书中出现的那种有文学病的年轻人:一个年轻人被从山顶疗养院送回家中,试试看他是否痊愈了。年轻人回到了他的妻子和母亲的怀抱,回到了他最爱之人的怀抱。然而他整天只会躺在那里,口里含着体温计,不再为任何事情操心。"你们不理解,"他说,"要在那上面生活过,才知道事情应该怎么做。在这个房子里,基本原则并不存在。"最终,疲惫的母亲把他送回了山上,因为儿子已经毫无用处了。年轻人回到他的"祖国"——这是所有病人对那个让人着魔的疗养院的称呼。

　　快到下午 1 点时,我把曼的书放在地上,没过多久,在我的想象力还没有发挥作用的情况下,我就发现自己身处迷途之上,行走在大雪覆盖的马茨山顶的云雾中。1 点 10 分,另一座山:我想到皮库岛的火山和那里的不知疲倦的鼹鼠。1 点 20 分,电话响了起来,我感觉回到了家里。是胡斯托·纳瓦罗从内华达山的一座小屋打来的电话。1 点 45 分,我走到街上,去银行更换了我的投资资金,我和分行经理聊了几分钟,还跟他谈及雪山,他说他的两个女儿每周末都在拉莫利纳山滑雪。

　　从银行走出来时,我希望自己看起来像一个商人,这是我从未有过的经历,正如其他我没做过的事,都让我有兴趣尝试。有人走过我的身边,向我打招呼:"再见,瓦尔泽。"于是我放慢了商人般雷厉风行的脚步,忘记我那些金光闪闪的新的投资资金,转而像

蒙塔诺的文学病

一个平和的人那样走路,像来自瑞士的一个散步者,喜欢停下脚步,观赏路上的一切风景,他径直走向悬崖及世俗的平静,又或许,正如狄更斯会说的,走向"基督教圣诞节的幽灵"——在罗萨里奥·吉隆多所生活的世界,12月25日的到来不是没有意义的。

我买了报纸,走在我的街道上,那洒满阳光的人行道上——另一条街看上去总像一条迷途,永远笼罩着雾——我说我叫瓦尔泽,但也叫吉隆多。我是两个人,就像纽伦堡街道上的卡斯帕·豪泽尔①。但我的情况是——跟豪泽尔不同——所有记忆完整无缺。

我在机场买了米格尔·托尔加的《山的故事》。"一整天都被山困扰。"我在飞机上写道。因为没有白纸,我写在伊比利亚航空公司为旅客准备的呕吐纸袋上。

我把这篇日记放在了家里,但我在行李中带上了——我想在格拉纳达读些片段——最近一年所写的全部日记的复印件。于是伊比利亚航空公司的呕吐袋成为了这篇日记中的一些想法的稿纸。比如,我用极小的字体和电报体记下了如下想法,为了便于理解,在此扩展一下内容:"在瓦尔泽身上,正如在卡夫卡身

---

① 卡斯帕·豪泽尔(Kaspar Hauser, 1812—1833),出身不详的神秘德国青年。1828年,16岁的他突然出现在纽伦堡,并声称自己一直被关在与世隔绝的黑暗牢房里,以水和面包度日。豪泽尔的说法以及他随后被刺死的遭遇,引发了世人的很多辩论和争论,有人猜测他是因王室阴谋被隐藏起来的贵族,也有人认为他是个骗子。

蒙塔诺的文学病

上一样,吹着一股史前冰山的风。事实上,他们都受罚走上了一场没有终点的旅程。二人的散文都有某种可无限扩展的、有弹性的元素,以及对生活的方方面面发表意见的喜好,评点一切,追究最微小以至于无穷的细节的显著倾向,这使得试图在他们的故事中寻找常规的结局是可笑的。我喜欢没有结尾的小说。追求有结局的小说的人——乌纳穆诺说——不配当我的读者,他在读我的书之前就已经完蛋了。最后,我想起瓦尔特·本雅明说过,一切有结尾的作品都是直觉能力的死亡面具。"

晚上,我在格拉纳达和一些朋友吃饭,我们谈穆拉森山①的顶峰谈了很久,传说那里埋葬着纳萨里②王朝的最后一位君主,他在那里坐拥着绝佳的全景:阿尔卡萨巴山③和韦莱塔峰④的细长顶峰,阿尔普哈拉⑤的白色小镇,瓜迪克斯沙漠旁的低洼平原,当然还有阿兰布拉宫⑥,以及仿佛凭空拔地而起的内华达山脉的和缓山坡。

---

① 位于西班牙的格拉纳达省,属于内华达山脉的一部分,海拔高度3 478.6米,是西班牙在欧洲大陆(不含加那利群岛)的最高峰。
② 13—15世纪统治格拉纳达的阿拉伯王朝。
③ 位于西班牙的格拉纳达省,属于内华达山脉的一部分,海拔高度3 371米,是该国第六高峰。
④ 位于西班牙的格拉纳达省,属于内华达山脉的一部分,海拔高度3 396米,是该国第四高峰。
⑤ 位于西班牙的格拉纳达省格拉纳达市附近,是内华达国家公园的一部分,那里散落着美丽的白色小镇,被誉为南部的世外桃源。
⑥ 位于西班牙南部城市格拉纳达,是摩尔王朝时期修建的古代清真寺、宫殿和城堡建筑群。

那是一个关于山的夜晚,经过寥寥几个小时的睡眠,就到了第二天的早上……

"我声明,在一个美丽的早晨,我已不知道确切在几点,我兴致勃勃地想出门散步。于是我戴上帽子,离开了那个文字或心灵的房间,为迅速走到街上,我从楼梯走了下去。"

瓦尔泽的《散步》如此开篇,我的昨天也如此开始。我在大学的会议在 12 点钟开始,但我很早就起了床,于是决定在清晨的格拉纳达的街道上散步。我象征性地把头发梳到头顶[①](正如瓦尔泽那本书的优雅的意大利语译本中所说),走到街上,径直地走到街上[②]。

我想象头上戴着蓝色帽子,径直地走到街上。我今天(当我在被可怜的火炉烘烤的寒冷清晨里写下这些的时候)甚至能回忆起昨天走到街上时的精神状态是多么明朗和欢快,就像早晨一样。突然展现在我眼前的清晨的世界是如此美丽,我仿佛第一次看见。这时的广场上空无一人,我在那里走了二三十步,便想起抬头看看天空,望向想象中的通往内华达山脉的碎石小路,突然我在幻想中走上一条笔直的、没有尽头的路,踩在童年时见过的红色的、细长的石头上,一直走到一个寂静、奇怪而偏僻的山谷,走在那里,让我感到一个遥远的历史时代刚刚回到了这个

① 原文为意大利语,引用自瓦尔泽作品的意大利语译文:il capello in testa。
② 原文为意大利语,引用自瓦尔泽作品的意大利语译文:diretto in strada。

世界,而我是中世纪的一个朝圣者。

　　天气很热,到处都看不见人类的踪影或任何劳作、文化和努力的痕迹。一种奇妙但让人害怕的感觉。我觉得独自一人更好,比突然地——举个例子——在一团奇怪的浓雾中出现带着小狗散步的艾米莉·狄金森要好。我独自一人,并认为这样的状态不错。我偶尔思考着轻视艺术的艺术,那是帕韦泽谈及个人日记时说的:"轻视艺术的艺术——独处的艺术。"

　　我边思考着那门艺术,边走过一个杂草丛生的躁动的地方,然后路上渐渐变得平静,平静得让我感到奇怪。我就这样思考着那门独处的艺术,走着走着便到了格拉纳达大学。那时正好是中午,我幻想自己穿着山区人的衣服,手持一根拐杖,头戴一顶蓝色帽子。

　　我就这样到了格拉纳达大学。一手拿着幻想中的拐杖,一手拿着现实中的我的日记的复印件。只有我那件山区人的大衣体现了幻想和现实的融合:我带着存款——它以完美的银行支票的形式缝在了那件大衣里——走向那广阔的、新鲜的、闪闪发光的虚无世界。

　　带着清晨山区的体魄和精神,我来到了这里,在第一部分的朗读中我选择了《受骗男人的日记》的开篇,这并不奇怪:"二十一世纪之初,我的脚仿佛踏着文学史最前沿的节奏,孤独且漫无目的地走在一条迷途之上……"

我读了一个小时我的日记片段,在结束的时候,一位年轻漂亮的女学生,她的名字叫勒娜特·卡诺——我觉得应该叫勒娜特·蒙塔诺——走了过来,用山泉般澄澈的声音对我说,当她听到《布达佩斯理论》的结尾、那些老人们出现时,她非常激动,他们几乎都孤身一人,几乎都没有儿女,几乎都是剽窃者和演员,且所有人,他们中的每一个人,都是受骗的人。

我很老了,那是因为在布达佩斯我突然变老了二十岁。无论如何,那位年轻的蒙塔诺——她允许我这样称呼她——极大地鼓舞了我。我失眠了,也许是因为我无法忘记勒娜特,以及昨天在摩尔人叹息山口①和她吃的午餐,我们谈到了积雪的山顶,特别是乞力马扎罗山;此外还有其他高峰,那些只能用爱和热情爬上的高峰。

我正披着披肩写作,火炉安静地陪伴在身边,这时我无法忘掉那位年轻女子蒙塔诺。我想,在最近几个小时里,山的频繁出现也许是一种预兆,接受去马茨山的邀请对我来说也许不错,在那里朗读我的日记的节选,半夜,在室外,面对阿尔卑斯山的空旷寂静,表达对勒娜特的敬意。

终于。8点,当闹钟响起,罗莎如常地拍了一下闹钟把它

---

① 内华达山脉的一个山口。

关掉,我将回复邮件,顺便——现在我记起了——给批评家斯坦尼斯拉夫·维钦斯基发一封信,这将是我写给他的最后一封信,我决定不再给他写信了,他是我虚构的一个人物,也许是为了弥补我自己没有成为我梦想中的伟大文学批评家的缺憾,我不再给他写那种我稍后要回复的信了,自己给自己写信的游戏要结束了。更重要的是——我希望我不会忘记——我将要回复那封邮件,接受去瑞士那座山的邀请,听听那里的风声,据说那里的风通过晃动大树的叶子模仿人类的声音,来自马茨山顶的陌生人的声音,他们在高山壮美的氛围里讲述世界的秘密。

闹钟在响,已经 8 点了,鼾声停了下来,白天唤醒一切,它的诗歌也醒来了,我听见手啪的一声拍了下来。

12 月 25 日或《回忆》

好几个世俗纪念日的回忆,在今天跃现。

1956 年,即四十五年前,在一个像今天的日子,罗伯特·瓦尔泽去世了。在疗养院吃完午饭后,他决定到雪地里散步,爬上罗森博格山,那里有一些废墟。从山顶可以观赏阿尔卑斯山脉的壮美景色。中午时分特别宁静,目之所及都是雪,纯净的雪。孤独的徒步者出发了,他开始大口呼吸清新的冬日空气。他离开了黑里绍①疗养院。他穿过山毛榉和冷杉林,沿着舍琴贝格②的山坡往上爬。两个小孩发现他倒在地上,在雪地里辞世了,永远沉醉在瑞士的冬日里。

瓦尔泽或消失的艺术。

在他的小说之一《丹诺兄妹》中,有一段文字预言了他自己在雪地里的死亡,他借小说中一个人物之口,称颂塞巴斯蒂安——一位被发现在雪地里死去的诗人:"他选择的坟墓何等高贵! 他长眠在被白雪覆盖的闪闪发光的绿色冷杉林之中。我不想通知任何人。大自然俯身欣赏他的死亡,星辰在他的耳边浅吟,夜鸟呱呱地叫:这是给没有听觉和感觉的人的最好音乐。"

瓦尔泽或在圣诞日消失的艺术,懂得在一个多愁善感的日子离开作家之家、离开精神之家的艺术。

1962 年 12 月 25 日,也就是三十九年前,在一个像今天的日子里,巴塞罗那遭遇暴雪。那是我童年最重要的回忆之一。那天早上,我父母家的院子被大雪覆盖,我无法相信那般景象,起初还以为是母亲布置的圣诞装饰的一部分。那个 12 月 25 日依然历历在目。在屋子里戴着围巾的我听母亲说,对于巴塞罗那这样的城市、如此远离上帝之手的地方,上帝竟想起了我们,在

① 瑞士外阿彭策尔州首府。
② 位于黑里绍市。

最合适的时间——圣诞节——如此准时地送来了大雪,这是一个恩赐,哪怕仅此一次。

对我来说,圣诞节永远是那一天,暴雪降临的那一天。在家里穿着两件毛衣并戴着围巾的我,打开收音机,突然我们听见来自萨尔瓦多·达利的关于和平与爱的圣诞祝福。这位来自安普尔丹①的画家发表了感人的祝词,他对我们说,从那天开始,他希望把一生奉献给佛朗哥统治下的西班牙和西班牙王室:"伊莎贝尔天主教女王、圣饼②、甜瓜、念珠、可怕的消化不良、斗牛比赛、卡兰达③的击鼓巡游④,还有安普尔丹的沙丁鱼。总之:我的生命应当奉献给西班牙和王室。"

我们在一种充满尊敬的安静氛围中听着那些祝词,安静中掺杂着一点惊讶。屋外,大雪悄悄地铺满家中的院子,就像一个圣诞节故事的开端。

"达利变得跟我们一样了。"我的父亲说。

1956 年,即四十五年前,在一个像今天的日子里,泽巴尔德的祖父⑤去世了,他出门到雪地里散步,最后倒在了雪地里。几

---

① 位于西班牙加泰罗尼亚自治区的赫罗纳省。
② 为基督教传统教派所使用的一种饼,通常为无酵饼,象征着耶稣的圣体。
③ 卡兰达(Calanda)是西班牙阿拉贡自治区特鲁埃尔省的一个市镇。
④ 卡兰达在圣周期间举行的宗教活动。
⑤ 德国作家泽巴尔德的祖父和瓦尔泽在相貌和举止上非常相似,且死于同一年。

乎在同一时间,另一位散步者罗伯特·瓦尔泽也猝死在雪地里,在类似的风景中。

一个圣诞节,死了两个人。

在十一天前,12月14日的周五,作家泽巴尔德在自己的车里去世了,同是散步者。他总像刚从另一个时代到来:一个稍稍老派的人,在孤独的风景中遇见了残破过去的遗迹,并被这过去传送至全世界。

我坐在家中的圣诞树旁,回忆着童年的那场暴雪和达利的那次讲话,然后听维托里奥·加斯曼①朗诵莱奥帕尔迪的《回忆》②,我让回忆涌入我的脑海,我的和他人的,我想如果没有那些回忆、没有那些回忆的残骸、没有记忆,生活将更加痛苦,尽管意识到死亡随着记忆而生长时或许更痛苦。因为人类不过是行走在死亡之路上的记忆和遗忘机器。我说到这些时并不感到悲伤,因为乔装成生活的记忆将死亡变成了一件微不足道的事,这也是事实。

回忆在我面前跳舞,我追随着由我的记忆和身份编织而成的、必不可少的织布——这一次我的身份通过双重旅行获得——我想着,我成为某个人,只因为我记得;也就是说,我因记

---

① 维托里奥·加斯曼(Vittorio Gassman,1922—2000),意大利著名演员。
② 莱奥帕尔迪于1829年创作的诗歌。

忆而存在,记忆总能帮助我免于陷入一种全然的痛苦。多年以来,带着闪电和闪光,记忆每一天都在帮助我,就像一缕迷人而悲伤的阳光,扬起时间的悲伤尘埃。

我是两个人。我的身份由双重旅行获得。一个我埋伏在中国长城里,另一个我,一个更圣诞和安分的我,在自己家里听加斯曼朗诵:"风带来了时间的声音/乡村钟楼的声音……"

为捕捉回忆而付出的侦探般的耐性可以巨大到令人感到荒谬。对于一些人,一块泡在茶里的饼干就足够了;对于另一些人,一滴空瓶子底部剩下的香水就足够了;对于其他人,时间的声音、风从乡村钟楼带来的钟声就足够了。味道,最轻微的气味,过去的声音。我羞于这么说,因为那不是很有诗意,但事实如此,我无法改变:我的那一块泡在茶里的饼干,我的那一滴香水,我的风的音乐,是平庸的、普通的一口——短暂得就像童年——高乐高,一种在学生时代每天早上课间休息时喝的,混合了牛奶和可可的加泰罗尼亚饮料。

只要尝一尝那种饮料,就足以让过去的记忆回来。但那个词——高乐高——再荒谬不过,毫无诗意,也许正因为如此,我这半辈子以来一直讨厌那些用回忆来创作的作家,同时为那些没有回忆的死亡负担、能够以最快的速度达到作家成熟期的作家辩护。我这半辈子以来一直为那些不依靠过去的成果生存的、懂得展现当下想象的作家辩护——这种想象能够立足当下、

蒙塔诺的文学病

也就是虚无本身进行虚构。

我这半辈子以来一直吹嘘自己在无聊的童年中几乎找不到什么东西,除了一条围巾和大雪覆盖的院子,此外便没有什么了。我这半辈子以来一直祝贺自己从来不需要为了写作而追溯童年,祝贺自己在思考童年时代的某些事件时,内心不曾泛起涟漪。然而,在几个月前,在巴塞罗那的罗维拉广场上,在我童年的生活中心附近,这一切突然坍塌了;不久前我到那个广场观看电影《上海幻梦》①的拍摄,费尔南多·特鲁巴正在把胡安·马尔塞②的同名小说搬上银幕。舞台设计师把罗维拉广场恢复成五十年前的样子。就像按下了时光机的按钮。忽然间一切跟五十年前一模一样;甚至多年前就消失的罗维拉电影院的放映表海报,甚至广场的氛围,都让我觉得与五十年前别无二致。我突然明白——就像年轻时服用了 LSD③ 那样——时间不存在,一切都是当下。

我哭了,我无法抑制我的泪水。面对不曾期待的往日的回归,我哭了。在泽巴尔德的《眩晕》中发生过类似的事情。在书中的一个故事《国外》里,叙事者与他的女性朋友奥尔加一起旅

---

① 《上海幻梦》(*El Embrujo de Shanghai*, 2001),根据西班牙作家胡安·马尔塞的同名小说改编的电影。
② 胡安·马尔塞(Juan Marsé, 1933—2020),西班牙著名作家,塞万提斯文学奖 2008 年获得者。
③ 麦角二乙酰胺,常简称为 LSD,是一种强烈的半人工致幻剂。

行,奥尔加情不自禁地回到了孩提时代的学校:"在其中一个教室里,五十年代初她上课的教室里,同一位女教师用着同样的声音,在几乎三十年后在此讲课,她用与当年同样的方式劝说学生专心对待功课……后来奥尔加告诉我,当她独自待在偌大的前厅时——四面紧闭的门对幼时的她而言是那样高不可攀——她哭到全身抽搐……整个下午她都沉浸在突如其来的往日重现中,无法平静下来。"

泽巴尔德似乎在对我们说,过去,过去的一切,依然在发生,依然会冒出来,它就在那里,以它的方式。无须出示访客证,也不必我们召唤,过去,我们的过去,正在当下发生。这让人激动,也令人害怕。它让我想起艾米莉·狄金森的哀求:"别把我独自留在下面,先生!"我觉得她暗示着我们都孤身一人活在某个世界,那里再无旁人;它只是一个黑暗的地下室,且有可能是我们永远的居所。

1 月 23 日或"蒙田之病"

你在布达佩斯的一个下午突然变老了二十岁,现在你躺在床上,来自雾中的一个声音对你说话。它对你说,确切地说我不是人类的声音,我一直和你在一起,我是那个让你孤身一人的声音,我现在告诉你还有一些话要说,我是汤格,我很清楚我是谁，下午很平淡，我是汤格，坐在你的身旁，双手抱着头，正看着自己站起来并走开，出去寻找那条迷途，我是汤格，我先看到自己站起来，扶着椅子站着，然后又坐下，又站起，又扶着椅子站着，我就在这里，我知道自己是谁，我陪着你，我孤身一人，我是汤格，我有蒙田之病，我喜欢试验，我做试验，今天我只做试验。

1 月 24 日

我一直和你在一起，我是那个让你孤身一人的声音，我对你说也许还有一些值得一提的事，也许还有话要说，我是汤格，我很清楚我是谁，下午很悲凉，下午很平淡，我是汤格，坐在你身旁，我一直和你在一起，你看看我，我这伤残的手抱着头，现在我看着自己站起来，走近你，我是汤格，一束铅灰色的光照亮了我，我筋疲力尽，也许因为我是由这么一个人想象而来，我猜想他在所有方面都很弱，除了写作：我确定即使世界坍塌了，他也一定会继续完成他未完成的工作，不会改变主题，继续谈论那些他所认同的东西，直至完成他正在写的书，只有到那时候，他才会完全认同那些东西，也就是说，即使地球现在崩塌，他还将继续谈论那些威胁文学的危险，以及如何密谋抵御敌人，在书本的文字中活下来。他将继续谈论那一切，等待碰到永远预感不到的边界,在那里找到他热切追寻的、能使人最终彻底消失的方法。也许——那个脆弱的人凭直觉认为——那个方法包括"说消失",命名"消失"这个词,或许只包括这一点,说消失,永不说绝望。又或许只需要说我是汤格,我很清楚我是谁。只需要说,打个比方,铅灰色的光线。又或者说照在我身上的铅灰色的光线。又或者说我那伤残的手抱着头。然后说没有东西是值得一提的,没有,没有东西是可以言说的。然后还有什么。我不知道,我是汤格,下午很平淡,我知道,也许没有什么需要命名,没有,我不知道,没有必要开始。某件事一旦开始,便不可消失。上帝,我们怎样才能消失?这个目标遥不可及。但我想尝试,我将走到无尽的虚空的尽头。我那伤残的双手抱着头。

1 月 25 日

几分钟前,我仰面躺着,双腿伸高,仿佛要踢到天花板,双眼紧闭,满面泪水。听起来让人惊讶,然而即便在哭着、以那个忧伤或荒唐的姿势躺着时,我还是再次确认了一切的重大秘密是什么:感到自己是世界的中心。那正是所有人在做的。

2 月 23 日

瑞士:令人赞叹的能量之源。如果说山用树造出了冷杉,那么可以猜想它用人能造出什么。松柏的美学和品德。

——安德烈·纪德,《纪德日记》

意大利柏、松树和圆柏的美学。

整个上午我都在迷途之上,在我所读的卡夫卡文字的重压之下。身处家中却觉得自己不在家中,而事实上自己正在家中阅读,这种感觉让人有些不安。

"于是他继续向前;然而路很长。那条公路,村中的主要道路,并不通往城堡所在的小山;它只是靠近那里,但马上——似乎是故意地——又偏离那里,尽管它没有远离城堡,但也不再靠近那里了。"

这是我今天上午读到的。我一直迷失在迷途之上,而到了下午,当我穿越一座高耸的山脉时,我感到更加困惑了。一团团蓝黑色的岩石像尖锐的楔子一样向火车袭来,我从车窗往外看,没有找到山顶。天黑时,我突然看见了大雪覆盖的一条条山谷,狭长而不规则,我用手画出了它们消失的方向。

为免变得更加焦虑,我想到了以前的大雪,以往的圣诞节,1962年巴塞罗那的雪,下暴雪的那一年。我开始读何塞普·普拉,希望再次回到家中,于是我开始读这位加泰罗尼亚作家的书。我在他的日记里找到了一个片段,他谈到他对圣诞节的奇怪感觉。我试图忘记卡夫卡。

像今天一样的 23 日,但是在 12 月份,在许多年前,1918 年,何塞普·普拉在日记中记录了他对于在圣诞日心灵干枯和情感枯竭的不安。

普拉为那种枯竭感到担忧,而我今天则再一次一整天为在地球上消失的困难感到不安,哪怕只是在这个片段里消失,从它开始的那一刻起彻底消失——我凭直觉感到它将永远不能结束,它没有中心,没有终点,没有任何可能消融。

而这一点并没有让普拉——片段的作者——感到不安。我读了一会儿普拉的文字,仿佛穿过了一条街、逃离了卡夫卡,这是一种放松。普拉为其他事担忧。比如他对多愁善感的圣诞节的冷漠态度。如果卡夫卡听说了普拉的这个担忧,他一定会说他"对圣诞节的冷漠的气息让他人的面容颤抖"。

尽管没有人强迫我们,但我们这些埋伏在中国长城内的人与日记作家普拉确实有某种相似之处,即我们都处于不可改变且永恒的文学病状态——如今对我而言这种状态已经不再令人担忧。

在 1918 年 12 月 23 日那天,普拉记录下他对圣诞日的情感枯竭,最后他说丝毫没有动力做圣诞装饰,客观而言他对自己的毫无幻想感到不愉快,对女人没有幻想,对金钱没有幻想,对在人生中成为重要人物没有幻想,"只有这个隐秘的、魔鬼般的写作癖好(少有成果),我为它牺牲一切,也许将牺牲我的整个生命"。

在一位来自我的故乡的伟大作家的作品中躲藏片刻，是一种极大的放松，然而快到夜里 12 点的时候，我再次迷失在自己家中，我感到我身在瑞士，我看见了巨大的洪流从山上急速地奔涌而下，像巨浪般冲向那些黑暗的、不安的、几乎看不见的异国的山丘。

我意识到那一切跟我有关系，但我突然对与我有关系的所有事情感到一种强烈的反感。

3 月 6 日

下雪了，没有人预料得到，但雪总是这样，人们都知道。最初的惊讶过去了，我开始为走到街上踏雪感到某种兴奋。罗伯特·瓦尔泽在不下雪的时候干什么？为什么我会问这个问题？我对于自己问这样的问题感到奇怪。我坐在最喜爱的椅子上，抑制住想要踏在街上和雪上的想法。我读了好一会儿阿尔瓦罗·庞波①，一位我敬佩的作家。他道德生活的种种不安中，包含着救赎，我认为那是心灵的救赎，从严格意义上说不属于文学主题——这不失为一种宽慰——而是一个普遍的、人类的、关系到我们所有人的话题。从当今世界无意义的贫瘠现实之中，创

---

① 阿尔瓦罗·庞波（álvaro Pombo, 1939—　），西班牙小说家、诗人。

造出一个不一样的现实。探索那个待创造的、只能从现实内部创造出来的现实的无数和无尽的意义。变得睿智和善良。还有在他人身上寻找，正如马里奥·塞萨里尼①所说，"一个善良和多雾的国家"。要看他人。不要做市场调查。与破坏蒙塔诺文学病的社会机器做斗争，与人类共同事业的堕落所造成的人类形象的空洞化做斗争。

外面下着雪，像阿达莫②的一首歌里唱的。

我读了庞波的书，然后换了一张椅子，坐到一张高背椅上，从前我总坐在它上面读小说，花好几个小时读那些愚蠢的爱情故事。我放下庞波的书，然后读一本关于意识的宇宙的书。我边读边在心里琢磨，我有时候提出的那些奇怪的问题是从哪里来的。我在书上读到，如今没有人会质疑思想活动需要大脑参与，但当讨论思想与大脑的关系时，分歧就出现了。谁没有问过自己这个问题且最后无法得出最终答案呢？也就是说，是大脑活动直接产生思想，还是正好相反，存在另外一个非物质的主体，将大脑作为工具，进行自我表达，从而引发思想活动。灵魂存在吗？思想活动到底是灵魂的表达，还是只是物质的表达？

---

① 马里奥·塞萨里尼（Mário Cesariny，1923—2006），葡萄牙超现实主义诗人。

② 全名萨尔瓦多·阿达莫（Salvatore Adamo，1943— ），意大利音乐家、歌手。文中说的是他的一首歌《雪在下》（*Cae la nieve*）。

外面还在下雪。罗伯特·瓦尔泽在下雪的时候会干什么？我已经拥有强烈的愿望到街上踏雪。我想到时间的流逝。我已经确定，人们拥有的不是他身体的高度，而是他年岁的长度。人们在行动时应该带上这些年岁，这一任务越来越庞大，最终将打败人们。我走到了街上，踏在了雪上。"我踏着时间/铁路的网/在雪中"，卡洛斯·帕尔多①在一首诗中如此写道。家，住处是捆绑我们的沉重锁链，它想捆着我们的双腿直至死亡。我走了很远的路。雪还在下，就像阿达莫的那首歌里唱的，它给我带来了焦虑的少年时期的回忆。早在那时候，我就想消失。

3月7日
关于消失

有些伟大的作家声称写作是为了不完全死去，这样的论调我们还要听到什么时候？我们已经知道他们如此狂妄地在说什么，他们所指的不朽是怎样的。我们来听听这样的愿望中的一个例子，听听安德烈·纪德怎么说："驱动我写作的原因是多样的，我认为最重要的原因是那些最秘密的。也许最重要的是这个：面对死亡保全一点什么。"（《纪德日记》，1922年7月27日）也就是说为了不朽而写作，寄希望于作品的长存，这也许是艺术

---

① 卡洛斯·帕尔多（Carlos Pardo，1975—　），西班牙作家。

家及其创作之间最有力的连结。用天资对抗死亡,作品让死亡失效或变样,或者按照普鲁斯特的隐晦说法,死亡变得"苦涩稍减"、"更有尊严"且"或许更不可能发生"。

可是,还能继续信任或者相信自身的不朽吗？我对作家卡夫卡的世界更感兴趣,他不想让任何事物免于死亡。除此之外,他通过创作的作品获得死亡的能力,这实际上意味着卡夫卡的作品本身已经是一种死亡经验——卡夫卡一直是个生活中的死人——这样看来,如果我们依照卡夫卡的建议,要想抵达他的作品,就必须提前了解死亡。这简直不能再"卡夫卡"和更明智了。

与纪德的观点相比,我更倾向于卡夫卡的想法。我们的努力应该集中于解决"在作品中消失"的需要。如果我们仔细观察当今这个变化如此快速的世界,我们会看到,我们需要的不是永远地存在于"偶像们一劳永逸的永恒中"(布朗肖语),而是去改变和消失,在宇宙的变化中出一份力:不留名地行动,拒绝成为徒有虚名之徒。今天你是吉隆多,明天你是瓦尔泽,你的真实名字消失在宇宙中,你想消灭作家们对于存活的狭隘梦想,你想让你的读者与你一起置身于同一条无名的地平线上,你们最终将在那里与死亡建立自由的关系。

3 月 22 日

光与影,怡人的和不和谐的声响,罗莎请到家中负责周二和周五打扫的女人的欢快歌声,洗衣机低沉的嗡嗡声。我几乎无法思考任何事情,最后我藏到了日记里。我决定讲述周二到昆卡的旅行,我在那里做了一场讲座,朗读了《布达佩斯理论》,请求听众认真对待我的戏剧性文字,它们属于我最近经历的真实的悲剧。然后我留下来听拉蒙·科斯塔·巴埃纳的讲座。"我们小说家是放肆的。"他在开头说道。我记下了他的这些话:"小说是一种杂交的文学类型,它的魅力主要来自小说素材的洪水般的特点。对于一个创作中的小说家,当他正在写小说时,没有什么是不能用的。"

我从昆卡回来只有三天,但已经几乎记不起旅行中的任何事情。我保存着记录科斯塔·巴埃纳那句话的纸条,我觉得记下那句话的原因是形容词"洪水般的"被用在了名词"特点"上。从昆卡回来的一路上我都在琢磨那个形容词"洪水般的"。我记不起多少其他事情了。与作家古尔本苏①深度交谈的痛快、空中悬屋、在一座横跨溪流的桥上手拿焰火的年轻女子——她让我想起了年轻女孩蒙塔诺——本应是诗意的而实际上却是可怕的黄昏。记不起太多其他事了。

在去往昆卡的一路上——这点我记得很清楚——我都在思考 6 月初是否应该去马茨山之巅,半夜时分在室外朗诵——"山

---

① 全名何塞·玛丽亚·古尔本苏(José María Guelbenzu,1944—   ),西班牙作家、文学批评家。

的灵魂"——这本日记的节选。毫无疑问,这是一个怪怪的邀请,并且我已经为此困扰了很长时间。我无法回避它。我看见自己在那里孤孤单单,穿着短裤,身为唯一的外国人,身边都是德语作家,无法听懂任何人说的任何一个词,在此之前还要经历乘坐飞机、火车、汽车和缆车的旅行。无疑如果我最后在马茨山上朗诵,那一切将会非常奇怪且会成为很好的小说素材,回来后我可以写许多在那里发生在我身上的事情。但我有一个疑问。只为了回来后讲述那一系列发生在我身上的数不清的奇怪事情而展开这场漫长的旅行,这值得吗?如果我待在家想象它们呢?难道我不相信自己的想象力吗?如果我确定我想象的马茨山上发生的事情更加精彩,还有必要经历那样的长途旅行,去捕捉真实事件吗?还是我认为即将在山顶发生的事情是我无法想象到的?或许会发生让我惊讶的事情,但如果等我爬到山顶,却发现那里发生的一切都无聊透顶、过于正常呢?譬如,四个穿着蒂罗尔民族服装的傻子,半夜三更对着营帐朗读自己的蹩脚文章,在一圈手电筒中寻找山的灵魂。如果事实最终证明,我现在正仔细聆听的洗衣机的低沉嗡嗡声要比那些奇怪、正常或愚蠢得多呢?

4 月 21 日

我坚信商人手中的出版物不过是转瞬即逝的插曲。

　　每年的此刻,都会发生同样的事。这个国家的文盲和没文化的人不断增长,但这还不算最糟糕的,越来越多的读书节在举行,还让我解释为什么要阅读。昨天在一个电台节目中,我被邀请在两秒钟内向听众解释为什么他们应该积极阅读。为了让他们受到所谓的鼓舞,我回答了。我差点补充上:顺便为了达到灵魂的救赎,这是穆齐尔的理想。最后这句我没有说,我觉得那样说太多了,而且超过了给定的两秒钟时间。

　　我已经不是以前那个顽固的文学病患者。或者应该说:我开始想不通为什么我应该为阅读传教。这个国家没文化的人爱干什么就干什么吧,本来就该如此。再说了,我讨厌几乎全人类,我整天向那些出版商、部门经理、市场领袖、市场营销人员、经济学专业人士投放头脑炸弹。我还给他们那些安分守己的追随者和世界上的其他人投放头脑炸弹。我思考为什么我要向他们施以援手,建议他们阅读,事实上我只想他们过得不好,我只想他们的愚蠢与日俱增,只希望在无知的火车上的他们同时撞在一起——我们所有人都为他们的无知付出了代价,但终有一天他们付出的代价将更高昂,他们将跌入失败的无尽深渊;而音

---

① 卡洛斯·巴拉尔(Carlos Barral, 1928—1989),西班牙著名诗人和出版人,西班牙塞伊斯·巴拉尔(Seix Barral)出版社就是以他的姓氏命名。

乐在别处,在另一个不同的行业里。不仅如此,我是如此憎恨他们,以至于希望看见他们被逼迫去阅读,希望从某处冒出一条背信弃义的法令,一条激进的命令,让他们走近书本,希望这个国家的所有城市突然变成强制的、混乱的、愚蠢的智力活动图书馆。

这样一来,那些高傲文盲的生活将取得双重失败。第一重失败就是整个人生的巨大失败本身,第二重失败则是由作家传染导致的——到这个份上,没有人会怀疑当作家是一种失败——更别提被书本传染了,那些不可思议的"记忆和想象力的延伸",我们把它们带到海滩,却不读它们、让它们遭遇冷落,把它们埋进巨大且无意识的沙之书里——这跟博尔赫斯的《沙之书》可截然不同。

如此,我便可报复那些每年此刻总会打给我并让我去传教的电话,以及那些无时无刻不伴随着我的犹疑——它们可悲地驱使我坦言:我们无法建议任何人去阅读;但同时又驱使我去想,事实上即便我再不乐意,我还是应该进行阅读的传教,哪怕只是一板一眼地说,譬如,无需多言,如果没有文学,生活便没有意义。我会那样说,尽管——很显然——我只能说服那些读书的人,谢谢。事实上,很多读到这句话的人会认为读书是一种责任,这些人甚至比皮库岛上的鼹鼠更危险,因为他们会传播一种明显的厌倦情绪,他们似乎没有读过蒙田的那句让人难忘的话:

"我做任何事都心存快乐。"

蒙田的这句话指出,强制阅读是一个伪概念。如果他在书中遇到一段难以理解的话,他会跳过。因为他认为阅读是一种幸福。他像博尔赫斯,博尔赫斯说一本书不应该让人费劲。博尔赫斯同意蒙田的观点,尽管他喜欢引用爱默生,而爱默生与蒙田的说法有矛盾之处。爱默生在一篇关于书的伟大随笔中说,图书馆是一个有魔法的会客室。人类最美好的灵魂都被吸引至此,但他们都在等待我们发话,以便打破自己的沉默。我们需要打开书,让他们醒过来。

但是——我想远离其他任何关于传教的诱惑——文学的陪伴是危险的,因此有时候对于一些我欣赏的人,我真的不确定是否应该鼓励他们阅读很多书、过度沉迷于书本;那是因为我希望他们好,任何读过卡夫卡——举个例子——的人,都清楚地知道文学中有"多少无缘无故的过度不安"(佩索阿语)。

正如马格里斯所说:"卡夫卡清楚地知道文学让他远离死亡的领地,让他理解生命,但又把他阻隔在外。文学让他理解自己犹太父亲的伟大,明白他是男人的典范,但却恰恰不让他成为那样的人。"

正是通过让我们理解生命,文学才把我们阻隔在生命之外。这很残酷,但有时又是能发生在我们身上的最好的事。阅读和写作追寻生命,但也可能失去生命,那正是因为阅读和写作完全专注于生命和追寻生命本身。

或许写下这些话的我正处于傍晚的忧伤氛围中,但有一点确定无疑,我所写的是阅读和文学的好与坏、光明与黑暗间的难解难分的死结。这一切都很残酷,没有必要自欺欺人。这种残酷是——据贡布罗维奇所说——好的文学所具备的,它是强化精神生活的本能所引发的结果。有时候我会建议我最讨厌的敌人去阅读。

正因为文学让我们理解生活,所以它告诉我们可能会发生的,但也告诉我们本可以发生的。有些时候,没有什么比文学更远离现实,它总是提醒我们生活是这样的,世界是那样运作的,但它本可以换一种运作方式。没有什么比它更具破坏性,为了将我们送回真正的生活,它致力于向我们展示真实生活和人类历史所掩盖的东西。有些人,譬如马格里斯,对此就非常清楚,对于历史和人类生活换一个走向会发生什么,他可是兴趣盎然。凡对此感兴趣者,都喜爱阅读。这不是传教。总之,有些时候——就像今天——我不会建议任何人去阅读,不管是皮库岛的鼹鼠,还是我最坏的敌人。

第五章　精神的救赎

"思想的敏锐接受力和自发性。"数学老师说,"看起来,当我们过度看重生活阅历中的主观因素时,思维便会混乱,从而只能借用那些晦涩的比喻。"

只有宗教老师保持沉默。他在托乐思的讲话中频繁捕捉到"灵魂"一词,并对这个年轻人产生了好感。

但是不管怎样,他并没有彻底明白托乐思在使用这个词时想说的是什么。

罗伯特·穆齐尔

《学生托乐思的迷惘》①

6月7日下午,我到达马茨山脚下的旅馆。我遵照施奈德小姐的详细指引,历经了漫长的旅途,先从巴塞罗那乘飞机到日内瓦,然后从日内瓦坐火车到巴塞尔,在那里的坦恩旅馆度过了旅途中的第一夜,阅读了蒙田当年途经——他认为"途经"这个词恰如其分地概括了人类处境的主要特点——巴塞尔时留下的文字。蒙田在《旅游日志》中写道,这座城市的时钟跟别的城镇不同,它快了一个小时:"如果它指向 10 点,实际上只有 9 点;据说在很久以前,它的这个缺陷使城市躲过了一场事先宣扬的风波。"

读过蒙田写的关于瑞士的文字,我便琢磨那个时钟究竟是在巴塞尔历史上的哪一天恢复准确报时的。我想,对它的居民而言,那必定是激动人心的一刻,那种心情与人们冒险出走探寻真正的生活,最终在某个确切的时间、于高地的气候中精准地找到了它的心情是相似的。在那里人们可放眼于无穷之外,看到真正的空虚与虚无——而非这个世界的伪空虚;又或者,谁知道呢,人们看到的会是现代空虚的救赎,对这个时代的精神的救赎——在这个时代,现实已经失去意义,文学成为了乌托邦的理想工具,只为构建一种终于能准确报时的精神生活。

精神的救赎——这正是现在的我需要的——与文学的救赎密切相关。我认为,在最终找到一种确实可靠的方式从这个世界上消失并确保就此永远消失之前,精神的救赎对我而言是必不可少的,它能伴我熬过这场漫长的——也许是充满幻想的   等待。

米歇尔·德·蒙田的《途经瑞士和德国的意大利游记》从一

---

① 罗伯特·穆齐尔的处女作,这部长篇小说出版于 1906 年。

开始便成了我去阿尔卑斯山的漫长旅途中再好不过的伴侣。蒙田的写作手法极具创新,他的游记可以成为关于"文本中的主观性"的实验或大胆尝试的例证。当被质问为何要离开故土波尔多时,这位于十六世纪骑马游历欧洲的旅行者是这样回答的:"我一般会这样回答询问我旅行目的的人:我只知道我在逃离什么,但我不知道我在寻找什么。无论如何,用糟糕的现状来换取不确定的将来,终究是更优的选择。"

蒙田仿佛正在逃离那个埋葬着他所处时代的精神的黑暗墓穴,灵魂与旅行成为他在旅途中执着和反复挖掘的主题:"灵魂在那里(旅途中)通过观察陌生和新鲜的事物而持续地得到锻炼;想要塑造生命,我再找不到比不断认识各种其他生命更好的方式了。"

这句话从我离开巴塞罗那时起就伴随着我。在旅途的第一个夜晚,我是想着这句话、想着巴塞尔的那座陈旧时钟睡着的。第二天,我离开了那个瑞士城市,登上大巴开始了旅途的第二部分,大巴将开到坐缆车的地方,然后缆车将把我带到马茨山脚。起初我荒唐地以为作家们的会议在山顶召开,事实上会议设在山脚的旅馆——能登山的作家没那么多,与会人员在那天白天已经陆续到达了。

正如我在巴塞罗那时猜想的那样,那场会议从一开始就让我感到奇怪,不是因为会议本身奇怪,而是因为"山的精神"和它

蒙塔诺的文学病

所属的文学地域让我感到自己是不速之客,或者说局外人,那种氛围离我的世界那样遥远。不过我在那里能找到新鲜的素材,要是有人向我施以援手,帮助我克服语言障碍就更好了。那时我只盼着施奈德小姐的到来——为什么她迟到了那么久?——她为我完美地设计了如此复杂的旅行路线,说着还不错的西班牙语,这让我心怀希望,也许她能为我提供宝贵的帮助,在马茨山脚为我指路。

我是个胆怯的人,这点我难以克服。代表活动组织方接待我的那个人应该会觉得我是个不幸的可怜虫,是不懂语言的文盲。他把我径直带到旅馆前台,后又径直带到了一个并不舒服的房间。房间里的床跟修道院里的一样,墙上还挂着一幅难看的阿尔卑斯山风景画。在旅馆的咖啡厅坐下后,我的胆怯有增无减:在我读蒙田的日记或者说假装读蒙田的日记的时候——事实上,我正躲在书本后面观察那里的一切奇怪、陌生和新鲜的事物——有的作家就开始问我是不是法国人,在我隐藏起我的双重旅行身份、有教养地用西班牙语回答了他们后,他们向我投来了几近羞辱的同情目光。

我感觉到——抛开我在面对一个陌生世界时自然产生的奇怪感觉不说——那场会议在任何情形下看都带有某种怪异的特质。我是怎样察觉到这一点的呢?在我离开旅馆的酒吧,出去看看他们为晚上的露天朗诵会做的准备工作时,几位满面红光的作家迎面走来,他们低声哼着瓦格纳歌剧《罗恩格林》的片段《故事》,身心皆在强化着他们的民族意识。

黄昏渐近,附近山石尽处的火红色晚霞,成了瓦格纳歌剧的舞台背景,这毋庸置疑的美让我叹为观止。我一边惊叹于祖国和晚霞这对出其不意的组合,一边在附近走了几圈,还顺便给一个电工搭了把手。只见他的头上裹着一块黑色方巾,体格壮硕;在他为晚上的露天朗诵安装麦克风时,我帮了一下忙。最后,我回到了旅馆的酒吧,胳膊夹着那本法语书。

"蒙田和马。"在我刚踏进酒吧时,一位德国作家突然对我说。人们称呼他为弗朗茨,他看起来很聪明,似乎跟别的人不一样,他喜欢显示出会说我的母语的样子。我进来时内心已有点不安,仍因为瓦格纳的晚霞感到恍惚,所以我不知道该跟他说什么;况且他跟我说的那话也没什么好答应的。于是,弗朗茨开始用一种完全无法理解的西班牙语来向我讲述——我觉得我可能会误解他想表达的意思——话说昨天晚上,他在来旅馆的路上与同行的伙伴们在公路边的一个餐厅吃饭,餐厅给他们端上了一种叫做"作家"的西班牙小鸟,只见烤鸟肉包裹在葡萄叶里,切开时肉还渗着血。有那么一瞬间,我简直犯了妄想症,我怀疑所有这些都是一个局,这恶趣味的笑话在某处设下了陷阱,只为让我难堪。

"西班牙小鸟,作家。"他重复道,我的伙伴弗朗茨像是要吓唬我。然后他放声大笑。这时,我只想向上帝祈祷施奈德小姐快点到,或半夜快些来临,那场在月光下的朗诵会能让我安坐在角落,倾听那些德语词汇,不用感到被过分关注。然而,我看施奈德小姐和半夜是永远也不会来了。

半夜来临了,它总会到来。施奈德小姐应该也到了。如果她真的来了,那应该是半夜后的事;不管怎样,我永远也不会知道真相了。

我和那些死去的人一同晚餐。什么都听不懂的好处,在于可以随心所欲地去理解一切。不仅如此,在人身处绝对的孤独和无法交流的状态时,他更有足够的时间去观察、分析和研究身边的一切。我与一群颇有名气的死人共进晚餐。那三十来位作家的眼睛陷在一份巨型的土豆沙拉里,忧郁地诉说着他们内心的平静,以及阿尔卑斯世界的恒久和谐。这让我想起了一首诗,诗中提到一个叫斯蓬河[①]的村落,那里的男人和女人的简短墓志铭,既是自传又是诗歌,叙述他们在那个安葬着死者的墓园里的惨淡生活。接着我想起了皮库岛,在那个地方四处寻不见一个灵魂,然而一切都仿佛在凝神静候,等候风随时可能带来的一个诉说悲伤、痛苦和死亡的声音。

---

① 英文原名 Spoon River,美国伊利诺伊州中西部的一条河流,因诗人马斯特兹的《斯蓬河诗集》而闻名。

我与那些作家共进晚餐。他们要么是死人，要么——我觉得——就是公务员。我虽然身处饭局，但总觉得自己其实是在莱艾格高地，即瑞士边境的汝拉山一隅——在威尔科克①的故事中，阿尔弗雷德·阿坦度②博士就是在这个地方创办了风景优美的再教育疗养院，或曰笨蛋收容院、智力落后者的庇护所。我看着那些作家，听着他们的声音，无时无刻不感到阿坦度博士的存在。这位博士颠覆世俗的偏见，指出愚笨的人只不过是典型的原始人类，而我们只是他们的堕落版本，因此我们摆脱不了各种紊乱、狂热和反自然的恶习，而那些真正的笨蛋、单纯的人们却从不受它们的影响。

　　我与那些笨蛋、公务员般糟糕透顶的作家、死去的人共进晚餐。那类作家，那些只会模仿现成的东西且极度缺乏文学野心的作家——尽管在经济上不无野心——所带来的祸害更甚于那些狂热地破坏文学的出版社负责人。晚餐时，我一直默默地注视着他们，试图用严厉的眼神讨伐他们所写的毫无价值的文学。有那么几个瞬间，我想起了我是个没有高尚情怀、仅有对文学的满腔热忱的人；在那么几个瞬间，我也故作堂吉诃德的姿态。我试着自己找点乐子，试图抽出鞭子挥向那些在二十一世纪试图

---

① 全名胡安·罗多尔夫·威尔科克（Juan Rodolfo Wilcock，1919—1978），阿根廷诗人、作家、译者和批评家。
② 出自威尔科克的故事集《圣像破坏者的教堂》（*La sinagoga de los iconoclastas*，1981）中的《阿尔弗雷德·阿坦度》（*Alfred Attendu*）。

消灭文学的着魔的人,于是我时不时地想象,由于那份巨型土豆沙拉的独特副作用,我的整个身体从内部开始发生变化,于是我变成了、化身成了文学史的全部记忆。他们那么愚钝,自然是没有觉察到的。

那场会议让人没有好感,更缺乏特色和原创性。事实上那样的会议在这腐败的世界里比比皆是,那场会议只是其中之一。那是一场傻瓜、疯人院的白痴,以及长着厚嘴唇和猪眼睛的诗人——他们仿佛在挖洞,以便坐在里面——的集会。晚餐没完没了,让人愤怒到极点。在饭后闲聊中,所有人仿佛都拿着权杖。无需听懂德语,也能看出他们在使劲地互相抽打,这仿佛是会议主席强制推行的一种疗法,试图借此消灭在他们的空洞头脑中残存的、对社会的攻击性。让他们自己互相抽打,应该是他斟酌过后认定的最佳方式。我发现,在来到马茨山脚的这个旅馆后,只有那个头上裹着黑色方巾、安装麦克风的电工有令人信服的生命征象。其余的都是死去的人,他们生活在这一个世界,但他们又属于"另一个世界",他们是文学的坚定敌人,是皮库岛上的卑劣勾当的直接参与者。

电工有一位朋友在山里当导游,他就住在那附近,因为妻子是古巴人,所以他会说西班牙语。他是巴塞尔人,名叫托马斯,在晚餐结束后不久来到了旅馆。尽管他的思路混乱,但至少能在施奈德小姐来之前陪我说说话。在我们所有的谈话内容里,

蒙塔诺的文学病

我只记住了一点：比起瑞士的山，他更喜欢古巴；他有时候会变成"黝黑的、黑得发亮的古巴人"，一直跳舞到天亮。电工和托马斯都说——后来我发现他们在说谎——他们喜欢免费表演。因此他们想留下来参加朗诵会。7月份他们将参加在洛伊克巴德举行的另一场文学会议，那也是免费的，阿尔卑斯山的所有免费活动他们都会参加。

晚上12点时，露天朗诵会的开幕式开始了。托马斯及时给我翻译说，对于今晚这第一场活动，他们没有指望我参加。我听后立马松了一口气，实际上没人知道他们会不会指望我参加什么别的活动。我带着蒙田的书坐在舞台一角，几乎在舞台之内，与托马斯和电工隔着一段距离。他们坐在舞台的另一个区域，但那个位置更低调一点，特别是光线更暗一些。我打算听天由命地听德语了。

"Boshaft wie goldene Rede beginnt diese Nacht."我听见第一个死人读道。这句话印在了节目单上——它被我夹在了蒙田的书里。托马斯在幕间给我翻译道："邪恶的黄金诗句从今晚开始。"

这场漫长又单调的朗诵会分为让人昏昏欲睡的两幕。就在我打瞌睡的时候，突然有人在我耳边慢悠悠地轻声说："让尚未到来的到来吧。"原来是托马斯，他突然变成了我的闹钟，还即兴成为了我在这场露天德语散文朗诵会上的翻译。那句话——

"让尚未到来的到来"——钻进并唤醒了我那昏沉的大脑。我看了看托马斯，他向我投来了微笑：那舒展的微笑、坚硬洁白的牙齿，令人不难想象那个脸庞黝黑、跳舞到天亮的他。然后他补充了一句，仿佛在说一些私人的事，那无疑是一条我意想不到的暗语："你不应该说你理解我。"说罢他便走开了，去到电工那里，然后就消失了，我再也没见过他。他走进那片庄严的黑暗中，也许是跳着舞消失的。我不知道他发生了什么事，我永远也无法知道了。

过了一会儿，正当我走到那个黑暗的地方，以便跟其他潜在的、与文学的敌人作斗争的同伴交换暗号时，一团浓重的雾——仿佛是"平行行动"的人不怀好意地制造的——笼罩了那片黑暗区域的中心，在那里已看不见任何东西。事实上，"平行行动"如今的活动范围中心（由于"平行行动"的某些成员突然公开了他们作为文学事业叛徒的身份，透露了他们渗入密谋组织的长城、意在从内部摧毁抵抗力量的意图）便是行动本身的空虚。尽管并非一切都如此令人失望，因为如果我们不跟"平行行动"的人，而是跟长城内部的密谋者交谈，就会发现他们的力量已被分割：发起恶意"平行行动"的人内部一片空虚，但长城内部的密谋者也在监视敌对的"平行行动"。

我想起了其他一些时候，然后在雾中告别了许多我不希望再看见的世界。我想起了过去的一些日子，彼时，那些苍白的梦在半空的雾中逐渐消散。我在黑暗中穿越浓雾，这时天下起了雨。脚下的路不通向任何地方，不过在晚风细雨中走走也不错。我想起了在其他的路上流浪的风，在其他的黄昏里落下的雨。置身于虚伪的抵抗者和真实的抵抗者之间，我的双脚仿佛踏着古老的文学节奏，我——罗伯特·瓦尔泽——开始迷失在那片笼罩着无边无际的浓雾的黑暗区域，独自在迷途之上毫无方向地前行。

　　我想起了我们吃的那盘可怕的土豆沙拉。也许是图像引起的联想，也可能是因为我试图在世俗和家居的场景中为在抽象的雾中飘浮不定的我找到某些抓手，我想起了罗莎。就在三天前，她一边用手背揉着眼睛，一边从冰箱里拿出一锅煮熟了的土豆，把它们倒进沙拉碗。我站在厨房门边上，看着她和那把红色雨伞的残骸——我赋予了那把伞一些有意思的特性。我在那里观察着她麻利的动作，看罗莎的双手如何在水流中掰开芹菜的根茎，然后把它切成小段放在土豆上。她风风火火地——这是她长久以来做事的习惯——把整瓶橄榄倒进沙拉碗，然后放入洋葱丝，撒上胡椒粉。我看着罗莎以一如既往的高效准备好那顿晚餐，那仅仅是三天前发生的事，但感觉已过去几个世纪。因为在那里，在那条迷途之上，那些平凡的瓶装橄榄，还有再平常不过的洋葱丝，仿佛代表着一个平凡家庭的灵魂。然而当我走进那片黑暗之地的浓雾并迷失在其中时，它已变得异常遥远，以至于最终被永远抛弃。

　　可能会碰到穆齐尔，我想道。一切都很荒唐，寻找穆齐尔这件事更是如此。他肯定是躲起来了，因为他发现了"平行行动"的真实企图，那是一个渗入长城内部的虚伪抵抗运动。"平行行动"组织的打手们——就像一部糟糕冒险小说的情节——正在寻找他的行踪，企图杀人灭口。这是我根据情报分析所得的，那些密切监视"平行行动"动向的密谋组织成员，透过长城的缝隙向我传来信号。在某一时刻，我想找人谈谈这件事，但在这条迷途之上，一个人也没有。我拿着蒙田的书接着往前走，在五个小时前降临的夜晚之上，又降临了一个夜晚。我突然看见一个影子在一座空房子旁晃动。我想，那可能是——母亲在日记中曾经预言过——正在寻找罗萨里奥·吉隆多的哈姆雷特。又或许是艾米莉·狄金森，她穿着白色长袍，带着一条悲伤的狗。但那既不是哈姆雷特，也不是狄金森。那是一个长得极像年轻的蒙塔诺的女人，她说她叫"姆宗古"①，那是非洲原住民对第一批白人探险者的称呼。"姆宗古的意思是走路没有方向的人。"她说。这个女人的衣着过时，黑色的头发上盖着一层轻纱，皱巴巴的脖子上围着一块黑色天鹅绒披肩，双脚穿着带扣子的鞋，踏在一张

---

　　① 原文为 Mzungu，是斯瓦希里语，意为"非黑色皮肤"。

雕花的矮凳上。她是个年轻人，但她偶尔会变脸，看起来仿佛来自远古时代。在这个从第一个夜晚衍生出来的夜晚，我与她一同走着，我伴着姆宗古的脚步直至天亮。到天色开始明朗的时候，我决定继续独自上路。她双眼近视，因此走近我向我道别，事实上她走近是为了看看在刚才的几个小时里我有没有变老。"再见，"她对我说，"理智的人死去，疯狂的人活着。"

"再见，蒙塔诺，再见。"我回答道。我又走了好几个小时，直至离开那条迷途，走进一片没有鸟儿的寂静树林。穿过森林后我继续往前走，手上拿着蒙田的书，脑海里则是关于姆宗古的记忆，她在一条没有止境的路上，只见那条路逐渐缩窄，最后仿佛变成了一条轮廓鲜明的阶梯。突然，我看见穆齐尔正待在悬崖边上。他穿着白色衬衣，领口敞开，黑色的大衣长至双脚，头上戴着一顶红色的宽檐帽。他正看着地面沉思。他仿佛在测量从我们面前的悬崖逃亡的人群的速度、角度和磁力。他抬头看我。我们之间只有一片空虚，"平行行动"的人和其他文学的敌人包围着我们。"这是时代的气息，精神经受着威胁。"我对他说。穆齐尔望向模糊的地平线。在远处，在很遥远的地方，在一切的尽头，能看到一片海，它仿佛是从空虚处、从悬崖上升起的救赎幻象。海里有一群群的鱼，有一支支扬起白色三角船帆的船队。"布拉格是触碰不得的，"他说，"这是个有魔力的地方，他们从未触碰过，也永远都触碰不到。"

Enrique Vila-Matas
El mal de Montano
Copyright © 2004 by Enrique Vila-Matas
Published in agreement with MB Agencia Literaria SL,
through The Grayhawk Agency Ltd.
Simplified Chinese edition copyright:
2022 SHANGHAI TRANSLATION PUBLISHING HOUSE(STPH)
All rights reserved.

图字：09－2020－404 号

图书在版编目(CIP)数据

蒙塔诺的文学病/(西)恩里克·比拉-马塔斯著；
黄晓韵译.—上海：上海译文出版社,2022.12
　　ISBN 978－7－5327－9169－9

　　Ⅰ.①蒙…　Ⅱ.①恩…②黄…　Ⅲ.①长篇小说—西
班牙—现代　Ⅳ.①I551.45

　　中国版本图书馆 CIP 数据核字(2022)第 238177 号

蒙塔诺的文学病
[西]恩里克·比拉-马塔斯　著　黄晓韵　译
责任编辑/刘岁月　装帧设计/好谢翔

上海译文出版社有限公司出版、发行
网址：www.yiwen.com.cn
201101　上海市闵行区号景路 159 弄 B 座
上海信老印刷厂印刷

开本 890×1240　1/32　印张 11　插页 2　字数 178,000
2022 年 12 月第 1 版　2022 年 12 月第 1 次印刷
印数：0,001—6,000 册

ISBN 978－7－5327－9169－9/I·5700
定价：69.00 元